Bella

AF191784

Herstellung und Verlag: Books on Demand GmbH, Norderstedt

Anika Wieland

Bella

Herstellung und Verlag
Books on Demand GmbH, Norderstedt

Herstellung und Verlag
Books on Demand, Norderstedt

Bibliographische Information der Deutschen Bibliothek
Die Deutsche Bibliothek verzeichnet diese Publikation in
der Deutschen Nationalbibliographie; detaillierte bibliographische Daten
sind im Internet über http://dnb.ddb.de abrufbar

ISBN 978-3-8334-7585-6

Das Leben nimmt meistens seltsame Wege. Doch eins bleibt es immer
Spannend !

Für die Menschen, die ich am meisten schätze:
Meine Familie (besonders ItlsD),
Nicole,
und meine Patentante.

Und für einen ganz besonderen Menschen .

Alle Handlungen und Personen sind erstunken und erlogen, außer Christian!

Inhalt

Das weiße Kleid

Bella saß auf dem Balkon. Ihre blonden Haare flatterten im Nachtwind. Sie gönnte sich gerade ein Glas Rotwein, der ein bisschen nach Zimt schmeckte. Das Schloss war noch hell erleuchtet von den Scheinwerfern. Dies war für diese Zeit doch sehr ungewöhnlich. Auch die Kirche wollte ihren Schein nicht ablegen. Bella blickte in den Sternenhimmel und dachte über ihr Leben nach. In der Ferne hörte sie Musik. Wahrscheinlich von einer Party. In ein paar Jahren würde sie dreißig werden. Aber das war nicht ihr Problem. Ihres bestand darin, ihr Diplom zu schaffen. In einem Monat hatte sie ihre letzte Prüfung. Sie studierte Psychologie und wollte später Profiler werden. Das ist jemand, der die Polizei bei der Tätersuche unterstützt. Bella wollte schon immer wissen, was in den Köpfen der Straftäter vorsichgeht. Ihre ganze Familie verstand sie nicht. Sie sollte immer einen angesehenen Beruf lernen. Ihre Oma fand, dass Reiseverkehrskauffrau das beste sei. War es aber das beste für sie? Bella war der Ansicht nein. Ihre Eltern unterstützten sie zwar, dennoch gefiel es ihnen nicht. Und die kleine Nervensäge von Schwester war auch noch da. Sie hieß Anna und war Bellas Lieblingsschwester. Sie hat ja auch nur eine. Die Kleine kann stundenlang nerven, aber manchmal hatte sie auch gute Ideen. Zum Beispiel sagt sie immer: "Es ist nichts verloren, solange man es nicht aufgibt!"

Aber ihre große Liebe hatte Bella aufgegeben. Timo hieß der Herzensbrecher. Er machte Schluss, weil sie nicht so viel Geld besaß. Er wollte einmal reich heiraten. Bella will ja auch heiraten, dennoch aus Liebe. Sie will den perfekten Mann finden. Aber gibt es ihn überhaupt? Jemanden, der sie so liebt, wie sie ist. Mit allen Fehlern und Schwächen. Bella kann überhaupt nicht kochen. Und die Ruhigste ist sie auch

nicht gerade.

"Du brauchst einen, der dich ergänzt und dennoch auf deiner Wellenlänge schwimmt.", sagte immer ihre beste Freundin Maria.

Bella schaute wieder zum Sternenhimmel auf. In diesem Moment schwebte eine Sternschnuppe vorbei. Schnell wünschte sie sich etwas.

'Ich will endlich meinen Traummann finden', dachte sie.

Das war ihr einziger Wunsch. Langsam machte sich eine Kälte auf ihrer pfirsichfarbenen Haut breit. Sie packte ihre sieben Sachen und ging ins Zimmer. Als sie die Tür wieder schloss, spiegelten sich ihre blauen Augen im Fensterglas wider. Als nächstes sah sie zum Spiegel, wo immer noch ein Foto von ihr und Timo hing. Warum wollte er sie nicht mehr? Nur weil sie nicht so reich war? Bella beschloss, sich einen Schwedeneisbecher zu machen. Omas Geheimrezept half immer gegen Liebeskummer. Aber erst nahm sie sich noch die neueste Ausgabe der *Sunna* vor. Das war Bellas Lieblingszeitung. Am meisten mochte sie die Seiten mit den Horoskopen. Sie schlug auch gleich diese Seite auf.

Krebs. In den nächsten Wochen werden sie sicherlich ihren Traummann finden. Aber Vorsicht! Jemand will ihnen etwas Böses.

Überrascht von ihrem Horoskop warf sie die Zeitung auf ihr Bett und ging zum Schrank, um ihren Morgenmantel herauszuholen. Dabei stellte sie fest, dass sie fast nur schwarze Sachen hatte. Klar, es waren auch bunte und weiße dabei, aber hauptsächlich schwarze Klamotten. Nun schnappte sie endlich ihren Mantel und bewegte sich in Richtung Küche. Sie wohnte mit drei anderen Mädels in einer WG. Sie waren alle nett. Aber manchmal nervten sie so, wie Bellas kleine Schwester Anna. Bella marschierte den Flur entlang. Die Tapete war mit karibischen Mustern bedruckt und der Teppich war lila. Na ja, durch den ganzen Staub war er wohl eher schmutzig als lila. Hier wäre wirklich einmal putzen angesagt. Doch keiner meldete sich freiwillig. In dem Haus, in dem Bella lebte, war früher einmal ein Bettenhaus gewesen. In diesem Haus schliefen die Patienten nach einer erfolgreichen Operation. Gott sei Dank hatte sie ein Zimmer erwischt, wo nur die Krankenschwestern gearbeitet haben!

Bella bemerkte, dass in der Küche noch Licht brannte. Wer ist denn so verrückt und geht mitten in der Nacht in die Küche? Bella natürlich ausgenommen. In ein paar Sekunden würde sie es ja sehen. Also, wozu die Eile? Um so überraschter war sie, als sie Inken vorfand. Inken war eine ihrer Mitbewohnerinnen. Sie saß weinend auf einem Stuhl, doch ihr Gesicht konnte Bella nicht sehen. Denn sie hatte ihre Arme um den Kopf geschlungen. Bella fragte mit ihrer mitfühlenden Stimme:

"Alles in Ordnung bei dir?"

Eigentlich hätte sie sich die Frage sparen können, aber Bella wollte nicht unhöflich sein. Sie stand hinter Inken und wartete auf eine Antwort. Sie folgte auch schnell.

"Also..... es ist...... Es ist alles wunderbar. Mir geht es voll sch... schön!", log sie. Bella wusste genau, dass Inken gelogen hatte, wollte aber auch nicht nachfragen. Und so machte sie den Kühlschrank auf und holte ihre Zutaten für den Eisbecher. Plötzlich bekam Inken wieder einen Heulkrampf wie ein kleines Baby.

"Nichts ist in Ordnung!", gestand sie, "Wie konnte er mir das nur antun? Er ist ja so ein Schwein!!!!!!!!!"

Einen Moment lang überlegte Bella, was sie als Antwort sagen könnte.

"Auch einen Eisbecher? Inken?"

Inken nickte nur und Bella öffnete wieder den Kühlschrank. Beide erzählten noch eine Weile. Als Bella anfing zu gähnen, erklärte sie, dass sie nun endlich schlafen müsse, weil sie morgen eine Vorlesung an der Uni hätte. Kurz darauf machte sie sich auch schon auf den Weg in ihre Bude, schaute noch einmal aus dem Fenster und wunderte sich, dass die Kirche und das Schloss immer noch erleuchtet waren. Es war schon vier Uhr morgens und normalerweise leuchtete gar nichts mehr. Aber was ist schon normal? Sie war es ja auch nicht. Dann ließ sie sich auf das Bett fallen und schlief ein.

"Like a virgin... Uhhhh... ", Bellas Handy klingelte sie morgens aus dem Bett. Nach einer Weile hatte sie auch die nötige Energie um aufzustehen. Sie dachte schon, dass sie nicht pünktlich dran sein würde. Aber sie war dennoch schnell genug.

"Ja,... ach du bist es! Mhmmm... Eigentlich hätte ich ja keine Zeit. Stimmt OK....Jaaa ich bin da.", sagte Bella am Telefon, denn ihr bester Kumpel Sven war dran. Sie kannte Sven schon seit fünf Jahren. Er war schwul. Dennoch sah Bella ein Funkeln in seinen Augen, wenn eine aufgetakelte Tussi vorbeilief. Jedenfalls lud er Bella ins Kino ein. In Gedanken machte Bella einen Plan, was sie noch alles erledigen wollte. Erst zur Uni, dann einkaufen in die Stadt, dann zum Kosmetikstudio und anschließend würde sie nach Hause fahren und sich schminken. Oder erst nach Hause und dann zur kosmetischen Behandlung? Aber zunächst erst einmal zur Uni.

"Die Uni!", entfuhr es ihr laut. Sie musste ja zur Uni gehen. Und oh Schreck, sie müsste eigentlich schon längst da sein. Schnell zog sie sich etwas gesellschaftsfähiges über, schnappte sich eine Tasche, die gerade zu finden war und sprang auch schon aus der Tür hinaus. Schnell lief sie die Treppen hinunter. Unten angekommen, riss sie die Tür auf und schaute auch nicht in den Briefkasten. Sonst sah sie immer erst nach Post. Heute war das anders, denn sie musste noch den Bus erwischen. Ihre blonden Haare lagen kraftlos am Kopf. Sie glichen einem Teller Spaghetti, welcher zu lange in der Mikrowelle vergessen worden war und dadurch weiche Nudeln hatte. Bella hoffte, dass keine rote Ampel ihr im Weg war. Sie bog um die Ecke und sah auch schon die Bushaltestelle. Der Bus war nicht zu sehen. Entweder war er schon weg oder er würde noch kommen. Bella sah auf den Fahrplan und fand raus, dass der Bus erst in einigen Minuten fahren sollte. Sie schnappte nach Luft, denn es war anstrengend. Morgens ohne einen Kaffee und ohne Schminke das Haus zu verlassen, war einfach eine Qual für sie. Seit sie acht Jahre alt war, schminkte sie sich. Ihre Haut müsste eigentlich wie die einer alten Oma aussehen, doch Bella sagte nie, dass sie sich nicht jeden Tag schminkte. So sah ihre Haut wie die einer achtzehn-jährigen aus. Na gut, es war Bella. Übertreibungen war eins ihrer Hobbys. Nach Rolltreppenfahren. Dies war aber nichts neues. Ihre drei Lebensmottos waren: "Wer angibt, der hat mehr vom Leben." Die anderen waren auch nicht besser. Das zweite Motto hatte sie aus ihrem Lieblingsfilm, *König der Löwen* und hieß: "Hakunamatata!" Das ist ein sehr berühmter Spruch, den jedes Kind kennt und natürlich auch Bella. Das dritte und letzte Motto stammte von ihrer Lieblingsschwester Anna.

Sie sagte meistens: "Es ist nichts verloren, solange man es nicht aufgibt!"

Diese Weisheit war wahrscheinlich die sinnvollste von allen. Geduldig wartete sie auf den Bus. Er kam ziemlich bald. Bella stieg vorne beim Fahrer ein. Gleich merkte sie, dass der Busfahrer sie anschaute, als ob sie ein Sack Kartoffeln wäre. Sie fand es schon komisch, dennoch ging sie zu ihrem Lieblingsplatz, hinter der zweiten Tür. Schließlich kramte sie in ihrer Tasche und holte ihren Schminkspiegel hervor. Dann nahm sie eine Grundierung vor und plötzlich, als sie sich auf die Füße schaute, wusste sie genau warum der Busfahrer so geschaut hatte. Sie hatte vergessen ihre Schuhe an zu ziehen, und war doch tatsächlich mit ihren Hauslatschen hinausgegangen. Es war ihr so peinlich, dass sie um die Wangen rot anlief. Ein Vorteil hatte das ganze ja. Sie brauchte kein Rouge mehr. Ok, sie war so stark, dass sie mit ihren Hausschuhen in die Uni gehen würde ohne das es peinlich war.

"Nein!!!", schrie Bella auf einmal, denn der Bus bog in die falsche Straße ab.

Ihr wurde schwarz vor Augen. Der Bus bog nicht falsch ab, sondern sie saß im falschen Bus. Das war ihr auch noch nicht passiert.

'Na ja, was soll's?', dachte Bella.

Nun würde sie eh' nicht mehr rechtzeitig zur Uni kommen, also beschloss sie in die Stadt zu fahren. Erst einmal wollte sie sich ein paar neue Schuhe kaufen, denn in ihren Hauslatschen konnte man sich wirklich nicht blicken lassen. So stieg sie an der nächsten Haltestelle aus und marschierte gleich zu ihrem Lieblingsschuhgeschäft. Bella hatte für alles ihre Lieblingsläden. Sogar ein Lieblingskino gab es. Manche würden bestimmt sagen, es gäbe hier in Marburg ja nur eins, doch das war nicht richtig. Mit dem Open-Air-Kino gab es vier. Und das waren immerhin ganz schön viele Kinos. Wenn man auch bedenkt, dass Marburg eine Universitätsstadt ist. Wie man so schön sagte: "Marburg hat keine Uni, Marburg ist eine Uni!"

Jedenfalls machte sie sich auf zum Schuhgeschäft. Der Eingang ähnelt einem Palast. Goldene Säulen stützen das ganze Haus. Wahrscheinlich war es aber auch nur Farbe, die golden glänzte. Das einzige was sie hasste, war, dass die Türen so schwer aufgingen. Aber mittlerweile machte ihr das nichts mehr aus. Gleich nachdem Bella die Tür öffnete, kam ihr eine Mitarbeiterin entgegen. Bella setzte ihr freundlichstes Gesicht auf, aber die Verkäuferin nahm keine Notiz von ihr. Mit einem französischen Akzent versuchte sie Bella abzuwimmeln.

"Entschuldigen Sie bitte, aber ich glaube nicht, dass Sie hier etwas passendes finden!"

"Ach. Ich komme schon zurecht. Und ich habe ja nicht so große Füße!"

 "Ich muss wohl deutlicher werden: Der Schuhladen, indem sie einkaufen können, ist eine Straße weiter unten."

Nun verstand auch Bella, was die Verkäuferin meinte. Der Laden eine Straße weiter unten, war ein Laden, in dem es sehr billige Schuhe gab. Sie nahm ihren ganzen Mut zusammen und sagte mit freundlicher, aber bestimmter Stimme:

"Sie wissen wohl nicht, wer ich bin?"

"Nein, ist mir auch egal!"

Bella verlangte sofort den Chef zu sprechen. Auch die Ausrede, er könne jetzt nicht, ließ sie nicht davon abhalten sich zu beschweren. Nach einer Weile ließ sie den Chef ausrufen, welcher auch ziemlich bald erschien.

Als er Bella sah, rief er: "Bella mein Schatz! Was gibt es denn so wichtiges!"

Der Chef des Schuhhauses war ihr Stiefvater. Manchmal half Bella sogar hier aus. Der Angestellten wurde es ganz anders und sie wollte sich schnell aus dem Staub machen, als Bellas Stiefvater rief: "Wir sprechen uns noch nachher im Büro."

 Und mit diesem Satz widmete er sich ganz seiner Ziehtochter. Bellas Schwester und Mutter wohnten in der Nähe von Frankfurt. Dort hatten sie ein kleines Häuschen. Eigentlich war es gar nicht so klein. Aber Anna behauptete es immer. Anna ist die richtige Schwester von Bella nicht die Stiefschwester.

Ihre Mutter meinte, dass zwei Kinder genug seien und Hilmar, der Stiefvater, wollte nicht unbedingt welche haben. Sie hatten ja schon mit Anna viel zu tun. Bella stellte sich das immer ganz lustig vor. Es gab aber einen Trick, wie man die kleine Anna ruhigstellen konnte. Es war eine einfache Lösung, doch eine sehr gute. Nämlich mit Schokolade. Sie fand es immer lustig, wenn sich ihre Eltern mit Anna abplagen mussten. Und so verriet sie nicht das Geheimnis. In den letzten Jahren ist sie aber reifer geworden. Das soll man ja auch meinen.

Am Ende verließ Bella den Laden mit acht Paar neuen Schuhen. Noch hatte sie fünf Stunden Zeit, bis sie ihre Verabredung hatte. So ging Bella zum Kino. Eigentlich war es um diese Zeit geschlossen, aber ihre beste Freundin Maria musste arbeiten. Bella ging mit den vielen Taschen in die zweite Etage. Dort traf sie auch gleich Maria. Sie war ein bisschen dicker, aber die beste Freundin, die sich Bella vorstellen konnte. Ihre Haare bestanden aus einer leuchtend roten Farbe, die sich zu Locken drehten. Sie war neunundzwanzig und füllte gerade die Popcornmaschine auf, als Bella ankam. Sie stolzierte über den roten Teppich. Ihren Gang hatte sie schon länger geübt, denn es war sehr schwierig, auf Absatzschuhen zu laufen. Bella wäre eben nicht Bella, wenn nichts Ungewöhnliches passieren würde. Gekonnt setzte sie ein Bein vor das andere. Da sie auch gelernt hatte, dass sie hochschauen musste, bemerkte sie den Colabecher nicht. Und schon rutschte sie mit ihrem Fuß aus. Alle Tüten flogen in die unterschiedlichsten Richtungen. Bella sah noch, wie Maria schaute. Normalerweise war sie es doch gewöhnt, dass Bella immer so komische Sachen passierten. Dennoch schaute sie so, als ob sie Bella nicht kannte. Ein junger Mann kam, während Bella sich aufrappelte. Er brachte sogar eine der Tüte mit. Bella setzte ihr perfektes Lächeln auf und sagte liebevoll: " Danke!"

 Doch er sagte nur: "Ich esse auch gerne Mohnbrötchen."

Bella wunderte sich und schaute dem Mann hinterher. Woher wusste er nur, dass sie vorhin so ein Brötchen gegessen hatte? Maria, die alles mit bekommen hatte, zeigte mit dem Finger auf den Mund. Bella wurde es schwarz vor Augen, sie hatte sicherlich etwas zwischen den Zähnen. Doch sie machte sich nichts daraus und ging zu Maria hinüber, schnappte sich einen Stuhl und stellte ihre vielen Tüten auf den Stuhl daneben. Maria blickte schon ganz komisch. Bella sagte als Einleitung: "Das ist eine lange Geschichte. Wer war dieser Mann? Die Schuhe habe ich heute früh geschenkt bekommen."

Maria hörte nur halb hin und fragte wegen der Schuhe nach. Bella erzählte die ganze Geschichte und fragte Maria anschließend:

"Hast du Lust, mit mir shoppen zu gehen? Ich brauche noch was für heute Nachmittag."

Und so gingen die beiden in Marias Mittagspause zu dem Laden, welcher neu eröffnet hatte. Am Eingang wartete schon eine Frau mit Sektgläsern. Bella schaute sich um und ging sofort zu den Taschen. Man konnte Bella mit Taschen und Schuhen stundenlang alleine lassen.

"Du wolltest doch etwas zum anziehen kaufen.", bemerkte Maria. Und nach dem Glas Sekt war Bella nicht mehr fähig nur eine Sache auszusuchen. So übernahm Maria den Job für sie. Sie brachte Bella ein weißes Kleid. Es hatte einen verführerischen Ausschnitt. Und unten war es mehrlagig. Bella verliebte sich sofort in dieses Kleid und nahm es später auch. Nun war sie um achtzig Euro leichter und um ein Kleid in der Größe achtunddreizig reicher. Anschließend liefen die beiden Freundinnen über die Brücke zur Mensa hin, wo sie etwas zum Mittag kauften. Bella ging eilig zu ihrem Lieblingstisch. Es war schönes Wetter, so aßen sie draußen.

"Was machst du heute Abend? Hast du Lust, mit mir ins Pyjama zu gehen?", fragte Maria mit einem Unterton, dass Bella nur eine Antwort geben konnte: "Ja klar! Kommt noch jemand noch jemand mit?"

"Na ja, ich dachte, wir gehen alleine." Bella nickte und so war es abgemacht.

Das Pyjama war nämlich eine tolle Szenekneipe und die beste Möglichkeit (nach dem Kfz), einen schönen und unterhaltsamen Abend zu verbringen.

Beide unterhielten sich noch ein bisschen, bis plötzlich Marias Handy piepte. Sie starrte auf das Display und auch Bella machte große Augen. Schon als Kind war Bella neugierig gewesen.

" Ich muss weg.", sagte Maria und fügte noch schnell hinzu: " Also, um 20 Uhr bei mir?"

Und so ließ sie Bella alleine in der Sonne sitzen. Sie schlurfte noch ihren Kaffee aus und machte sich auf zum Kosmetikpalast. So hieß eine Wellnessfarm in der Innenstadt von Marburg. Dort war ständig etwas los. Und Bella hatte durch ihren Stiefvater eine besondere Beziehung zum Laden. So konnte sie schnell einen Termin ausmachen. Zehn Minuten später war sie schon an der Rezeption und wollte sofort einen Termin haben.

"Sie kommen zu spät. Ich kann Ihnen den nächsten Termin erst in drei Wochen geben. Oder sie nehmen einen bei Herrn Wight war."

Bella überlegte kurz, ob sie den Termin annehmen sollte oder lieber nicht. Schließlich siegte ihr Körper. Seit ein paar Tagen fühlte sie sich matt. Und so nahm sie ihn an.

"Bitte setzten Sie sich noch einen Moment.", gab die Frau an der Rezeption zu hören. Bella tat wie ihr geheißen. Später jedoch kam eine Frau, welche Bella zu den ersten Stationen begleitete. Irgendwie war Bella erleichtert, dass sie nur von einem Mann massiert werden würde. Es war ein merkwürdiger Gedanke sich die Augenbrauen von einem Mann zupfen zu lassen. Nach einer Stunde gelang sie in dem Raum, wo die Massagen stattfanden. Es war keiner zu sehen und die Frau war auch schon verschwunden. 'Muss wohl viel los sein', dachte Bella. So legte sie sich einfach auf die Liege. Sie dachte nur, dass ihr Bikini hoffentlich nicht allzu dumm aussah. Bella hörte, wie die Tür geöffnet wurde und jemand eintrat, der ein Lied pfiff. Doch plötzlich verstummte er.

"Hallo. Was haben sie da gepfiffen?", wollte Bella wissen.

In ihrer Zeitung las sie immer wieder gute Flirttipps. Nur war sie jetzt der Ansicht, dass sie die Wahl ihrer Lektüre noch einmal überdenken sollte.

"Ach, nichts besonderes.", entgegnete die Stimme, " Too serious too soon."

"Oh, das ist mein Lieblingslied!"

Bella war ganz begeistert. Zu dem Lied hatte sie als Kind mit ihrer besten Freundin einmal geheult. Sie dachte: "Ich könnte mich ja mal öfters von ihm massieren lassen, denn er hört sich ganz nett an."

Sie entspannte sich und das ging auch eine Weile gut. Die ganze Zeit über fragte sich Bella, wie Wight wohl aussah. Bestimmt war er kräftig und hatte eine gute Figur. Doch plötzlich bemerkte Bella, wie ihr Oberteil vom Bikini aufging. Sie stieß einen kleinen Schrei aus. Ihr Masseur reagierte schnell:

"Entschuldigen Sie. Ich bin noch nicht lange hier. Darf ich ihn wieder schließen?"

Bella nickte und entspannte sich wieder. Es dauerte nicht lange und alles war wieder in Ordnung. Sie war schon gespannt, wie der Mann aussah. In ein paar Minuten würde sie es wissen.

Mit einem langen: " So.", schloss Wight die Massage ab.

Gleich würde sie ihm endlich in die Augen blicken können. Doch kaum war sie aufgestanden, war er schon weg.

Es entfuhr ihr: "Oh, nein!"

Mit einem enttäuschten Blick zog sie sich wieder an und verließ die Wellnessfarm. Bella ging zur Bushaltestelle und nahm den nächsten Bus nach Hause. Sie schleppte ihre vielen Tüten die Treppe hinauf. Sie wohnte ausgerechnet im letzten Stock. Es machte ihr aber nichts aus, denn so hielt sie sich fit. Sie schloss die Tür auf und schnappte sich gleich zwei Handtücher, und wackelte zur Dusche. Das Bad lag außerhalb auf dem Weg zur Küche. Ein paar Minuten danach hatte sie schon ihr neues Kleid angezogen und schminkte sich. Sie war gerade fertig, als es schon halb drei war. Sie machte sich schnell auf und lief die Promenade entlang bis zum Kino. Sie ging den Hintereingang hinein und sah Sven in einem roten Ledersessel sitzen. Er wandte sich um. Bella beschloss, ihren sexy Gang aufzusetzen. Ihre schulterlangen Haare wedelten ein klein wenig. Sven schaute sie musternd an und Bella lächelte lieblich.

"Hi. Da bin ich. Hast du schon einen Film ausgesucht?"

Sven brauchte erst eine Weile, bis er antworten konnte: "Ja, den neuen Film mit Orlando Bloom. *Königreich der Himmel*!"

"Gut", antwortete Bella knapp, und sie gingen zum Fahrstuhl. Sie fuhren nach unten. Es gab insgesamt vier Etagen. Dieses Kino war das größte in Marburg. Kurz bevor der Fahrstuhl unten ankam, sah sie den Mann, welcher ihr heute die Tüten aufgehoben hatte.

"Oh Gott.", entfuhr es ihr und sie drehte sich um. Sven guckte schon so merkwürdig und Bella sagte schnell: " Ich erklär's dir später!", der Mann stand auch noch direkt vor dem Saal, in den sie beide gehen mussten. Nun bemerkte der Kartenabreißer auch Bella. Doch er sah nervöser aus als sie. Sie ging selbstbewusst auf ihn zu und legte sich ihre Worte schon im Kopf zurecht. Gleich würde sie bei ihm sein. Sven hatte die Karten und lief vorne weg. Geistesabwesend riss der Mann die Karten ab. Eine Zeit lang standen die beiden da. Hinter Bella bildete sich schon eine Menschentraube, die auch in den Film gehen wollte. Sven fasste ihr an die Hüfte und zog sie weiter.

"Komm schon, Schatz.", sagte er und schon verschwand sie im Kino. Der Mann schaute ihnen nach, denn Bella drehte sich auch um.

" Ist der nicht sexy?", fragte Sven Bella.

"Meinst du, er ist schwul?"

Sven zuckte mit den Achseln. Und so beendeten sie das Thema. Insgeheim hoffte Bella natürlich, dass der süße Typ nach dem Kino auf sie warten würde. Doch sie wurde enttäuscht. Auch das Auf- und Abfahren im Fahrstuhl half nichts. Sven musste noch einen Termin erledigen und so ging Bella im Park spazieren und bekam Hunger. Ein nettes kleines Café war in der Nähe. So kaufte sie einen Kuchen und Kaffee zum Mitnehmen. Sie wollte zu Maria gehen und nahm den kürzesten Weg entlang der Brauerei. In Gedanken versunken, lief sie am gläsernen Aufzug vorbei. Bella wollte gerade einen Schluck Kaffee nehmen und dann Klatsch! Auf ihrem neuem Kleid war nun ein Kaffeefleck zu sehen.

"Du Idiot, weißt du, wie viel das Kleid gekostet hat? Und mein Kaffee! Du Blödmann.", schrie Bella.

"Es tut mir leid. Willst du einen neuen Kaffee? Ich kann dir leider kein neues Kleid kaufen.", antwortete eine bekannte Stimme. Bella hörte auf, den Fleck wegwischen zu wollen. Es war der Mann, welcher ihr heute schon zweimal begegnet war. 'Oh Gott', dachte Sie.

"Ein neuer Kaffee wäre nicht schlecht."

In diesem Moment kam eine Menschenmasse aus dem Fahrstuhl und drängte die beiden auseinander. Der Mann hatte keine Chance und lief mit.

Er rief noch superlaut: "Wie heißt du?"

"Bella.", rief sie so laut wie sie nur konnte, "Mein Name ist Bella."

Sie hoffte, dass er sie irgendwie finden würde. Die ganze Menge war weitergegangen und nun stand sie alleine da. Bella drehte sich um und lief in Richtung Südviertel. Dort wohnten früher die reichen Leute. Bella ging die Hauptstraße entlang. An jeder Seite hoben sich die schönsten Villen empor. Nach und nach gelangte Bella zu dem Haus von Maria. Es war zwar noch nicht zwanzig Uhr, dennoch probierte sie, ob Maria schon zu Hause war. Bella hatte Glück und ihre Freundin Maria machte schnell auf. Aber sie musste bis in die oberste Etage gehen. Dort angekommen, stand Maria schon an der Tür. Sie lächelte freundlich und begrüßte sie herzlich.

"Hi! Komm rein."

Bella ließ sich das nicht zweimal sagen. Und sogleich erzählte sie Maria, was es mit dem Kaffeefleck auf ihrem neuen Kleid auf sich hatte. Mitten im Gespräch fing sie an zu grunzen.

"Ich kenne diesen Typen den du meinst. Er heißt Thomas Wight.", Bella machte große Augen. "Er wohnt ganz unten im Haus."

Bella freute sich riesig.

"Gehen wir 'mal hin?"

" Warum nicht?" Bella musste schnell auf die Toilette. Und kaum war sie im Bad, wusch sie sich den Kaffeefleck raus. Darunter hatte sie verwaschene Unterwäsche von C&A an. Wer wäscht schon die Unterwäsche bei neunzig Grad?

-Bella-! Sie wrang das Kleid aus und ging wieder ins Wohnzimmer.

"Maria hast du etwas für mich anzuziehen? Ich habe das Kleid ausgewaschen."

"Jep!", antwortete Maria und ging belustigt zum Kleiderschrank.

Oh Schreck: Da saß Thomas! Erst wurde Bella von Maria verdeckt doch dann nicht mehr. Sie lief rot an. Und Thomas sagte:

"Hi. Ich habe dich gefunden Bella. Ach, es braucht dir nicht peinlich zu sein. Ich habe dich heute schon einmal gesehen."

Bella wusste nicht, was sie sagen sollte. Plötzlich fiel es ihr ein.

"Ja, hast du, aber von hinten. Du bist der Masseur!"

Bella zog schnell die Sachen von Maria an und konnte in seinen Augen ein gewisses Leuchten sehen. Anschließend unterhielten sich alle drei gut miteinander und vergaßen sogar, dass sie ins Pyjama gehen wollten. Als es zu spät war, schauten sie sich noch eine DVD an. Kurze Zeit danach verabschiedete sich Thomas. Bella blieb noch bei Maria. Und so erfuhr sie, dass Thomas Wight aus den Staaten kam und achtundzwanzig Jahre alt war. Er hatte noch Stiefgeschwister. Bella fand, dass das Leben einem einzigen Film glich und das es bis zur letzten Minute spannend bleiben würde.

Ascherbachsee

In den nächsten Wochen passierte nicht viel. Bella ging zur Uni und lernte für ihr Diplom. Profiler, dieser Wunsch ging ihr mehrmals täglich durch den Kopf. Doch der Name Thomas Wight verdrängte alle Fakten.

'Es war ja nichts aufregendes passiert', dachte Bella.

Nun glaubte sie, dass es ihr Traummann sein könnte. Sie war trotzdem vorsichtig, denn sie wollte nicht noch einmal so eine Pleite wie mit Timo erleben. Tief in ihrem Herzen glaubte sie, dass Thomas anders war. Dennoch wollte sie kein Risiko eingehen. Schließlich machte sie sich weniger Gedanken um ihren Traumberuf als um Thomas. Sie musste um jeden Preis für ihre Prüfung lernen. Doch ihr Mut wurde auf eine andere Art und Weise auf die Probe gestellt. Sie musste mit jemandem aus ihrem Seminar einen Vortrag halten. Dies war ein Teil der Vorprüfung. Dieser jemand war kein geringer als Tim. Tim war groß, trug eine Brille und hatte braune Augen. Er sah ganz gut aus, aber mehr als ein One-Night-Stand war nicht drin. Das Thema ihres Referat war "Die Charakterzüge des Schriftbildes und die daraus erkennbaren Eigenschaften der Person". Eigentlich bräuchte sie kein Referat zu halten, müsste sich aber dann mit ihrer Diplomarbeit beeilen. Bella hatte schon viele Berichte über das Schriftbild im Fernsehen gesehen. Irgendwie war es komisch mit diesem Typen zu arbeiten. Gott sei Dank hatten sie noch zwei Monate Zeit. Sie saß im Café mit Tim und beide studierten verschiedene Bücher aus der Bibliothek als Bellas Handy klingelte.

"Ja. Hier ist Bella. Thomas!! Gut und dir? Na klar habe ich Lust.. Ja, bis dann." Bellas Herz machte vor Freude einen Sprung. Gleichzeitig sackte es auch in die Magenregion. Sie klappte ihr Handy zusammen und entschuldigte sich bei Tim. Natürlich verstand er das als Gentleman. Die beiden einigten sich, dass er bezahlt und sie die Bücher mit nach Hause nahm. Bella empfand Mitleid gegenüber Tim, aber sie freute sich um so mehr auf Thomas. Sie rief sich das letzte Bild von ihm in ihren Kopf. Er hatte, genauso wie Bella, schulterlange Haare, die im Gegensatz zu ihren schwarz gefärbt waren. Was für ein toller Kontrast! Zudem hatte er meerblaue Augen und trug eine modische Kette mit einem Waagezeichen um den Hals. Nun kannte sie schon jeweils zwei Menschen, die Krebs bzw. Waage waren. Sie und Maria waren Krebs und Thomas und Anna Waage. An dem Tag, als Bella Thomas gesehen hatte, trug er eine Jeans und ein Hemd. Die obersten zwei Knöpfe waren offen und man konnte seine Brusthaare sehen. Normalerweise mochte sie eigentlich keine, doch ihm standen sie. Eilig ging Bella zum Treffpunkt. Sie trafen sich im neuem Botanischen Garten. Der war ungefähr dreißig Minuten entfernt. Sie nahm den Bus und das ging schneller. Dieser Tag war genauso sonnig, wie der Tag, als sie sich kennengelernt hatten. Heute trug sie einen Rock mit einem Top. Am Eingang wartete Thomas bereits. Er strahlte richtig, als sie näherkam. Heute sah er genauso aus, wie vor Wochen. Nur befand sich heute ein Tuch in seinem Haar. Er sah so richtig amerikanisch aus. Bella konnte schon die Blumen riechen, die sich innen befanden. Schon als Teenager hatte Bella eine Schwäche für Typen, die älter waren und längere Haare hatten. Das schlechtes Beispiel war Dieter. Er war eigentlich nicht verkehrt hatte aber die Angewohnheit, Drogen zu nehmen. Gott sei Dank hatte Bella dies rechtzeitig erkannt.

"He! Ich habe mir gedacht, wir könnten ein Picknick machen und schauen uns mal hier um."

"Fantastisch! Hast du auch Kaffee mitgebracht?", fragte Bella.

"Natürlich! Ohne Kaffee bist du doch nur ein halber Mensch. Ich habe Maria gefragt, was du gerne hast.", gab Thomas zu.

Alleine wäre er wahrscheinlich nicht auf die Idee gekommen.

"Alleine wäre ich nicht auf die Idee gekommen. Na ja, außer Kaffee. Ich schulde dir ja noch einen."

Bella lächelte leicht. Sie war rundum glücklich. Sie überlegte, ob sie Maria Vorwürfe machen sollte, entschied sich aber dafür, dass das normal wäre bei gemeinsamen Freunden. Eine Weile gingen sie im Park spazieren. An Kakteen und Rosen vorbei, wo Thomas die Schönste aussuchte und sie für Bella pflückte. Beide sprachen über alles, was ihnen einfiel. Dann kamen sie an einer Brücke an. Es war eigentlich eher ein breiter Steg.

"Hast du Lust, hier das Picknick zu machen?"

"Ja, sehr gerne!", antwortete sie.

Und so ließen sie sich auf dem Steg nieder. Der See war voller Seerosen und auch Schildkröten tummelten sich im Wasser. Bella war zufrieden und Thomas schien es auch zu sein. Er fragte sie nach einem köstlichen Essen und, ob sie heute Abend mit ihm und Phoebe ins Kino wollte.

Bella guckte entsetzt.

"Phoebe? Wer ist Phoebe?", fragte Bella.

"Ach, ich dachte, du kennst sie. Sie geht in die selben Kurse wie du. Sie ist eine gute Freundin von mir."

"Na klar! Das ist Schnecken-Phoebe. Ja, die kenn' ich. Sie soll sich doch überall einschleimen!"

"Ja, aber das ist nur blödes Gerede.", entgegnete ihr Thomas.

Thomas fütterte Bella mit einer Erdbeere und dann machten sie sich schon auf, denn sie wollten vor dem Kino noch etwas herzhaftes Essen gehen. Thomas stand auf und reichte Bella die Hand, damit sie besser aufstehen konnte. Diesmal hatte sie nicht so hohe Schuhe an. Sie gingen ein kleines Stück und Bella trat auf eine lose Platte und rutschte aus. Sie flog rückwärts in den See und wurde gleich von Fischen umringt. Thomas lachte auf und man konnte leicht seinen amerikanischen Akzent hören. Bella versuchte, an den Steg heranzuschwimmen. Thomas beugte sich hinunter und Bella ergriff die Chance und zog an seinem Hemd. Sogleich fiel er mit ins Wasser! Mit nassen Haaren sah er noch geiler aus, als sonst! Sie planschten im Wasser umher und er war ihr nicht mehr böse, dass sie ihn ins Wasser gezogen hatte. Sie schauten sich tief in die Augen, und dann nahm Thomas seine Hand und strich eine Haarsträhne aus Bellas Gesicht. Anschließend legte er die eine Hand auf die Hüfte und andere um ihren Hals. Bella verschränkte ihre Arme hinter seinem Nacken. Nun folgte ein leidenschaftlicher Kuss. Sie fühlte seine Zunge, die sehr weich und zärtlich war. Für die beiden schien die Welt stillzustehen, bis Bella anfing, sich zu schütteln, weil sie fror. Es dauerte jedoch eine Weile, bis sie aus dem Wasser kletterten. Thomas merkte ja, dass Bella kalt war, und so legte er ihr die Decke um die Schulter. Er nahm ihre Hand und ihre Blicke trafen sich. Langsam gingen sie zum Ausgang, wo ein tolles Auto auf sie wartete. Es war ein 7er BMW.

"Aber ein neues Kleid kannst du mir nicht kaufen! ?", sagte Bella lächelnd.

"Den habe ich mir von meinen ersten Ersparnissen gekauft. Damals wusste ich nicht, dass ich das Geld einmal brauchen würde. Verkaufen kann ich es auch nicht, weil ich schon seit Jahren keinen TÜV mehr habe machen lassen."

Bellas Gesicht wurde ganz anders. Sollte sie etwa mit einem mitfahren, der ein unsicheres Auto hatte? Als Bella fünfzehn war, hatte sie einen Autounfall, aber Gott sei Dank, war ihre Mama nicht schuld an diesem Schaden. Thomas wartete, dass sie ins Auto einstieg. Für Bella tat sich die Möglichkeit auf, dass er ein Wahnsinniger sei oder doch ein Autoschieber? Thomas stand cool und lässig an der Tür und wunderte sich.

"He! Das war nur ein Spaß. Natürlich schaffe ich ihn regelmäßig zum TÜV. Den hat mir mein Onkel geschenkt, deswegen möchte ich ihn nicht verkaufen. Obwohl mir das Geld helfen könnte."

Diese nachdrückliche Antwort gefiel Bella und so nahm sie auf dem Beifahrersitz Platz.

Thomas fuhr sie ins Südviertel, wo er wohnte. Maria brachte gerade den Müll herunter und sah die beiden ankommen. Mittlerweile waren die Sachen schon wieder trocken. Was bei dieser Hitze kein Wunder war. Thomas stieg als erstes aus. Maria kam auf sie zugelaufen.

"Hi, Bella!", sie wandte sich zu Thomas und sagte zu ihm: "Kann ich dich mal sprechen Thomas?"

Thomas nickte selbstbewusst und wurde auch schon von Maria an den Rand gezogen. Bella versuchte zu hören, was die beiden sich unterhielten, konnte jedoch kein Wort verstehen. Sie hörte nur etwas, dass sich wie Janina anhörte. Sicher war sie sich aber nicht.

"He..... Ich hol' nur schnell etwas aus meinem Zimmer. Kannst ja auch mitkommen!"

Gleich würde Bella zum ersten Mal sein Zimmer sehen. Sie war von den Füßen bis in die Haarspitzen gespannt. Na ja, eigentlich trieb ihre Neugier sie an. Doch Bella bekam nicht das zu sehen, was sie wollte.

"Oh nein!", entfuhr es ihr. Es war das schlimmste Zimmer, was es nur geben konnte. Zum Schlafen diente eine alte Matte, welche sicherlich vom Sperrmüll kam, dann stand ein Fernseher, der mit Staub bedeckt war. Ein Laptop stand auf einem kleinen Tisch, der aber gleichzeitig als Esstisch dienen musste. Überall lag Abfall herum. Es schien noch nicht einmal einen Abfalleimer zu geben. An der Wand hing ein vergilbtes Hanfposter. Im Fensterbrett lagen verschiedene Badeartikel. In dem ganzen Zimmer gab es keinen einzigen Kleiderschrank. Ein Koffer diente als Einlage für seine Sachen. Die Wände waren schmutzig, und in den Ecken befanden sich lauter Spinnweben. Das Glas des Fensters hatte einen Sprung und die Rahmen verloren die Farbe. Stückweise war ein Teppich vorhanden. Doch dieser war übersät mit Flecken wie Rotwein und Cola. An manchen Stellen bildete sich schon Schimmel. Diese Wohnung war genau das Gegenteil zu ihrer. Die Größe stimmte, aber das andere nicht. Ihre Wände waren sauber und erst vor kurzem neu mit weißer Farbe gestrichen. Sie hatte mehre Kleiderschränke und ein ordentliches Bett. Im Fenster standen Pflanzen und keine Badeartikel. Die Fenster wurden regelmäßig geputzt und auch sonst war es nett eingerichtet. Gegen die

Unordnung hatte Bella auch nichts. Es war eher, dass der Schimmel an der Wand klebte. Sie stand still im Zimmer, während Thomas nach etwas suchte. Nach einer Weile fand er es auch. Es war eine Digital-Camera. Plötzlich bemerkte Bella, dass sie mit ihrem Schuh in einem Stück Pizza steckte. Sie fand das Ganze hier einfach nur widerlich. Ein paar Minuten später befand sie sich endlich auf der Straße. Noch nie war sie so froh, die frische Luft zu riechen wie heute. Eines verstand Bella nicht. Thomas hatte ein sehr neues Modell von BMW, aber kein Geld für normale Sachen. Unter Sachen verstand sie im Moment einen Kleiderschrank und ein schönes Bett. Zumal er zwei Jobs hatte. Vielleicht brachte das Kino nicht genug ein, aber der Job in der Wellnessfarm allemal. Dann kam noch dazu, dass Bella noch nicht einmal wusste, ob er studierte oder nicht. Die ganze Geschichte fand sie doch sehr merkwürdig. Das Auto stand noch an der Stelle, wo Thomas es geparkt hatte. Auch Thomas merkte, dass Bella angeschlagen war. Sie unterhielten sich nicht mehr viel.

"Wir treffen uns gleich mit Phoebe. Schau' da ist sie schon.", sagte Thomas und wies mit der Hand auf eine Frau, die etwas mollig war und sich in Sachen reinzwängte, die ihr sicherlich zehn Nummern zu klein waren.

'Vielleicht bin ich auch nur wütend auf Thomas und sehe deswegen alles so schwarz!', überlegte Bella. Auch dachte sie sich, dass Phoebe erst im Kino dazu kommen würde. Und nicht schon, wenn sie mit Thomas essen gehen wollte. Bella sah es aber auch von der positiven Seite. Sie musste nun nicht mehr krampfhaft nach einem Thema suchen, worüber sie reden konnten. Eine Schulfreundin hatte einmal zu ihr gesagt: "Immer habe ich mit ihm geredet. Und dann soll ich ein Thema vorschlagen, worüber wir reden sollten."

Damit hatte sie damals ihren Ex-Freund gemeint. Bella fand gleich, dass der Mann nicht zu ihr gepasst hat.

Phoebe war genau so alt wie Thomas.

Als sie näherkam und "Hi!" sagte, glitzerte ein Piercing in ihrem Mund. Sie hatte lange braune Haare, die stufig geschnitten waren. Zusammen gingen sie in ein Restaurant an der Lahn. Die Lahn ist ein Fluss, welcher durch Marburg fließt. Die drei saßen auf der Terrasse, von wo aus sie den Leute zuschauten, die auf der Lahn mit einem Tretboot unterwegs waren. Das Restaurant war typisch für Nudelgerichte und jeder bestellte sich ein anderes Gericht. Thomas machte ein paar Fotos, wie Phoebe und Bella sich umarmten. Bella fand es aufdringlich. Sie hatten erst ein paar Worte gewechselt und auf den Fotos würde es nun so aussehen, als ob die beiden die besten

Freundinnen wären. Dann erzählte er noch Geschichten von ihm und Phoebe. Bella fühlte sich in ihrer Haut immer unwohler. Phoebe war ganz anders als sie an der Uni war. Man konnte gar nicht mehr sagen, dass sie ein Schleimer war. Trotzdem wüsste Bella gerne, ob sie sich wirklich ihre Punkte erschlich. Zwar hatte sie einen Freund namens Derik, aber was heißt das schon? Nach einem ausgiebigen Essen, welches Thomas bezahlte, eilten sie schnell ins Kino, um noch rechtzeitig zum Film zu erscheinen. Bella wusste zwar nicht, was es war, aber irgendetwas bedrückte ihn. Ihr war so, als ob sie sich nie geküsst hätten. Der Film begann. Bella hatte nicht mitbekommen, wie Phoebe während des Filmes dringend weg musste, weil sie eine Schicht übernehmen musste. Thomas rückte auf und nun kuschelten sie auch miteinander. Nach dem Film gingen sie noch ein Stück spazieren. Und plötzlich vermieste er die ganze Stimmung: "Du, ich muss dir etwas sagen.", Bella schaute verdutzt rein.

"Ich ... Es gibt noch eine andere Frau in meinem Leben."

Bei diesen Worten schien Bellas Herz stehenzubleiben. Schnell fasste sie sich wieder und überlegte, dass sie ja noch nicht einmal zusammen waren und es vielleicht auch nichts bedeutet hatte. Sie guckte aber trotzdem wie eine Kuh, wenn es donnert.

"Janina. Ich habe gerade mit ihr Schluss gemacht. Weil sie so eifersüchtig war. Ich will nichts mehr von ihr. Ich wollt's dir nur sagen... Bevor du es von Maria erfährst."

Bella überlegte stutzig.

"Aber wenn du nicht mehr mit ihr zusammen bist, wieso erzählst du mir das Ganze? Und machst alles kaputt?"

"Ich weiß nicht. Ich wollte das einfach nur klarstellen.", entgegnete Thomas. Bella war zwar mit der Antwort nicht so zufrieden, aber sie musste es annehmen. Den ganzen Weg zum Lahnufer redeten die beiden sehr wenig. Noch weniger als vorhin. Die Sterne schienen wunderschön am nächtlichen Himmel. Im Wasser spiegelten sich verschiedene Schwarztöne von den Bäumen und die Sterne machten das Ganze zu einem Spektakel der Natur. Thomas brach plötzlich das Schweigen, welches aufkam, als sie am Ufer waren.

"Hast du Lust, noch einen Cocktail zu trinken? Ich kenne da eine ganz schnuckelige Kneipe. Na?"

Bella wurde es anders bei dem Wort "Kneipe". Sie war es gewöhnt, in Restaurants und Bars einen Cocktail zu trinken. Schließlich überlegte sie, wie Janina aussah. Bestimmt richtig schlank, immer top gestylt und lange blonde Haare, blaue Augen und sie war bestimmt eine der größten Zicken der Welt.

"Na gut!", antwortete Bella lasch.

Und so gingen sie in einen wirklich niedlichen Laden. Um genau zu sein, in ein Irish Pub. Bella war schon einmal in einem Pub gewesen. Nämlich in London. Sie war schon zweimal in ihrem Leben in London. Einmal mit ihrer besten Schulfreundin und dann mit der Klasse. Thomas fragte sie, was sie trinken wollte. Bella bestellte einen Tee mit Milch. In ihr stieg langsam wieder ein gutes Gefühl hoch. Sie sah Thomas wie im Botanischen Garten an. Beide plauderten noch über sich selbst und die Welt. Und so erfuhr Bella immer mehr über Thomas. Zum Beispiel erfuhr sie, dass er einmal vom Kirschbaum in seinem Garten gefallen war und danach allein mit seinem Fahrrad zum Arzt fuhr. Sein Vater hatte sich von der Familie getrennt, als er acht war. Bella erzählte von ihrer Kindheit, wie sie im Internat war und alle sie gehänselt haben. Eine hatte versucht mit ihr "auszukommen". Doch nachts schnitt sie Bellas Haare kurz und malte sie mit Filzstift an. Das Resultat war, dass sie vier Wochen gebraucht hatte bis er wieder abging.

Oh ja, manche Kinder sind gemein und andere waren fiesig. Einmal hatte Bella für den Deutschunterricht eine Geschichte schreiben müssen und so eine gemeine fette Kuh, namens Cizilia, hatte sie geklaut und als ihre eigene ausgegeben. So eine bescheuerte Schlampe!

"Alle waren nicht so. Manche waren auch ganz nett. Besonders aus der Parallelklasse."

"Kann ich mir ja nicht vorstellen, dass du so unbeliebt warst. Hast du eigentlich auch einen Nebenjob? Ich bin ja, wie du weißt, als Masseur und im Kino tätig.", fragte Thomas gezielt.

"Ja, ich mixe Getränke und ab und zu helfe ich bei meinem Stiefvater aus. Er hat ein Schuhgeschäft. Ach ja, heute ist die eine dumme Kuh, die mich geärgert hatte obdachlos!", erzählte Bella.

"Was hattest du denn angestellt?"

"Nichts... Ok...ok, ich habe vielleicht ein bisschen nachgeholfen!"

Thomas wollte es gar nicht genauer wissen und überlegte, was Bella wohl angestellt hatte.

"Sie hatte ihre gerechte Strafe bekommen!"

Thomas und Bella tranken aus und dann brachte er sie nach Hause.

Unten am Eingang fragte Thomas: "Sehen wir uns wieder?"

"Ich hoffe doch. Es war ein schöner Tag mit dir.", gab sie als Antwort. Sie erwartete, dass er die Aussage bejahte. Doch er lächelte nur, ging weg und drehte sich noch einmal um, um zu winken. Bella fragte sich was das soll, noch nicht mal einen Kuss. Sie ging die lange Treppe hoch und schloss sie die Tür auf, als Inken auf sie zu kam.

"He, ich dachte, du kommst gar nicht mehr. Ich habe etwas gekocht, ich hoffe du willst noch was."

"Na ja, Hunger habe ich schon. Was gibt's denn?"

Inken erklärte Bella, dass sie Hühnchen Cordon Bleu gemacht hatte. Dieses Gericht gehörte zu Bellas Lieblingsgerichten. In der Küche war schon alles gedeckt. Es sah aus wie ein Candlelight-Dinner. Bella fragte sich, womit sie das verdient hatte. Inken wollte ihr nur mal eine kleine Freude machen, denn sie hatte ihr in der größten Not geholfen. Bella hatte Inken über ihren Liebeskummer hinweg helfen wollen. Sie erzählte von ihrem Date mit Thomas und Phoebe und über ihr Treffen mit Tim. Tim studierte nicht nur Psychologie, sondern auch Politik. Eigentlich sah er ja nicht schlecht aus, aber sie wollte erst einmal wissen, wie es mit ihr und Thomas weiterging. Eine Affäre mit Tim würde sie aber nicht ausschließen wollen. So gegen drei Uhr wollte Bella ins Bett gehen, stellte noch den Wecker ihres Handys und sah, dass eine SMS von Thomas auf ihrem Handy blinkte. Bella freute sich riesig. Ihm war es also nicht so egal, wie sie dachte.

'Hi Bella! Ich wollte dir eine gute Nacht wünschen. Träum süß. Schöne Grüße auch von Phoebe. Thomas'

Sogleich schrieb sie auch eine zurück und zog ihr Nachthemd an. In der SMS stand folgendes: 'Träum' du auch süß. Gute Nacht! Bella.'

Nicht einfallsreich, dachte Bella. Aber für den Anfang ging es. Was hätte sie sonst noch schreiben sollen? Und so hoffte sie, dass er noch einmal zurückschreiben würde. Es kam zwar noch eine SMS, die war aber von Tim. Er wollte sich morgen mit ihr treffen. Sicherlich wegen des Referats. Dann setzte sie sich an ihren Schreibtisch, weil sie eine E-Mail an Maria schreiben wollte. Sie erzählte alles, was ihr, mittlerweile, passiert war. Maria schrieb schnell zurück und gab die besten Glückwünsche und fragte, ob sie morgen ins Kino kommen und mit ihr Essen gehen würde. Bella musste nicht zur Uni und so verabredeten sie sich. Eine Weile dachte sie noch an Thomas und ging dann schnell ins Bett.

Bella schlief nicht so lange. Sie stand auf, noch bevor der Wecker klingelte. In der Küche machte sie sich ein ausgiebiges Frühstück. Anschließend nahm sie ihre Sportsachen und ging in den Schloßpark, um ihre Tai Chi Übungen zu vollziehen. Mit vierzehn Jahren hatte sie schon Tai Chi gelernt. Damals war in ihrer Nähe ein Kurmittelhaus. Das war noch bevor sie in die Nähe von Frankfurt umgezogen waren. Ihre damalige Lehrerin war sehr nett gewesen. Nach den Stunden quatschte Bella noch eine Weile mit ihr. Ein Jahr später mussten die Schülerinnen auf dem Internat ein Praktikum machen. Natürlich hatte sie es im Kurmittelhaus absolviert. Frau Welling hatte immer so eine schöne Kette umgehabt und zufällig sah Bella die passenden Ohrringe dazu. Und natürlich musste sie diese sofort kaufen. Am Anfang hatte sie die Ohrringe Frau Welling geschenkt, das war sicherlich ausschlaggebend für ihre Beurteilung, denn sie hatte die beste Note der ganzen Klasse erhalten. Auch wollte Bella, dass Welling nur gutes über sie sagte, wenn damals die Wirtschafts- und Rechtslehrerin sich nach Bellas Verhalten erkundigte. Leider tat sie das nicht. Bella erinnert sich gerne an die Zeit zurück, auch wenn es manchmal nur schmerzlich war. Nach zwei Stunden hatte Bella "die Schnauze voll" von ihren Übungen und lief in den Rosengarten, setzte sich auf eine Bank und trank Kaffee, den sie selbst mitgebracht hatte. Thomas hatte schon richtig bemerkt, dass sie ohne Kaffee nur ein halber Mensch war. Es war um diese Tageszeit noch recht frisch. Die Blüten der Rosen waren noch geschlossen. Um die Mittagszeit fing es langsam an wärmer zu werden, und die Hitze des Junis dauerte meistens bis spät in die Nacht hinein. Langsam schlenderte Bella den Schlossberg hinunter. Sie wollte noch schnell nach Hause gehen, sich umziehen und dann zu Maria laufen. Auf dem Weg nach Hause sah Bella, wie die meisten Geschäfte öffneten.

Bella stellte sich vor, wie sie als kleines Kind ganz traurig in ihrem Zimmer saß und weinte. Sie weinte, weil sich ihre Lieblingsband aufgelöst hatte. Sie musste daran denken, weil Bella gerade an einem Plakat vorbeikam, wo Werbung für das letzte Konzert von Oliver Coot gemacht wurde. Sie wollte unbedingt die Übertragung im Fernsehen sehen, am liebsten würde sie ja Karten für Berlin kaufen. Aber das Geld fehlte ihr. Und von ihrer Familie wollte sie einfach keins annehmen. Bella wollte immer so unabhängig sein, wie es nur ging. Sie sagte sich immer, dass ihre Eltern bei ihrer Hochzeit immer noch genug hinblättern müssten. Wenn sie einmal heiraten würde. In ein paar Minuten war sie zu Hause. Heute würde sie ganz ladylike auftreten. Sie zog einen Rock an. Dazu ein Top, welches sehr seriös wirkte und schwarz war. Und dazu Pumps. Ihre Haare steckte sie hoch und nahm ihren Sommermantel, der durchsichtig schimmerte. Sie schminkte sich und sah danach älter aus. Anschließend ging sie zur

Bushaltestelle und nahm gleich den nächsten Bus. Bella stieg an der Haltestelle beim Kino aus. Dort befand sich ein Eiscafé. Sie holte sich eine Kugel Waldmeistereis. Bella liebte Waldmeister abgöttisch. Maria wartete schon vor dem Haupteingang am Kino.

"Hi!", sagten beide wie aus einem Munde, danach fingen sie an zu kichern.

"Na, wie war gestern dein Date mit Thomas?", fragte Maria ganz neugierig.

"Ich denke es ist ganz gut gelaufen. Aber weißt du was genaueres über diese Janina?", wollte Bella sofort wissen.

"Na klar. Thomas war zwei Jahre mit ihr zusammen gewesen, bis Janina fremdgegangen war. Bis er es erfahren hatte, war es fast zu spät. Thomas stand schon mit ihr vor dem Traualtar."

"Ach, oh mein Gott und wie lange ist das her?", Bella konnte es gar nicht glauben.

Wieso hatte sie es nicht gewusst? Und warum war sie nur so gefühllos gewesen?

Thomas wollte also darauf hinaus.

"Ca. zwei Monate, aber mehr auf gar keinen Fall.", meinte Maria.

"Mich wunderte schon ehrlich gesagt, dass er so 'ran gegangen ist.", Fügte sie noch hinzu.

Bella nickte aufrichtig. Sie konnte gut verstehen, wie sich Thomas fühlte und warum er so eine Andeutung gemacht hatte. Er wollte mit ihr reden. Die meisten Männer in Bellas Leben wollten nur mit ihr in die Kiste springen.

Und die meiste Zeit erzählte Bella über ihr Leben, ihr wurde auf einmal klar, dass sich in ihrem Leben nicht nur alles um sie drehte. Bella ging noch kurz mit Maria ins Kino, um ihre Tasche zu holen. Bella musste daran denken, wie sie vor einiger Zeit hier das erste Mal Thomas getroffen hatte. Es war wohl einer der peinlichsten Auftritte ihres Lebens. Doch insgeheim wusste sie, dass ihr Leben nur aus Peinlichkeiten bestand und es jederzeit schlimmer kommen könnte. Neulich stand sie an der Kasse und wollte bezahlen, jedoch bekam sie nicht mit, dass die Verkäuferin sie schon zu zahlen aufgefordert hatte.

Genauso hatte Bella Glück bei Losen. Einmal in der Schule wurde ausgelost, wer mit zu einer Betriebsbesichtigung durfte. Natürlich wurde sie nicht ausgelost. Dass es vielleicht Schicksal war, daran hatte sie erst später gedacht. An dem Tag als die Besichtigung war, hatte sie nämlich ihre Jugendliebe Nr. Zwei getroffen. Er ging in die zehnte Klasse. Sie erinnerte sich an die schrecklichen Mittwoche. Jeden Mittwoch (jedenfalls in der neunten Klasse) hatten sie immer Sport und Musik. Sie konnte keine Begeisterung für diese Fächer aufbringen. In beiden war sie eine Niete. Sport würde immer ein Kindheitstrauma bleiben. Bei Mannschaften wurde sie immer als Letzte gewählt. Besser gesagt, sie musste dann in irgendeine Gruppe 'rein. Und in Musik genauso: Vor der Klasse singen, das war für sie immer der Horror pur gewesen. Auch konnte sie nicht den Takt aus Arien und anderen Stücken herausfinden.

Als sie und Maria wieder draußen waren, gingen sie zusammen erst einmal in die Mensa. Maria hatte ihren festen Job im Kino. Es war zwar auf Dauer kein Leben, dennoch war es ein Job und bei dieser Arbeitsmarktsituation war es eben schwierig, überhaupt etwas zu finden. Bella bestellte sich, wie üblich, einen Kaffee und dazu noch ein Stück Käsekuchen. Maria holte sich eine Müllermilch und eine Götterspeise. Bella mochte auch liebend gerne Götterspeise. Sie hatte einmal versucht, für ihre Mutter zum Muttertag eine zu kochen. Doch Bella hatte zu viel Wasser genommen und so musste ihre Mutter sie anschließend trinken. Eigentlich hatte es gut geschmeckt, doch sie war sicher, dass ihre Mutter nur so getan hatte. Bella war sich ziemlich sicher, dass sie nie kochen lernen würde. Und wie sie es gelernt hatte, schmeckte es nicht. Schlimmer noch. Abscheulich.. Deshalb hoffte sie auch, dass Thomas kochen könnte, sonst wäre sie verloren. Manche Leute fragten sie immer wieder, wie sie sich Essen mache. Eine klare Ansage, denn sie nahm Essen, welches man in der Mikrowelle aufwärmen konnte.

Maria und Bella hatten sich bei einem Nebenjob, den Bella hatte, kennengelernt.
Bella war vor zwei Jahren Kongresssekretärin im Kino gewesen.
Damals hatte Bella noch schwarze Haare und sah frühs, wenn sie aus dem Bett kam richtig gruselig aus. Freilich wirkte sie mit der anderen Haarfarbe ernsthafter. Aber das Image des naiven Blondchen gefiel ihr richtig gut. Blond kam sowie so besser an, denn als ihre Einkaufstasche krachte, weil diese wieder einmal zu voll war, hatte ihr ein netter junger Mann geholfen. Mit schwarzen Haaren war es ihr nie so ergangen.
Der Tag wurde immer sonniger. In ca. zwei Wochen würde Bella ihren siebenundzwanzigsten Geburtstag feiern.
Allein das Wort siebenundzwanzig machte ihr schon Angst.
"Findest du, Thomas meint es ernst mit mir?", fragte Bella Maria, weil sie einmal wieder an den süßen Amerikaner denken musste.
"Ich kenne ihn als treue Seele. Aber seit der Sache mit Janina ist er irgendwie anders. Ich habe

das Gefühl, dass er sich immer mehr versteckt. Früher hat er regelrecht die Gefahren gesucht. Ihm war kein Berg zu hoch, kein Wasser zu tief und keine Strecke zu weit. Janina hat ihm ein Gefühl der Sicherheit gegeben. Heute hat er ja schon Angst, wenn es gewittert.", gab Maria als Antwort. "Heißt das nun ja oder nein?", wollte Bella ausdrücklich wissen.

"Ich würde sagen: 'Jein'. -Also, ja und nein."

Bella wollte die Antwort nicht hören.

"Ich weiß, was 'jein' bedeutet. Ich bin zwar blond, aber nicht blöd."

Bella war auf hundertachtzig. Wenn sie eins nicht leiden könnte, dann das jemand sich über sie lustig machte. Und vor allem nicht ihre beste Freundin. Ja vielleicht war sie naiv, aber sie hatte in ihrem Leben schon mehr geleistet als Maria, das stand fest.

"Manchmal glaube ich, dass dieser Spruch stimmt. Blau, blond, blöd."

Das war zu viel für Bella. Sie mochte ja naiv sein, aber nicht blöd. "Sorry, habe ich nicht so gemeint.", setzte Maria noch schnell hinzu.

Sie sah wohl sehr deutlich, wie Bella Maria ansah.

"Ist ja schon gut. Tut mir echt leid, dass ich dich so angefahren habe." Bella brauchte meistens auch klare Ansagen. So halb und halb konnte sie gar nicht leiden.

"Na, nun sag` einmal: was hat es eigentlich mit diesem Tim auf sich?", Maria lenkte geschickt vom Thema ab.

"Na ja, da gibt es nicht viel zu erzählen. Er studiert Psychologie und Politik und wir müssen ein Referat zusammen bewältigen. Normalerweise müsste ich es ja nicht noch einmal machen. Aber du weißt ja meine Diplomarbeit hat eine Pause eingelegt."

"Wohl hast du eher eine Pause eingelegt.", Maria lachte und Bella war aufgefordert es ihr gleich zu tun.

Marias Lachen war einfach ansteckend. Sie lachte nun viel mehr über ihr Lachen, als über die Wahrheit, welche aus Marias Mund kam. Vielleicht hätte Bella sich doch mehr beeilen sollen, denn sie hätte es noch vor ihrem Geburtstag schaffen können. Natürlich gab es da wichtigere Sachen, als in die Vorlesungen zu gehen oder sogar an ihrer Arbeit weiterzuschreiben. Ihr Stiefvater Hilmar hatte nämlich gute Beziehungen zum BKA und da könnte sie dann gleich als Profiler anfangen. Selbstverständlich erst einmal auf Probe. Ein Leben lang hatte sie sich gefragt, ob ihr Stiefvater für ihr Abitur bezahlt hatte, denn sie benötigte einen Durchschnitt von 1,5, um Psychologie studieren zu können. Komischerweise gelang ihr ein unerklärlicher

Durchschnitt von 1,1. Als sie dieses Ergebnis vor fast neun Jahren in der Hand hielt, war sie richtig glücklich. Sie konnte studieren und den Job haben, den sie immer wollte. Seit sie ein kleines Mädchen war, versuchte sie zu verstehen, warum Menschen zum Morden fähig waren. Diese Antwort konnten ihre Eltern nie beantworten. Gewiss spielten viele Faktoren eine wichtige Rolle. Aber welche? Die Antwort fand sie dann schon vor längerer Zeit. Zum Beispiel war entscheidend, wie die Kindheit verlief. Wenn sie gut war, würde nichts passieren und wenn nicht, dann... Natürlich kann es auch anders kommen...

Maria und Bella saßen wieder draußen. Heute kamen, von der angrenzenden Grünfläche Spatzen zu ihnen geflogen. Bella warf sofort Kuchenkrümel hin und beobachtete, wie die kleinen Dinger sich auf die Brocken stürzten. Es schien, als ob die Vögel auch die warmen Sonnenstrahlen ausnutzten. Sie spreizten ihre Flügel und freuten sich.

"Hier Maria. Was weißt du über diese Phoebe. Es scheint, dass die sich sehr gut verstehen. Oder?", fragte Bella.

Ihr war noch unklar, welche Beziehung Phoebe in Thomas` Leben spielte. Maria antwortete nicht gleich. Sie wollte offensichtlich Bella auf die Folter spannen. Doch nach einer Weile stellte sie die Müllermilch ab, und begann tief Luft zu holen und sagte schließlich: "Also, mit 'die' meinst du sicherlich Thomas und Phoebe. Nun, die beiden sind nur gut befreundet. Kennen sich seit ihrer Kindheit." Maria machte eine kurze Pause und Bella befürchtete schon, dass sie nicht weiter reden würde.

 Aber dann fing sie doch an zu reden:

"Auch wenn es manchmal so aussah, sie hatten nie was miteinander. Ich kenne die beiden sehr gut. Glaub mir, wenn sich Thomas einmal verliebt, dann meint er es auch ernst. Mit Janina war er oft im Botanischen Garten. Also gib bitte nicht allzu viel darauf. Ich bin nicht sicher. Entweder hat er sich in dich verliebt und meint es ernst oder er wollte nur seine Erinnerungen an Janina wecken. Das kann ich dir nicht sagen."

Nach dieser langen Rede folgten viele Minuten des Schweigens.

Diese Perspektive hatte Bella noch nie betrachtet. War sie womöglich Opfer eines Mannes mit Minderwertigkeitskomplexen?   Aber noch enttäuschender für sie war, dass sie ihn nicht durchschaut hatte. Sie studierte schließlich Psychologie, da musste man doch so etwas wissen. Als sie noch ein Kind war, konnte Bella die meisten Leute durchschauen. Damals las sie auch

Bücher über Psychologie, in denen verschiedene Tricks beschrieben wurden. Meistens hatte sie ihre Eltern dazu gebracht, ihr Geld ins Internat zu schicken. Und so nahm es ihr auch keiner übel, als sie eines Tages aus der Schule abgehauen war. "Abgehauen" ist das falsche Wort. Sie war nur mit der Waldbahn nach Hause gefahren, um ihre Familie zu besuchen. Ihre Schwester Anna hatte es jetzt besser. Sie hatte nicht ins Internat gemusst und auch sonst konnte sie sich durchsetzen. Im Gegensatz zu Bella war sie auch die Frechere. Bella könnte sie manchmal erwürgen für ihre frechen Antworten.

Maria war aufgestanden.

"Soll ich dein Tablett mitnehmen?", fragte sie.

Bella nickte nur, das musste als Antwort genügen. Die Spatzen waren nicht mehr da. Bella saß nun ganz allein am Tisch, mit ihren Gedanken. Sie machte sich Sorgen, weil sie Thomas nicht im geringsten durchschaut hatte. Normalerweise war das kein Problem für sie. War Profiler der richtige Berufswunsch für sie? Jahrelang hatte sie es fest gewusst. Aber nun? Was ist, wenn sie einen unverzeihlichen Fehler machte? Am Ende wäre sie daran Schuld, wenn jemand umkommt, weil man den Täter nicht rechtzeitig finden konnte. Sie würde sich dann ein Leben lang Vorwürfe machen. Vielleicht hätte Bella doch auf ihre Oma hören und Reiseverkehrskauffrau werden sollen? Womöglich machte sie sich so viele Sorgen, weil Thomas in ihr Leben getreten war. Es könnte sogar sein, dass es Schicksal war. Seit Bella klein war, wollte sie ein "Happy End" haben. Nicht irgendeins, sondern ihr ganz persönliches. Deswegen sagte sie immer, wann sie es brauchte, dass sie ihr eignes "Happy End" schreiben würde. Sie wollte ihr Schicksal selbst in die Hand nehmen. Meistens gelang ihr das zwar nicht, aber allein der Glaube daran half weiter. Und wer weiß, vielleicht würde es sogar ein "Happy End" mit Thomas geben.

"Au!", schrie Bella, als etwas kaltes ihre Nase berührte, Maria war zurück und fuchtelte mit einem Eis vor ihrer Nase herum.

 "Ich war 'mal so frei und habe dir eins mitgebracht. Waldmeister natürlich.", gab Maria freudig zum Besten.

Dies entschuldigte alles. Maria wusste besser Bescheid über Bella, als Bella über sich selbst.

"Nimm schon, das wird helfen. Und falls du dir Sorgen machst, ich finde, du wirst ein sehr guter Profiler.", Maria wusste genau, was Bella so traurig stimmte. Es war gerade so, als ob sie Gedanken lesen konnte.

"He, was macht denn eigentlich mein Patenkind?"

"Patenkind? Ach so! Du meinst Anna. Ich denke, ihr geht es gut.", antwortete Bella und schaute in die Gegend hinaus.

Nachdem sie das Eis gegessen hatten, machten sie sich auf den Weg. Maria behauptete, dass sie eine Überraschung für Bella hätte. Bella mochte keine Überraschungen, weil sie so neugierig war. Maria führte sie durch Straßen, die sie noch nie gegangen war. Langsam fragte sie sich, ob sie überhaupt noch in Marburg wären. Nach zwei Stunden, es war gerade zwölf Uhr, kamen die beiden an einen kleinen See an. "Wo sind wir denn?", wollte Bella wissen, denn sie hatte keine Ahnung.

"Am Ascherbachsee. Ich dachte, du könntest eine kleine Abkühlung gebrauchen. Ich habe da vorne einen kleinen Tisch hingestellt. Komm' wir gehen mal hin.", forderte Maria Bella auf.

Es war ein kleiner Tisch mit zwei Stühlen.

"Warum sind wir hier?"

Bella hatte immer noch keine Ahnung, wieso Maria das alles machte.

"Sag mal, dass musst du doch wissen.", antwortete Maria.

"1... 2.. 3 Happy Birthday to you. Happy Birthday to you. Happy Birthday, liebe Bella! Happy Birthday to you. Alles Gute zum siebenundzwanzigsten Geburtstag.", sagte Maria und holte ein kleines Paket aus ihrer Tasche hervor.

"Ähm. Das ist ja nett von dir! Aber ich habe erst in zwei Wochen Geburtstag. Ich will noch nicht siebenundzwanzig sein!"

Bella hatte keine Ahnung wie ihr geschah.

"Ich weiß doch, aber das kann einfach nicht warten.", sagte Maria und drängte Bella das Päckchen zu öffnen.

Sie machte es auf und dann begann sie zu jubeln:

"Ja, oh Maria du bist doch verrückt. Komm her.", Bella stürmte auf Maria zu und drückte sie so fest, dass Maria kaum Luft bekam.

In dem Päckchen befanden sich zwei Karten für das Konzert von Oliver Coot, der damals in der Band Gizmo sang. Natürlich waren es nicht einfache Karten für das Konzert, sondern für das letzte in Berlin und die Karten waren schon alle längst ausverkauft. Dazu waren es noch VIP-Karten. Ein langer Traum ging für Bella in Erfüllung. Sie würde endlich ihren Lieblingssänger

Oliver Coot treffen. Er hatte schon für viele Filme die Musik komponiert. Nun wollte er ein letztes Konzert in Berlin geben. Bella wusste gar nicht, was sie sagen sollte.

Phoebe

"Ach, und wie kommen wir da hin?", wollte Bella wissen.

"Das ist das tollste Geschenk, was ich je bekommen habe. Danke Maria. Na ja, außer dem Schminkkopf, den ich zu meinem zwölften Geburtstag geschenkt bekommen hatte. Wollen wir nicht etwas essen?"

Maria war total happy, weil sich Bella so sehr über das Geschenk freute. Sie hatte auch Beziehungen zu Oliver Coot und so kam sie an die Karten.

"Also, zur Beantwortung deiner Fragen: Wir haben ein VIP-Ticket, das heißt Anreise und Unterkunft sind mit dabei."

Sie setzte sich hin und Bella tat es ihr gleich. Bella konnte es nicht fassen, endlich hatte sie einmal Glück und würde nach Berlin fahren. Auf dem Tisch standen Gläser mit Prosecco und auf dem Teller befanden sich Austern. Bella hatte noch nie Austern gegessen und so passierte was, was passieren musste. Sie war noch nie ein Fan von komplizierten Techniken gewesen. Sie hasste es, auch beim Sex Stellungen auszuprobieren, die eine durchschnittliche Gelenkigkeit in Frage stellten. Beim Öffnen dieser harten Schale glitt ihr das Besteck aus der Hand. Die Auster landete, mit einem kleinen Flutsch, auf dem Boden. Die Gabel verfing sich im Haar, sodass Bella Schwierigkeiten hatte, diese wieder heraus zubekommen. Das Messer machte sich auf und davon in den See, verschwand schließlich mit einem Blob im Wasser. Und die komische Soße, welche wie ein Gemisch aus Zwiebeln und Petersilie mit Wasser aussah, machte sich auf ihrem schwarzen Top breit. "Oh Bella, Bella!", gab Maria zu hören.

Ihre Stimme klang so, als ob ihr immer Peinlichkeiten passierten. Es stimmte ja auch.

Nach dem ausgiebigen Mittagessen machten sie sich auf.

"Seit wann hast du ein Auto?"

Bellas Stimme enthielt einen Unterton, den Maria anscheinend nicht bemerkt hatte. Sie war ein bisschen neidisch, dennoch wunderte sie sich, schließlich war Bella davon überzeugt, dass Maria kein Auto hatte. Und schon gar nicht einen 7er BMW. Beide steuerten auf ihn zu.

Maria lachte ein wenig, erklärte aber schließlich: "Ich habe ihn mir nur ausgeliehen. Damit wir nicht zurücklaufen müssen."

Gerade wollte Bella fragen, von wem sie das Auto ausgeliehen hatte. Doch das erübrigte sich in dem Moment, als die Autotür aufging und ein Mann ausstieg. Es war Thomas, also hatte Maria das Auto von ihm ausgeliehen. Und nicht nur das, sondern auch noch gleich den Fahrer.

"Dachte, ihr kommt heute gar nicht mehr.", sagte Thomas in die Runde.

"Es gab einen kleinen Zwischenfall....",erwiderte Maria.

Thomas sah zu Bella und ihm wurde klar, dass der Zwischenfall wohl etwas mit ihr zu tun haben musste. Doch er ließ es sich nicht nehmen, auf Bella zu zugehen und sie zu küssen. Stürmisch packte er sie um die Hüfte und sie küssten sich. Maria fiel auf, dass Thomas die Augen öffnete, um zu sehen, ob Bella sie geöffnet hatte oder nicht. Maria entfuhr statt dessen ein undefinierbares Geräusch, das sich ungefähr wie ein Meerschweinchen mit Husten anhörte. Bella ließ von Thomas sogleich ab. Etwas enttäuscht schaute er sie an.

Thomas versuchte, das Schweigen zu überbrücken und sagte: "Hi Liebste! Ich habe dich vermisst!"

Kurz antwortete Bella: "Mhmmm. Ich dich auch."

Dabei hatte sie keine Ahnung, ob das so war oder nicht.

Thomas nahm die Sachen ab, welche Maria und Bella getragen hatten und verstaute sie im Kofferraum. Maria machte sich hinten auf der Rückbank breit, sodass Bella keine andere Wahl blieb, als sich neben Thomas zu setzen. Heute hatte er eine coole Sonnenbrille auf, welche perfekt zu seinem amerikanischen Gesicht passte. Bella empfand ein wonniges Gefühl, als er beim Schalten, ihre Hand berührte. Sie wusste auch, dass Maria von hinten alles ganz genau beobachtete. In einer Viertelstunde befanden sie sich wieder in Marburg. Maria verabschiedete sich und Thomas ging mit Bella in sein Zimmer. Bella graute es schon vor dem ekligen Zimmer. Sie dachte schon, dass sie stundenlang drinbleiben würde, doch es kam anders. Das erste Mal waren sie ganz allein. Sie knutschten und Thomas machte mit einer geschickten Handbewegung ihren BH auf. Das Top hatte sie schon längst nicht mehr an. Bella machte sich gerade über seine Hose her, als Ihr Handy klingelte.

Erst ging sie nicht ran, doch dann meinte Thomas: "Nimm schon ab." Und so ging sie an ihr Handy.

"Ja?", sagte sie mit einem strengen und mürrischen Unterton, man sollte halt Bellas Hormone nicht einfach stören. Es war ihre Schwester Anna.

"Hi Anna. Wie geht es dir denn? ....Nein, du weißt doch, du störst nie. Selbst wenn ich gerade Se.. Ähm Seminar habe. Kein Problem...............Was gibt es denn? Ja mir geht es auch gut. Nur einmal wieder melden......Ja klar. Bin in der Stadt shoppen. Schade, mach's gut. ", endlich war die kleine Schwester weg. In diesem Moment störte sie eigentlich doch.

"In der Stadt shoppen?", fragte Thomas, "Du hättest doch die Wahrheit sagen können. Wer war das denn überhaupt?"

"Meine kleine Schwester Anna. Und das nächste Mal sage ich, dass ich mit dem sexiesten amerikanischen Mann der Welt zusammen bin."

Thomas war sichtlich überrascht und machte nur: "Mhmmm."

Bella ging wieder zu ihm. Und beide machten da weiter, wo sie aufgehört hatten. Bella kniete sich auf Thomas, welcher auf seinem "Bett" lag, sie beugte sich über ihn und begann ihn wieder zu küssen. Thomas küsste ihren Hals und wollte weiter runter gehen, als plötzlich jemand die Tür öffnete. "Hi Thomas! Hast du Lust auf Kino?"

Beide sahen erschrocken zur Tür.

"Oh! Ich habe nichts gesehen. Tut mir leid!"

Es war Phoebe. Schnell drehte sie sich um und ging weg. Bella konnte noch erhaschen, dass sie ganz rot im Gesicht war. Vermutlich ging Phoebe jetzt zu Maria, schließlich wohnte sie nicht hier. Und Maria wohnte ja oben. Wenigstens konnten sie sich in Ruhe anziehen.

Bella merkte, wie peinlich es Thomas war, denn er sah sie gar nicht richtig an, sagte aber sofort: "Es tut mir leid! Phoebe hat meinen Wohnungsschlüssel. Und ich dachte ja nicht, dass sie gerade jetzt hereinkommt. Was hältst du davon, wenn wir es heute Abend nachholen?"

Bella antwortete ganz spontan: "Na klar, es ist ja nicht deine Schuld!"

Thomas kämmte sich die Haare und im selben Moment entdeckte Bella ein Foto auf dem Schreibtisch. Darauf waren Thomas und eine Frau zusehen.

'Womöglich Janina.', dachte Bella.

In gewisser Weise sahen sich Janina und Bella ähnlich. Janina hatte die Gleiche Augenform und auch so konnte man denken, dass es Bella sei. Aber das war schlecht möglich. Ihr leiblicher Vater hatte zwar ein Kind, doch er hieß Daniel und war ein Junge. Liane, ihre Mutter, wollte nach Anna keine Kinder mehr und hatte sich deshalb sterilisieren lassen.

Thomas kam nun von hinten und nahm sie in den Arm: "Das ist Janina! Ich hätte sie fast geheiratet.", Thomas bemühte sich nicht zu weinen.

So hatte sie ihn noch nie erlebt. Sonst war er immer der coole Amerikaner. Doch in diesem Moment schien er so zerbrechlich. Bella dachte irgendwie, dass sie nie den Platz von Janina einnehmen könnte. Janina war ganz anders, als Bella sie sich vorgestellt hatte. Sie hatte kurze blonde Haare und war sehr sportlich, wie es schien. Aber einen Pluspunkt hatte Bella, denn sie konnte auf Absatzschuhen laufen. Nun konnte es aber auch so sein, dass er nicht auf solche Frauen stand. Anstatt die Männer froh sind, wenn sie eine Frau abkriegen, die schön und gleichzeitig klug ist. (Gut, diese Kombination war äußerst selten!) Aber nein! Da nehmen sie so ein graues Mäuschen, welches schön zu Hause bleibt, während er an die Arbeit geht.

Thomas und Bella gingen hinaus, um spazieren zu gehen. Das erste Mal in ihrem Leben, hätte sie sich gewünscht, keine hohen Schuhe zu tragen. Doch Bella war eine starke Frau und sie würde garantiert nicht ihren Schmerz zeigen.

"Vielleicht...", begann Bella zu sagen, "soll es nicht mit uns sein."

"He, das darfst du noch nicht einmal denken! Du bist wundervoll. Wir sind noch nicht lange zusammen, aber die Zeit mit dir ist wunderschön. Du bist doch 'meine Bella'."

Bella glaubte ihren Ohren nicht. Hatte er wirklich gesagt "zusammen"? Bis jetzt kam es ihr eigentlich nur wie ein One-Night-Stand vor. Nur eben das dieser schon mehre Tage andauerte und das der Stand fehlte. Für sie klangen die Worte wie der pure Kitsch.

"Weißt du, warum deine Eltern dich Bella genannt haben?", fragte Thomas.

Was sollte das schon wieder? Was hatte ihr Name mit der angeblichen Beziehung zu tun? Sie könnte genauso gut Ellen heißen. Würde er sie dann auch fragen, warum ihre Eltern sie Ellen genannt hätten? Bevor sie noch länger überlegte, schüttelte Bella schnell den Kopf.

"Nein? Na gut, dann werde ich es dir sagen. Sie wussten ganz genau, das du die schönste Frau der Welt werden würdest.", Thomas nahm sie wieder in den Arm und Bella schaute über seine Schulter. Plötzlich begann sie fürchterlich an zu lachen. Obwohl sie sich glücklich und traurig fühlte, begann sie einfach zu lachen. "Nein, das ist nicht der Grund, warum sie mich Bella genannt haben. Meine Ma hatte vor meiner Geburt noch einen Eisbecher gegessen. Und der hieß Coppa Bella Stracciatella. Und so haben sie mich Bella genannt. Nicht Isabella, wie die meisten denken, sondern nur Bella."

Nun lachte auch Thomas. Bella wusste nicht genau, ob er ihr die Geschichte glaubte. Es war ja auch egal. Denn sie kannte die Wahrheit. Seit ihrer Geburt trug sie auch eine Kette. Sie war aus echtem Silber und als Anhänger dienten B und ein Herz. So langsam dachte Bella, das es vielleicht ein Happy End mit Thomas geben würde. Oder hatte das Schicksal für sie kein Happy End vorgesehen. Beide gingen nun in die Stadt, langsam senkte sich die Sonne. Und der Himmel schien in den wunderschönsten Farben. Rot, gelb, orange und auch rosa. Beide liefen Hand in Hand die Straßen entlang. Sie kamen an der Alten Aula vorbei. Und gingen dann die Straße weiter runter zum Erlenringcenter. Am Rudolphsplatz befand sich Bellas Lieblingscopyshop. Dort gab es lustige Radiergummis, die wie Erdnüsse und Schokolade aussahen. Sie bogen aber vor dem Einkaufscenter ab und gingen in die Mensa, denn beide waren hunrig. In der Mensa wird für Studierende preiswertes Essen angeboten.

"Komm, ich lade dich ein.", sagte Thomas und Bella war von dem Vorschlag ganz angetan.

Sie lud sich einen Salat, ein Stück Himbeerkuchen, ein Eis und natürlich einen Kaffee auf.

"Ich würde vorschlagen, das wir uns bei diesem schönen Wetter draußen hinsetzen. An deinen Lieblingsplatz?"

"Lass mich raten! Du hast Maria gefragt, wo mein Lieblingsplatz ist. Stimmt's?", antwortete Bella ganz frech, aber auf eine zuckersüße Art, die nur Bella hatte. "Kennst du sogar meine Lieblingswerbesendung im Kino?"

"Selbstverständlich! Das ist doch die Cineplexwerbung. Und ich weiß auch, wo du gerne sitzt. Und zwar am liebsten weit hinten und gerade zur Leinwand. Und wenn es geht, nicht in der ersten von oben. Wegen des Tons! Gelle?"

"Wie ich sehe, weißt du gut Bescheid. Also noch eine Frage. Was ist meine Lieblingsmakeupfirma?", das konnte noch nicht einmal Maria wissen, denn sie hatte kein einziges Produkt von der Firma.

Obwohl es ihre Lieblingsfirma war.

"Ja, da du gerne nach London fährst, würde ich sagen Rimmel. Sicherlich wegen des Spruches: 'Rimmel get the London look'."

"Ich bin doch tatsächlich erstaunt. Das du so falsch liegen konntest!"

'So, nun habe ich es ihm gegeben',dachte Bella. Ja klar, war das ihre Lieblingsfirma. Dennoch konnte sie es nicht akzeptieren, dass er so viel über sie wusste.

"Na los, lass uns gehen!", sagte Thomas.

"Ist das nicht Phoebe? Dort hinten?"

"Ja, klar! Kannst du sie nicht sehen?"

"Also, ich bitte dich. Natürlich kann ich sie sehen!", antwortete Bella.

'Aber nicht scharf genug', dachte Bella bei sich. Keiner wusste, dass sie kurzsichtig war. Es war ihr immer noch so peinlich. Meistens benutzte sie die Brille nur, wenn sie in einer Vorlesung oder in einem Seminar war.

Phoebe sah eigentlich ganz nett aus. Sie erfuhr immer mehr von Thomas. Seit drei Jahren war er in Deutschland. Er hatte wohl in den Staaten ein typisches amerikanisches Haus. Natürlich gehörte das Haus seinen Eltern. Es wäre auch schlimm, wenn er hier in Deutschland eine Bruchbude hätte und Zuhause ein Traumhaus.

So war die Familie Wight eine typische amerikanische Familie. Thomas hatte vier andere Geschwister. Zwei Schwestern, die hießen Diana und Andrea. Dann hatte er auch zwei Stiefbrüder und diese waren Zwillinge. Der eine hieß William und der andere Sebastian. Da konnte Bella nicht mithalten. Sie hatte nur eine Lieblingsschwester und zwar Anna. Sie war fünfzehn Jahre alt. Und ging auf das Gymnasium. Sie will einmal Forensiker werden. Es lag wohl in der Familie, dass alle ungewöhnliche Berufswünsche hatten. Aber jemand musste solche Aufgaben nun einmal erledigen. Forensiker halfen der Polizei, aber auf eine andere Weise, als es Profiler tun.

In dieser Nacht schlief Bella bei Thomas, ohne das sie Sex hatten. Zwar kuschelten und schmusten sie, aber weiter lief nichts. Bella schwebte schon im siebten Himmel. Trotzdem behielt sie die Rolltreppe im Auge, welche zurück auf die Erde führte. Am nächsten Morgen wachte Bella früh auf. Thomas war nicht zu sehen. Doch dann ging die Tür auf und er brachte eine Tüte mit.

"Guten Morgen. Hast du gut geschlafen?"

Dann berichtete er, dass er beim Bäcker war und frische Brötchen geholt hatte.

Gemeinsam machten sie Frühstück an dem kleinen Tisch. Das Bild von Thomas und Janina war verschwunden. Ein bisschen wunderte sich Bella.

"Ich muss jetzt gehen! Ich habe heute noch eine Vorlesung.", sagte Bella und schon folgte ein langer Abschiedskuss.

Bella ging zur nächsten Bushaltestelle, die sie finden konnte und erwischte auch gleich einen Bus zur Uni. Bella freute sich, denn sie hatte Thomas und dazu noch VIP-Karten für das Konzert in Berlin. Sie konnte es immer noch nicht fassen, dass es schon dieses Wochenende sein sollte. Nun musste sie aber erst einmal zur Uni gehen. Eine Person stand am Eingang und rauchte. Bella fand es schrecklich, wenn jemand rauchte. Der Gestank und dann war es eh nicht gesund.

Ein dunkles Kapital gab es in Bellas Leben zwar. Sie hatte auch mal geraucht, aber das war in der siebten Klasse. Bis ihre Mutter sie erwischt hatte. Das ganze gab ein großes Theater. Taschengeld wurde abgeschafft und das Schlimmste war, dass sie ihr Make up nicht mehr benutzen durfte. Nun sah auch Bella, wer an der Tür stand. Es war Phoebe. Phoebe kam auf Bella zu.

"He, es tut mir leid wegen gestern. Habt ihr es noch nachgeholt?"

"Ne! Es war tote Hose. Auch nachdem wir gestern aus der Mensa kamen.", antwortete Bella.

Beide gingen hinein und quatschten noch ein wenig. Bella setzte sich sogar neben Phoebe, was sie wirklich viel Überwindung kostete. Denn ihre Freundinnen konnten Phoebe nicht ausstehen. Aber aus ihrer eigenen Kindheit wusste sie, wie schrecklich man sich als Außenseiter fühlte. Waren das außerdem Freunde? Ihre Jugend war nicht gerade glücklich gewesen. Besonders nicht die Zeit, in der Bella im Internat war.

Nach neunzig Minuten war alles überstanden und Bella wollte noch mit Phoebe shoppen gehen. Doch Tim machte diesen Plan zunichte, denn er wollte mit ihr über das Referat reden.

"Sehen wir uns heute Abend?", wollte Phoebe wissen.

"Ich glaube nicht, denn ich habe heute Abend noch eine Schicht in der Bar.", sagte Bella.

Es tat ihr Leid, doch musste sie schließlich ihren Lebensunterhalt verdienen. Und mit Getränke mixen ging das bis jetzt immer gut. Tim fuhr mit ihr in die Stadt, heute wollten sie in der Bibliothek an ihrem Vortrag weiterarbeiten. Das machten sie auch bis fünfzehn Uhr. Bella wurde es schnell langweilig. Nach zehn Minuten hatte sich ihr Gehirn abgeschaltet. Normalerweise passierte das bei schönem Wetter schon nach fünf Minuten. Sie war froh, dass Maria ihr über den Weg lief und sie spontan zu einem Kaffee einlud. Ehrlich gesagt, war sie froh, dass sie nicht mehr bei diesem komischen Tim sitzen musste. Beide machten sich auf in die Mensa, da war nicht nur das Essen, sondern auch der Kaffee günstig und beide beliebte Stammgäste.

"Und, hast du schon alles zusammen für Berlin?", wollte Maria wissen.

Die Antwort, die folgen musste, war ihrerseits schon klar. Bella gehörte zu den Menschen, welche immer noch was auf den letzten Drücker besorgten.

"Nein, ich habe noch kein Kleid, welches ich anziehen könnte. Na ja, ich habe zwar einige, die sind aber nichts für das Konzert."

Genau auf so eine Antwort hatte Maria nur gewartet und diesmal wurde sie nicht enttäuscht.

"Ähm...hast du etwas dagegen, wenn Phoebe mitkommt? Sie wollte mit Thomas weg, aber da ist etwas dazwischen gekommen."

Eine Weile überlegte Bella, ob sie etwas dagegen hatte oder nicht. Es gab einige Sachen, die dagegen sprachen, wie zum Beispiel, dass sie eigentlich alleine mit Maria gehen wollte, oder dass sie immer, wenn sie Phoebe sah, auch an Thomas denken musste. Irgendwie wollte sie ihn nicht sehen. Und dann war da noch der Gedanke, warum das Date mit Thomas geplatzt war. Und wieso sie eigentlich mit Thomas überhaupt etwas vor hatte. Natürlich gab es auch positive Faktoren, die für die Fahrt mit Phoebe standen. Doch Bella fielen keine ein. Womöglich sah Phoebe sie eh nur als Janina? Oder doch nur als Zwischenaffäre von Thomas.

Aber bevor Maria nicht mitfuhr, weil Bella Phoebe nicht dabei haben wollte, sagte sie zwar mit einem komischen, aber noch freundlichen Unterton: "Ne, ich habe nichts dagegen. Sie ist nett. Und zu dritt wird es bestimmt lustiger. Oder wie siehst du das?"

Maria nickte zustimmend und so war die Sache abgemacht. Bella würde mit Phoebe und Maria ihren Lieblingsstar sehen. Für Oliver Coot würde sie fast jedes Opfer bringen. Besser gesagt, sie würde auch ihre Schwester Anna verkaufen, nur um ihn einmal zu sehen. Bei diesem Gedanken weiteten sich ihre Augen, denn sie stellte sich vor, wie sie ihre Schwester verkaufte. Entweder müsste sie noch was drauflegen, um Anna überhaupt loszuwerden oder nach ein paar Stunden würde sie der Käufer wieder zurückbringen. Egal wie, es würde ein schlechtes Geschäft werden. Und so beschloss sie, ihre Schwester doch nicht zu verkaufen.

"He Bella, guck mal, wer da kommt: Phoebe!", rief Maria ganz aufgeregt zu Bella, die augenblicklich zur Salzsäule erstarrte.

Ihr fröhlicher Gedanke vom Verkauf ihrer Schwester wandelte sich in den schrecklichen Gedanken, dass Phoebe ihre Englischkenntnisse auf die Probe stellen würde. Die Haut welche noch vor ein paar Sekunden einen rosigen Teint hatte, verfärbte sich plötzlich in ein fahles blassblaues Etwas. In Gedanken malte Bella sich aus wie ihr Gesicht wohl aussähe.

"Na, ihr beiden! Siehst du Bella, habe ich dich doch noch getroffen. Darf ich mitfahren?" Maria nickte und Bella lächelte nur ein wenig. Phoebe setzte sich dazu und begann mit Maria ein Gespräch. Bella machte keine Anstalten, sich irgendwie in die Unterhaltung einzubringen. Es war schon sechzehn Uhr und Bella wollte unbedingt ein Kleid für das Event noch vor ihrer Schicht kaufen. Das konnte sie nun vergessen, dank Phoebe. Aber keiner hielt sie auf zu gehen. Oder? "Ähm....Entschuldigt mich. Ich möchte gerne noch ein Kleid für Berlin kaufen. Wir sehen uns dann? In vier Tagen. Ruft mich einfach an. Oder ich melde mich einfach bei euch. Klar?", sagte Bella und hoffte, dass sie sich schnell vom Acker machen konnte.

Sie schnappte noch schnell ihre Tasche und ging dann auch schon los, ohne jede Rücksicht auf die beiden.

"He, hau' doch nicht ab! Ich brauche auch noch ein Kleid. Wenn du nichts dagegen hast, kommen wir gerne mit. Oder Maria?"

Phoebe war anscheinend richtig selbstbewusst.

Bella drehte sich langsam um, ihre Stimmung war schon auf dem Nullpunkt. Und nun sank sie weiter. Aber was sollte es, denn sie konnte nichts ändern. Bella musste noch eine Zeit warten, bis Phoebe soweit war. In ihr stieg immer mehr Wut auf. Aber warum nur? Vielleicht war sie heute einfach etwas überempfindlich. Wer weiß, am Ende würde ihr es noch Spaß machen mit Phoebe shoppen zu gehen. Es dauerte noch ein paar Minuten und dann ging es in die Stadt. Maria und Phoebe unterhielten sich ohne Bella. Wenn Bella etwas nichtleiden konnte, dann wenn jemand über sie redete. Eigentlich war sie schon immer daran gewöhnt. Im Internat hatten sich auch alle über sie lustig gemacht. Und sie hatte manchmal mit einer ihrer Freundinnen geredet, wer alles auf ihrer "Abschussliste" stand. Damals hatten sie ein Theaterstück gelesen, in dem ein Irrer sämtliche Schüler erschoss. Aber keiner merkte, dass Bella die Typen verstand, welche so etwas hätten tun wollen. Sie nahm sich auch vor, irgendwann abzurechnen. Natürlich nicht mit Waffen, aber mit legalen Mitteln. Was soll es? Sie würden Bella eh nicht mehr wiedererkennen. Nun hörte Bella, wie die beiden ihren Name riefen, doch sie hatte keinen Nerv zu reagieren. Und so musste sie später feststellen, dass sie mit ihren Absatz in Hundescheiße trat.

"So, mir reicht's! Ich will nicht mehr. Habe die Schnauze voll von allem. Wenn ihr beide unbedingt einkaufen wollt, dann halt ich euch nicht auf. Aber dann geht ohne mich."

Bella war noch wütender als vorhin.

Selbst sie wusste nicht, was das Problem war. Maria und Phoebe hielten einen Sicherheitsabstand. Der war auch nötig, sonst würden die beiden es nicht lebendig nach Hause schaffen. Bella hatte die Schnauze voll von den Peinlichkeiten, die ihr in ihrem Leben passierten. Sie wollte nur ein einfaches und normales Leben führen. War das denn zu viel verlangt? Ja, denn in diesem Moment bekam sie die ganze Ladung Kot von den Vögeln ab, welche gerade ihren Zug über die Stadt vollzogen. Bellas Gedanken kreisten überall hin. Warum immer sie? Phoebe nahm all ihren Mut zusammen und zwang sich zu einer Frage, die sie besser hätte nicht stellen sollen. Bellas Kopf war nun so rot angelaufen, dass man hätte meinen können, sie würde unter einem allergischen Schock stehen. Ihre Pupillen waren dunkel und von Wut erfüllt. Wieso musste Phoebe nur mitgehen? Warum konnte sie sich nicht einmal eigene Freunde suchen? Bislang hatte Maria Phoebe noch nicht einmal erwähnt. Also, wo kam sie nur her?

"Was ist eigentlich dein Problem?", wollte Phoebe von ihr wissen.

"Mein Problem bist du!"

Berlin

Maria und Phoebe standen einfach nur da. Beide hatten einen Sicherheitsabstand zu Bella und zwischen einander. Maria schaute abwechselnd auf Phoebe und dann auf Bella, welche immer noch innerlich zu toben schien.

"Was ist, gehen wir nun einkaufen? Zeit ist Geld und Geld habe ich nicht zu viel! Also steht nicht wie angewurzelt da. Ich will mich für Berlin einkleiden. Also los!", bebte Bellas Stimme. Und plötzlich begann sich eine Welt zu verändern. Bella bemerkte auf unerklärlicher Weise, dass in ihrem Kopf eine Stimme sprach. Das erste Mal in ihrem Leben bekam Bella ein schlechtes Gewissen. Hatte sie schon überhaupt jemals eines besässen? Da war sie sich nicht sicher. Phoebe holte tief Luft und bevor sie etwas sagen konnte, fiel ihr Bella ins Wort.

"Ähm... tut mir leid. Ich bin ein bisschen angespannt. Wegen....Na ja, ist ja auch egal. Also, wenn ich das wieder gut machen kann, dann sagt mir wie. Ich werde alles versuchen. OK?"

Bellas Stimme beruhigte sich recht bald wieder.

Phoebe und Maria hatten keine Ahnung, was hier vorging. Erst steckte Bella in einem Wutanfall und in einer Sekunde auf die andere war sie wieder wie ein Engel. So war halt Bella. BB! Bengel Bella. Aber egal! Sie musste lernen, sich zurückzuhalten, denn schließlich würde sie ja auch in Berlin miteinander auskommen müssen. Nach einer Weile machten sich alle auf und Bella war wieder glücklich. Auch entschuldigte sie sich mehrmals bei den beiden. Man konnte richtig merken, dass das Maria und Phoebe auf die Nerven ging. Zusammen marschierten alle drei ins nächste Kaufhaus, um Bella wieder sauber zu kriegen. Natürlich drehten sich viele nach ihnen um. Aber das war nicht sehr verwunderlich. Sogar ein kleiner Japaner knipste die drei mit seiner Kamera. Im Kaufhaus konnte sie erstmals ihren Dreck abwischen. Auch wenn die Menschen dort nicht aus ihr schlau wurden, guckten sie hier und da abweisend auf sie. Nach dem Schreck machten sich die drei auf in die dritte Etage. Dort gab es alles an Kleidern. Sie nahmen die Rolltreppe. Bella liebte es, Rolltreppe zu fahren. Als Kind war sie oft in dem Kaufhaus auf und ab gefahren.

Bella verband außerdem noch zwei andere Geschichten mit dem Kaufhaus. An beide konnte sie sich nicht mehr erinnern. Doch gerne ließ sie die Geschichten von ihrer Mutter erzählen. Einmal wollte ihre Ma einen Badeanzug kaufen. Deshalb drehte sie sich kurz um, um ein Modell auszusuchen. Und innerhalb weniger Sekunden war klein Bella plötzlich verschwunden. Ihre Mutter Liane bekam einen Scheck, denn die große Eingangstür stand offen. Gleich vor dem Kaufhaus befand sich die Hauptverkehrsstraße. Damals war Bella natürlich noch nicht in der Lage, über die Konsequenzen nachzudenken. Wer kann das auch schon mit zwei oder drei Jahren? Natürlich gab es Ärger, als sie lachend die Rolltreppe herunterkam.

Bella war ein kleiner Überflieger in der Schule (ob Hilmar was damit zu tun hatte oder nicht), führte jedoch ansonsten ein normales Leben. Außer den blöden Zicken, die sie stets und ständig immer geärgert hatten. Und sie war nicht so oft auf Partys, wie Jugendliche sonst immer. Ihre Glückseligkeit fand sie in ihren Büchern wieder. Sie fieberte immer mit ihren Lieblingspersonen in den unterschiedlichsten Büchern mit. Eine Schwäche besaß sie auch bei Sachbüchern zu den verschiedensten Themen. Aber warum war sie nur so unbeliebt bei der einen Lehrerin, die Mathe und Physik unterrichtete? Regelrecht fertig wurde sie von ihr gemacht. Bella musste Aufgaben lösen, von den sie überhaupt keine Ahnung hatte, denn diese waren noch gar nicht im Unterricht besprochen worden. Doch zu ihrem Leidwesen konnte sie die Aufgaben und die Lehrerin ärgerte sie deshalb weiter. Damals wurde sie auch fertig gemacht, von ihr, weil sie ein kleines Schildchen an ihrer Hose mit der Bezeichnung USA trug. Alles wäre ja nicht so schlimm gewesen, wenn es zu dieser Zeit nicht die DDR gegeben hätte. Aber Bella lebte nun schon fünfzehn Jahre in Freiheit. Das konnte sich Bella schon immer gut merken, weil ihre Schwester auch fünfzehn Jahre alt ist.

'Ja, ja die gute Anna!', dachte Bella bei sich.

Meine nervige kleine Schwester.

In der dritten Etage befanden sich die schönsten Kleider, die es in Marburg gab. Jede Farbe war hier vorhanden in allen Formen und Varianten: Von Abendkleidern, über Cocktailkleider bis hin zu den heißen Baby-Dolls. Warum gerade die Kleider so hießen, wusste Bella nicht. Normalerweise hieß dies übersetzt 'Baby Puppe'. Die einzige Möglichkeit, die sich Bella vorstellen konnte, war, dass diese Kleider so kurz sind und für Puppen geeignet wären. Mittlerweile freute sie sich auch, dass Phoebe und Maria in ihrer Nähe waren, falls etwas schief gehen würde, könnten sie Bella helfen. Aber was sollte schon bei ihr falsch laufen? Höchstens, dass sie wie vorigen Monat in ihrem Kleid stecken blieb. Das war äußerst peinlich, denn sie bekam den Reißverschluss nicht mehr auf. Gott sei Dank war mit dem Kleid nichts passiert, die

Verkäuferin konnte sie noch befreien. Alle drei suchten sich verschiedene Kleider aus. Und bei der Hochzeitsabteilung entdeckte sie ihn: Thomas. Er sah so unwiderstehlich wie gestern aus. Bei keinem anderen Mann hatte sie jemals so ein Gefühl gehabt. Die Meisterin des Flirten, wie sie Maria nannte, wusste nicht mehr, was sie sagen sollte. Bellas Augen funkelten. Ihre Haut nahm einen leicht geröteten Teint an. Und sie war einfach nur sprachlos. Alle ihre Erfahrungen über Männer schienen wie weg geblasen. Apropos blasen. Sie würde ja gerne mal bei ihm..... Thomas sah mal wieder gut aus, wie immer eigentlich, einfach sexy und wenn er lachte, hatte er immer so süße kleine Bäckchen. Seine Haare standen ein wenig ab, als ob er eine lange Nacht hinter sich hätte. Wer weiß, was er gemacht hatte, während Bella schlief. An der Wange klebte etwas rotes. Aber mehr konnte Bella nicht erkennen, denn sie hatte mal wieder ihre Brille nicht auf. Die Sehschwäche war zwar minimal, dennoch reichte sie aus, um weit entfernte Sachen nicht mehr erkennen zu können. Maria und Phoebe machten Anstalten, sie zurückzuhalten, was Bella kaum kapierte, denn war sie jetzt mit Thomas zusammen oder nicht? In ihren Augen ja nicht. Aber Thomas hatte es doch selbst gesagt. Sollte das eine weitere T-Pleite werden? Einen Timo wollte sie jedenfalls nicht wieder haben. Sollte es mit Thomas so weitergehen?

"Bleib lieber hier Bella!", sagte Phoebe.

"Warum denn? Ich komme wieder. Bin schließlich mit euch gekommen und nicht mit Thomas. Also bis gleich.", antwortete Bella.

Doch Maria war schneller und drückte zudem ihr gleich ein Kleid in die Hand. "Anprobieren!", befahl Maria und Bella diskutierte nicht mit ihr herum. Schließlich sah das Kleid traumhaft aus. Es war aus fließender hellblauer Seide, welche durchsichtig schimmerte. Wie fast alle Kleider von Bella war es unten flatterig. Das Kleid hatte einen sehr eleganten kleinen Ausschnitt, doch dafür konnte sie mit dem Rückendekollete´ angeben. Beim näheren Betrachten fiel ihr noch auf, das der Stoff glitzerte. Trotzdem fragte sie sich, warum sie nicht zu Thomas gehen sollte. Aber na ja er ist ja auch nicht zu ihr gekommen und so bewegte Bella sich beschwingt in die Umkleidekabine. Denn im Kaufhaus war es großes Glück eine zu ergattern. Die sind hier heiß begehrt. Maria und Bella hatten schon ihre Taktik, um die Kabine immer frei zu halten. Und nun durfte sie Phoebe ebenfalls auch erfahren. Sicherlich war sie auch schon auf die Idee gekommen. Aber die war sehr praktisch und sinnvoll. Eine besetzte die Kabine während die anderen Mädels Kleidungsstücke heranschafften. Auf diese Idee waren auch schon andere gekommen, doch so brauchten sie nicht eine halbe Stunde anzustehen, um dann festzustellen, dass das Kleid nicht passte. Bella beeilte sich ganz schnell mit dem Umziehen. Natürlich wollte sie einen Blick auf Thomas werfen. Doch dieser war verschwunden oder probierte er selbst gerade etwas an? Aber welcher Mann kaufte Hochzeitskleider? Es sei denn, er wollte mit eines aussuchen. Thomas kannte wahrscheinlich nicht die deutsche Tradition: Der Bräutigam soll erst am Tag der Hochzeit das Kleid sehen. Oder war er doch schwul. Oder doch ein Mann, der sich gerne Frauenkleider anzog? Leise applaudierten Maria und Phoebe. Sie fanden, dass das Kleid Bella ausgezeichnet stand. Phoebe probierte dagegen einige an, bis sie das Kleid der Kleider fand. Es war ein sehr schönes schwarzes Kleid. Maria konnte sich nicht entscheiden, welches sie schlanker machte. Schließlich nahm sie ein einfaches grünes.

Bella schnappte sich die Kleider und sagte: "So Mädels, ab durch die Mitte zur Kasse. Wir müssen ja auch noch Schuhe kaufen. Die können wir bei meinem Stiefvater kaufen. Der hat ganz... Janina!"

Bella ließ vor Schreck alle drei Kleider fallen. Sie stand da und schaute mit offenem Mund auf Thomas. Er war mit Janina im Kaufhaus. Janina hatte ein Kleid anprobiert. Das war die Lösung. Jetzt machte auch der Fleck auf seinem Gesicht Sinn. Es war Lippenstift von Janina. Was sollte das? Janina und Thomas. Nein die Konstellation musste Bella und Thomas heißen und nicht Janina und Thomas! Sie wollte doch mit ihm...Egal: Maria und Phoebe versuchten sie nicht mehr wegzuziehen. Sie blickten genauso drein wie Bella. Alle drei wussten es, konnten es aber nicht glauben. Janina stand mit Thomas bei den Brautkleidern. Bella fand es schon abartig, dass Janina ein Kleid von einem billigen Kaufhaus kaufen wollte. Der Blick der drei hielt Stand, auch wenn ab und zu ein paar Menschen ihr Blickfeld kreuzten. Schließlich fasste Bella einen klaren Gedanken.

"Los, wir müssen bezahlen und Schuhe wollten wir auch noch besorgen.", sagte Bella und versuchte, nicht mehr daran zu denken.

Alle gingen zu den Kassen und dann schrie jemand hinter ihnen.

"He, Bella...Warte einmal! He....Bella. Ich bin's Bella....", es war Thomas Stimme.

Man hörte, dass er gerannt sein musste. Auch Maria war klar, dass er sie gesehen hatte, wie er mit Janina herumtollte.

"He, Bella! ...Die Frau, die hier im ganzen Kaufhaus am schönsten ist!", er schrie aus Leibeskräften.

Doch Bella zuckte nicht mit der Wimper. Sie stolzierte aus dem Kaufhaus hinaus. Ein komisches Piepen tat sich auf. Es war ganz laut. Wie von einer Tarantel gestochen, drehten sich alle um. Maria, Bella und Phoebe starrten in dieselbe Richtung, sahen wie sich zwei Wachmänner über Thomas hermachten. Bella konnte es nicht glauben. Thomas wollte ihr nachlaufen und hatte dabei wohl vergessen, dass das Kleid, welches er in der rechten Hand hielt, noch nicht bezahlt war.

"Bella!", rief er.

Doch Bella stand da und konnte nur noch lachen.

Sonst würde so etwas nur Bella passieren, dass es aber noch andere Menschen gab, denen so etwas passierte, versetzte sie in eine euphorische Stimmung. Sie hatte jedoch Mitleid und lief zu Thomas.

"Thomas.", doch weiter kam sie nicht.

Bella umarmte ihn und musste wieder lachen. Die Aufpasser trennten die beiden von einander.

"Bitte warte!", schrie Thomas.

Erst als Thomas in der Menge verschwunden war, bemerkte sie, dass die Menschenmasse ruhig dastand. Kein Ton war zu hören. Alle sahen entweder Bella oder den weitentfernten Thomas an.

"Nun, was soll ich tun?", fragte Bella, als alle Menschen wieder ihrer Tätigkeit nachgingen. "Na ja, entweder wartest du oder du gehst.", sagte Phoebe.

"Hör auf dein Herz! Nur so zur Info.", gab Maria zu hören.

"Ahhhh!!!.", sagte Bella.

"Wir warten hier! Ok? Und ich will wissen, was mit Janina wirklich war. Klar? Ihr verschweigt mir doch etwas!", Bellas Stimme klang entschieden.

"Du musst wissen. Es gibt zwei Versionen von der Geschichte mit Janina. Also Thomas' Variante: Janina und er waren zwei Jahre zusammen. Thomas hatte spitz gekriegt, dass sie mit Tim eine Affäre hatte. Selbst war Janina zwar eifersüchtig auf alles was sich bewegt hatte. Na gut, sie war auf alles eifersüchtig, was auf Absatzschuhen laufen konnte, die mehr als fünf Zentimeter betrugen. Sogar auf mich. Und ich laufe nicht einmal in solchen Schuhen. Und wie du ja weißt, sind Thomas und ich nur sehr gute Freunde. Das kannst du mir ruhig glauben. Nun, er wollte sie heiraten. Wie kann man nur so blöd sein?! Mensch, der hat an der gehangen, kann ich dir sagen! Nun, drei Tage vor der Hochzeit hatte sie seinen Wagen gestohlen.

Das Auto stand irgendwann wieder da und nichts fiel auf. Thomas ist wieder gefahren. Und kam in eine normale Autokontrolle. Die Polizei hatte einen Alkoholtest durchgeführt und den Kofferraum kontrolliert. So, und nun kommt der springende Punkt bei der Sache: Im Kofferraum befanden sich fünfzehn kg Kokain. Stell dir mal vor fünfzehn kg Kokain", Phoebe machte eine Pause.

Bella war sprachlos. Als angehender Profiler wusste sie, was das bedeutete. Deshalb merkte sie auch, wie Phoebe an die fünfzehn kg Kokain dachte. Es war wirklich eine beträchtliche Menge. Maria fuhr fort: "Nun hat man ihn in U-Haft gesteckt. Doch Janina, wir glauben, dass es sie war, hatte wahrscheinlich einen anonymen Anruf getätigt. Und so wurde er von der Polizei nach Tagen wieder entlassen. Sicherlich aus Mangel an Beweisen." Bella dachte angestrengt nach. Die Worte der letzten Sätze hatten sie etwas durcheinander gebracht. Es war ja auch nicht ganz leicht damit umzugehen.

"Und die Variante von Janina. Wie lautet sie?", Bella konnte gar nicht glauben, wie man so einen Mann betrügen konnte.

"Die willst du gar nicht wissen.", doch Maria erkannte schon an Bellas Blick, dass es anders war.

"Ok. Janina behauptete, dass sie nicht das Auto gestohlen und das Thomas sie betrogen hätte. Thomas wollte angeblich die Drogen Janina unterjubeln."

"Und wem glaubt ihr?"

"Thomas", sagten Maria und Phoebe wie aus einem Mund.

Bella wusste nicht mehr, was sie denken sollte. Entweder war Thomas einer der Führenden im Drogengeschäft oder Janina hatte was mit dieser Mafia zu tun.

"Aber das macht...", weiter kam Bella nicht.

Maria sprach für sie weiter: "....doch keinen Sinn. Natürlich nicht. Erst will sie Thomas ans Messer liefern und dann boxt sie ihn wieder aus dem Knast. Es sollte sogar ein Gerichtsverfahren geben, doch die Richterin hatte die Anklage fallen lassen. Damals stand Aussage gegen Aussage."

Bella hatte noch so viele Fragen. Viel zu viele, wie sie glaubte. Was sollte sie aber tun? Bella fand, das es nicht der richtige Zeitpunkt für weitere Fragen war.

"Willst du warten?", wollte Phoebe auf einmal wissen.

Inzwischen hatte sie sich auf die Heizung gesetzt, welche niedriger als der Fenstersims war.

Anscheinend hatte sie Langweile bekommen.

"Wenn ihr mit wartet!", sagte Bella entschieden. Nur bezweifelte sie, dass eine ihrer Freundinnen warten würde.

"Weißt du, wir haben noch viel zu tun. Wegen Berlin und so!", Maria klang so, als ob sie diesen Satz als Ausrede verwenden würde.

Vielleicht war es besser, allein auf Thomas zu warten. Nach ihrem Ok liefen Maria und Phoebe schnell weg. 'Soll ich hier warten, oder doch vielleicht vor dem Büro?', Bellas Gedanken schossen ihr wild durch den Kopf.

Dann entschloss sie sich, doch vor dem Büro zu warten. Nach einer halben Stunde öffnete sich die Tür. Zuerst kamen die Detektive heraus, dann zwei Polizisten und dann keiner mehr. Thomas. Wo war Thomas? Er musste doch in diesem Büro sein.

"Thomas?", Bellas Stimme klang etwas zaghaft.

"Ich bin hier Bella! Auf dem Stuhl!"

Bella schaute um die Ecke und fand einen sehr zerzaust wirkenden Thomas wieder. Das Büro war klein und Bella konnte sich beim besten Willen nicht vorstellen, wie so viele Menschen hier rein gepasst haben sollen.

"Wie ist es gelaufen? Ist alles Ok?", fragte Bella.

Thomas saß immer noch auf seinem Stuhl.

"So weit ja. Ich habe eine Anzeige bekommen, musste fünfzig Euro bezahlen und habe für ein ganzes Jahr Hausverbot. Ich werde diesen Laden nie wieder betreten!"

"Na komm, lass uns etwas machen!?", schlug Bella Thomas vor, welcher sich immer noch nicht bewegen wollte.

Doch ein Blick von Bella genügte und Thomas stand sofort auf.

"Was wollen wir machen?", fragte Bella und Thomas antwortet sofort: "Wie wär's mit der Camera obscura?"

"Was ist das?"

"Oh, das ist eine coole Camera beim Schloss. Hast du Lust?"

Bella nickte.

"Komm mein Auto steht draußen wir fahren hoch!"

Bella ließ sich das nicht zweimal sagen. In einem 7er BMW fuhr man nicht alle Tage. Doch dann fiel es Bella wie Schuppen von den Augen.

"Sorry! Aber ich habe vergessen, dass ich heute in der Bar arbeiten muss. Ich rufe dich dann an! Ok?"

Etwas enttäuscht ließ sie Thomas stehen. Eigentlich wollte sie liebend gern zum Schloss fahren doch sie musste Getränke mixen.

'Nur noch drei Tage, dann würde sie nach Berlin fliegen.', dachte Bella. Und nun hatte sie immer noch keine Schuhe.

Sie ging in die Oberstadt und betrat ein kleines Café. Dort gab es am Abend immer Cocktails und andere diverse Sachen. Es war ein sehr schnuckeliges Café. Am Klavier saß heute Abend eine Frau, die ihr Handwerk sehr gut verstand. Sie war eine Koryphäe auf ihrem Gebiet. Bella liebte schon immer die Menschen, die ein besonderes Talent hatten und es auch gut umzusetzen verstanden. Bella wollte auch einmal ein Instrument spielen. Doch Orgel war nicht gerade ein leichtes Instrument. Im Café war es heute sehr voll. Bella hatte reichlich zu tun und kam kaum hinterher. Überall standen Flaschen herum, mit Schnaps, Likör und für die "harten Sachen" auch Prima Sprit. Bella konnte gar nicht so schnell die Getränke mixen. "Einen Sex on the Beach, bitte!"

Bella holte die nötigen Flaschen und mixte so wie sie es gelernt hatte. Normalerweise flirtete sie immer nebenbei. Doch heute war keine Zeit dazu.

"Hier!", Bella knallte das Glas auf den Tresen und es schwappte ein bisschen über. "Behandelst du deine Gäste immer so unfreundlich?"

"Nein, nur wenn jemand so einen geschmacklosen Drink wie deinen nimmt." "Hätt' ich vielleicht doch lieber einen Orgasmus nehmen sollen?"

Einen Moment blieb Bella die Sprache weg.

'Die Stimme kenne ich doch!', dachte Bella und in diesem Moment wurden ihre schlimmsten Befürchtungen war.

"Ähm...Thomas! Was machst du denn hier?"

"Einen Drink nehmen und auf dich warten. Vielleicht können wir dann doch noch etwas unternehmen."

"Weißt du, wie viel Prozent Ethanol da drin ist? Willst du noch ernsthaft fahren?"

"Wer hat denn gesagt, dass ich ihn trinken will? Ich musste nur etwas kaufen. Hat jedenfalls die Dame da hinten gesagt. Sieht aus wie eine Schreckschraube!", Thomas drehte sich ein bisschen um und wies mit dem Finger auf eine Frau, die in der Ecke stand und alles beobachtete.

"Das ist meine Chefin.", sagte Bella.

 "Oh. Ich glaube nicht mehr lange."

"Was hast du ihr gesagt?"

"Wieso ich? Sie war es. Also, wann kannst du hier weg?", wollte Thomas wissen.

"Ich mache ja gleich Schluss.", antwortete Bella.

Sie überlegte, was wohl ihre Chefin gesagt hatte.

Nach fünf Minuten war Bella soweit.

"Willst du ihn wirklich nicht trinken?"

 Bella meinte damit den Cocktail. Thomas schüttelte den Kopf, sein Blick fiel auf die Flaschen, die Bella fein säuberlich weggeräumt hatte und auch auf die Flasche Prima Sprit. Und so trank Bella den Cocktail aus.

"Na, jetzt kann es los gehen!"

Draußen stand das tollste Auto, dass Bella jemals gesehen hatte. Es war wunderbar und faszinierend zugleich. Bella fand es auf einmal ganz witzig.

 "Oh, guck dir mal die süßen Räderchen an. Oh, sind die nicht putzig! Sind das nicht Nomfelgen?"

"Ja, das sind Chromfelgen."

"Ja, die sind voll lustig!"

Bella stieg ins Auto. "Schnall dich bitte an!", rief Thomas, weil Bella an der Sitzheizung spielte.

"Fasten your seat belts, please! Refrain from smoking! Schon verstanden. Huch, ich glaube ich habe auf den Sitz gemacht!"

Bella konnte sich nicht mehr vor Lachen einkriegen.

 "Bella. Das ist die Sitzheizung. Was hast du nur in den Cocktail gemischt."

 Zur gleichen Zeit war es ihm dann klar. Prima Sprit. Trotzdem fuhr Thomas sie hoch zum Schloss. Er parkte auf dem Parkplatz. Und wollte Bella die Tür öffnen, doch sie wollte nicht aussteigen.

 "Nun komm schon! Wir wollen doch noch die Glocken hören!"

"Die Hochzeitsglocken! Sie schlagen nur für uns."

Bella stieg aus und tippelte wie ein keiner Teenager vor dem ersten Mal herum. "Warte, du brichst dir noch die Hacken!"

"Ich mag aber keine Schweinshaxen. Die sind zu fett!", Bella verstand nicht das geringste, von dem was Thomas sagte.

Thomas konnte Bella noch einholen, bevor sie gegen eine Stange gelaufen wäre. "Soll ich dich nicht nach Hause fahren?"

"Nööö, warum denn? Ich bin nur so aufgeregt, weil es mein erstes Mal ist."

"Was? Du bist noch Jungfrau?"

"Ja, seit der Geburt! Meine Ma ist Jungfrau! Ich bin Jungfrau. Du bist Jungf...Nee Waage. Maria ist Skorpion."

"Bist du sicher, dass ich dich nicht nach Hause fahren soll?"

"Nein, ich will jetzt hier und jetzt!"

"Was willst du hier und jetzt?"

"Na ja, in einen Krebs verwandelt werden!?"

"Bella, ist es nun dein... du weißt schon was oder nicht?"

"Wer weiß, sag ich dir nicht!", Bella hatte keine Ahnung mehr.

Sie konnte noch nicht einmal klar denken. Ihr kam alles verschwommen vor, so als ob sie eine Rauschbrille auf hätte. Im Internat war bei ihr in der 10. Klasse eine Verkehrswacht gewesen. Dort wurde unter anderem simuliert, wie es ist, wenn man betrunken ist.

"So, Bella jetzt reicht es! Ich bringe dich jetzt nach Hause."

"Dazu musst du mich erst fangen!"

"Bella, nein!", rief Thomas, doch sie war schon weg.

"Na warte, ich krieg dich!", sagte er und lief los.

Nach ein paar Metern hatte er sie schon eingefangen und versuchte sie ins Auto zu bringen.

"Nein, ich will nicht! Ich sag's meiner Ma! Dann wird sie dich verprügeln! Ich bin nämlich ihre Lieblingstochter!"

"Du schreist gerade so, als ob ich dir etwas antun will! Außerdem was ist mit Anna?" "Wer ist Anna?", wollte Bella wissen.

"Ist schon gut. Kommst du nun mit? Oder muss ich dich tragen?"

"Das ist eine gute Idee!"

Bella blieb sofort stehen und breitete ihre Arme aus. Thomas bereute, dass er das gesagt hatte. Trotzdem ging er zu Bella und trug sie zum Auto. Bella verlor sogar einen Schuh, doch sie bekam es nicht mit. Thomas war froh, als er sie ins Auto verfrachtet hatte. Er überlegte, wie er sie am besten nach Hause brachte. Doch dann kam er zum Entschluss, dass sie es nicht merken würde, wenn er sie mit zu sich nach Hause nehmen würde. Und so fuhren sie ins Südviertel. Bella gab die ganze Fahrt lang keinen Mucks von sich. Überall in der Stadt brannten die Lichter. Es war direkt ein Kegel, der über der Stadt lag. Ab und zu sah Thomas nach Bella und bemerkte, dass sie eingeschlafen war.

Am nächsten Morgen erwachte Bella mit brummendem Schädel.

"Oh! Mein Gott, was habe ich noch gestern so gemacht?"

Und erstaunt stellte sie fest, dass sie neben Thomas aufgewacht war. "Ahhhhhhhhhhhh!", schrie Bella.

Thomas wachte natürlich davon auf.

"Guten Morgen, Schatz!"

"Warum nennst du mich Schatz? Das ist ja so widerlich! Den letzten, den ich Schatz genannt habe, war mein Hund!"

"Gestern Nacht hast du noch ganz anders geredet. Also wie war ich denn?"

"Hä? Was meinst du damit, wie du warst?"

"He, du kannst ja nicht abstreiten, dass ich einfache spitze war! Wir Amerikaner haben eben Ausdauer!"

Bella sagte nichts. Thomas wollte sie küssen. Doch Bella wich ihm schnell aus! "Weißt du nicht mehr? Ich habe dir dein erstes Mal beschert!"

"Du machst mir Angst! Mein erstes Mal hatte ich vor zwölf Jahren. Als ich vierzehn war."

"Ich weiß, wie alt du vor zwölf Jahren warst."

"Also, was willst du von mir?", Bella wusste gar nicht mehr, was sie sagen sollte. "Haben wir nun oder nicht?"

"Was haben wir oder nicht?"

"Na ja, du weißt schon?"

"Nein, ich weiß es nicht? Meinst du Sex?", fragte Thomas.

"Ja, genau!"

"Wäre es denn so schlimm, wenn wir miteinander geschlafen hätten?"

"Ja, das wäre es gewesen!" Thomas sagte nichts mehr.

Er hätte gedacht, dass Bella ihn lieben würde.

"Ich dachte, du würdest... "

"Dass ich dich lieben würde? Was, hast du im Ernst geglaubt, ich schlafe mit einem daher gelaufenen Fremden? Solange du noch an Janina hängst, mache ich mit dir nichts!"

"Wer hat denn gesagt, dass ich an Janina hänge?"

"Wieso warst du dann mit ihr gestern einkaufen?"

"Was geht es dich an, mit wem ich einkaufen gehe?"

"Mehr als du glaubst!", sagte Bella.

"Raus!", schrie Thomas sie an.

"Was?", fragte Bella ihn.

"Du hast mich schon verstanden. RAUS!"

Bella nahm ihre Tasche und verschwand sofort durch die Tür.

Sie konnte es sich nicht nehmen lassen noch die Tür so laut zu zuknallen, wie es nur ging. Sie hörte hinter sich noch eine wütende Stimme. Kurzerhand beschloss Bella, hoch zu Maria zu gehen. Maria wunderte sich, dass sie so schnell oben sein konnte.

"Ich war bei Thomas! Da bin ich schnell mal vorbei gekommen!"

"Also, was ist passiert?", wollte Maria wissen.

"Nachdem ihr gestern gegangen seid, habe ich vor dem Büro gewartet. Er kam dann, na ja nicht gleich, aber er kam. Wir wollten hoch zum Schloss, aber ich musste Getränke mixen. Er kam dann auch zur Bar und dann weiß ich nicht mehr weiter. Heute morgen bin ich aufgewacht und ich lag neben ihm. So dann.......", Bella fing an zu weinen.

Sie erzählte den Rest der Geschichte unter Tränen.

"Seh ich das richtig? Er hat dich rausgeschmissen?"

Bella nickte.

"Ich weiß nicht, was in der Nacht passiert ist. Ob wir nun oder nicht!"

"Das ist aber noch kein Grund, dich rauszuwerfen! Du wolltest doch wissen, was passiert ist."

"Na ja, ich habe dann noch gesagt, dass ich ihn nicht liebe und das ich gar nicht mit ihm schlafen wollte. Er hat etwas erzählt, ob ich noch Jungfrau wäre oder so einen Schrott!"

"Ich glaube, ich habe das Problem gefunden. Er hat sich in dich verliebt und du sagst dann das Gegenteil. Ich weiß ja nicht, was ihr gestern so noch angestellt habt."

"Ich weiß es ja auch nicht.", erwiderte Bella.

"Geh am besten erst einmal nach Hause und nimm eine Dusche. Dann wird es dir sicherlich besser gehen."

Bella fand das zwar keine gute Idee, aber vielleicht musste sie am Ende der Diskussion noch bei Maria duschen. So ging sie den langen Weg nach Hause. Barfuß!

Bella wusste auch nicht, wo sie ihren anderen Schuh gelassen hatte.

Sie dachte sich nichts weiter dabei und ging bei ihrem Stiefvater vorbei. In schwierigen Situationen halfen immer Schuhe, Schuhe und Taschen.

Bella hatte Glück, denn ihr Stiefvater war gerade im Laden.

"Hi Liebling!", begrüßte er sie.

"Hi Dad!", und klang betont freundlich.

"Ich brauche mal wieder neue Schuhe! Ich fliege am Wochenende mit zwei Freundinnen nach Berlin. Zum Konzert von Oliver Coot!"

"Ah! Lass mich raten, du hast auch schon ein passendes Kleid gekauft?"

"Ja, gestern!", sagte Bella.

"Na gut, dann wollen wir mal schauen, was wir haben. Sicherlich hohe Schuhe."

"Erraten! Das Kleid ist blau."

"Wo sind eigentlich deine Schuhe hin?"

"Ach, ich habe einen vergessen. Bei Thomas wahrscheinlich!"

"Bei einem Mann? Werde ich bald Schwiegerpapi?", scherzte ihr Stiefvater. Doch Bella bekam das Gefühl nicht los, dass er es ernst meint.

"Es dauert noch eine Weile."

Und schon waren sie wieder bei dem Thema Schuhe. Bella probierte einige an und musste sich anhören, wie ihr Stiefvater über diese Schuhe abslästerte.

"Die sind nicht gesund. Habe ich dir schon 'mal von einer Kundin erzählt. Von Frau Kicker?"

'Ja, hast du', dachte Bella im Stillen.

Gott sei Dank fand sie das passende Paar zu ihrem Kleid.

"Ciao!", sagte Bella und war froh, dass sie sich nicht länger die Geschichte anhören musste.

Nun ging sie endlich nach Hause. Sie duschte sich dann doch, trank einen Kaffee und zog sich wie immer an: Verführerisch. Anschließend nahm sie ihr Telefon und rief Tim an.

"Hi Tim, hier ist Bella. Wir müssten uns doch noch mal wegen der Vorprüfung treffen. Oder?...Ja, das kenne ich. Ist gleich beim Kino."

Bella traf sich mit Tim in der Eisdiele. Die befand sich schräg gegenüber vom Kino. Das war ja ihr Lieblingseiscafé.

Bella hing noch schnell das Kleid auf und ging dann frisch und munter in die Innenstadt. Im Bus schnappte ein sehr attraktiver Mann ihr den Platz weg.

"Oh, Entschuldigung!", sagte er. Er hatte lange blonde Haare, zwar nicht so lang wie Thomas, und braune Augen. Selbst die Brille passte zu ihm, wie die Faust aufs Auge. Von der ursprünglichen Bedeutung her würde die Brille also überhaupt nicht zu ihm passen. Doch die heutige Bedeutung sagte das Gegenteil. Es war schon merkwürdig, dass sich Redensarten und Sprichwörter so von der Bedeutung her verwandeln konnten. Überhaupt konnte man Redenarten so auslegen, wie man sie brauchte. Bestes Beispiel: 'Gleich und Gleich gesellt sich gern". Und nun das Kontra dazu: "Gegensätze ziehen sich an."

"Wenn du willst, kannst du dich ja auf meinen Schoß setzen?"

Bella überlegte nicht lange und nahm das Angebot an.

"Wie heißt du eigentlich?", wollte Bella wissen.

"Michael und wie heißt du?"

"Ich bin Bella."

Und so schnell hatte Bella wieder Spaß am Flirten. Doch schon an der nächsten Haltestelle musste Michael aussteigen. Bella überlegte, ob sie ihn nach seiner Nummer fragen sollte, ließ es aber sein.

Ein paar Minuten später traf sie Tim in dem Eiscafé.

'Er sieht ja gar nicht so schlecht aus.', dachte Bella.

"He!", sagte Bella und Tim stand sofort auf.

Er umarmte sie und dann setzten sie sich . "Was möchtest du?", fragte Tim, als die Kellnerin vorbei kam.

"Ich nehme ein paar Kugeln Waldmeistereis.", sagte Bella in einem erleichterten Ton.

Irgendwie wusste sie nicht, was sie von Thomas halten sollte. Wie kam sie eigentlich überhaupt wieder auf ihn? Schließlich saß sie hier doch in netter Begleitung. 'Warum habe ich nur gesagt, dass ich ihn nicht liebe?', fragte sich Bella. Na ja, wir haben ja noch nicht so viel unternommen.

"Also .", begann Tim zu sagen. "Wie wollen wir das nun machen? Es ist zwar noch ein bisschen Zeit, aber ich wollte auch nach Brasilien fliegen."

"Ähm, ich habe keine Ahnung. Wir könnten ja vielleicht schreiben, wie wir überhaupt zu dem Thema gekommen sind!", erwiderte Bella.

"Ich wollte ja alleine schreiben, aber du musstest mitmachen, weil du sonst deine Diplomarbeit hättest abgeben müssen."

"Ja, so habe ich das auch gedacht! Vielleicht könnten wir das noch etwas anders formulieren.", in diesem Moment kam das Eis für Bella.

Sie liebte es, wenn es so einen langen Löffel dazu gab.

"Kauf dir doch welche, wenn du unbedingt welche haben willst.", bemerkte Tim nebenbei.

Bella wollte die Antwort nicht wissen. Ihr war klar, dass sie sich so einen kaufen könnte. Aber sie wollte unbedingt so einen haben. Sie war da ein bisschen eigen. Na ja, wann war sie das eigentlich nicht? Jedenfalls nicht mehr seit ihrer Geburt. Die Zeit ging schnell vorbei, und Bella schrieb das wichtigste in ihr Notizheft.

"Warum hast du dein Laptop mitgebracht, wenn du in dein Heft schreibst?"

"Oh, ich schreibe das immer erst ins Notizheft."

Bella war endlich froh, als sie sich vom Acker machen konnte. Sie beschloss, hinauf in den Rosengarten zu gehen.

Dort war es schön, denn jetzt blühten die Rosen in den unterschiedlichsten Farben. Überall waren herrliche Düfte. In der Mitte des Parks stand ein Springbrunnen, der die Form einer Kugel hatte. In einer Entfernung von ca. einem Meter standen dann die weißen Bänke. Dort plazierte Bella sich immer und schrieb entweder auf ihrem Laptop oder in ihr Notizbuch. Sie schrieb jedoch nicht an ihrer Arbeit weiter, sondern schickte eine E-Mail an Maria.

'He, Maria, wie geht es dir? Ich hoffe gut. Ich habe deinen Rat befolgt und bin duschen gegangen. Also noch einmal zu Thomas: Ich weiß nicht, ob ich ihn liebe oder nicht. Jedenfalls weiß ich wirklich nicht, was letzte Nacht passiert war. Ich weiß auch nicht, ob da überhaupt etwas passiert war. Bis jetzt haben wir uns immer nur geküsst, aber kann man das Liebe nennen? Ich habe heute einen anderen Mann gesehen.

Er hatte blonde Haare und trug eine Brille. Er heißt Michael. Na ja, aber was ich wissen wollte: Wann geht es los? Am Freitag? Und wie kommen wir da hin?

Also, ich hoffe, dass du mir schnell antwortest.

Bis bald, Bella'

Bella las jedes Wort mit, was sie geschrieben hatte. Sie fragte sich wirklich, ob sie Thomas sehr verletzt hatte oder doch nicht. Und warum hatte er sie nun rausgeworfen? Bella machte sich aber nichts weiter daraus. Schließlich hatte sie noch eine Menge zu tun. Sie musste für Berlin packen. Bella trottete nicht lange herum und begab sich auf den Weg zum Abstieg. Der Weg hinauf war zwar spärlich, dennoch ging es für sie leichter hinunter. Sie fuhr nämlich mit dem Bus. Im Bus vibrierte Bellas Handy. Das tat es immer dann, wenn eine SMS kam.

'Hi! Danke für die Mail. Komm doch heute Abend bei mir vorbei, dann sag ich dir alles. Bis dann Maria'

Eigentlich wollte Bella heute Abend sich mit einer Freundin treffen. Aber sie brauchte ja unbedingt die Daten für den Flug. Nun ging sie erst einmal in einen Süßigkeitenladen. In der Oberstadt gab es ein Geschäft, das jede Vorstellung übertraf. Überall duftete es nach Schokolade. Bei manchen Pralinen waren noch Obststückchen dabei. Es gab auch alle nur erdenklichen Sorten von Schaumgummi und Trüffeln. Am liebsten mochte sie die Lutscher. Es gab dort viele gewöhnliche und ungewöhnliche Lollys. Ananas und Lakritze schmeckten einfach herrlich. Auch Vanille und Pampelmuse waren ein Gedicht. Bella war schon immer in Süßigkeiten vernarrt. Als kleines Kind hatte sie schon immer welche gegessen. Ihre erste Süßigkeit war eine Milchschaummasse zwischen zwei braunen Hälften. An der Kasse lag auch stets etwas zum Probieren. Diesmal lagen Mintkissen und saure Gummitierchen. Bella holte sich wie gewohnt zwei Lutscher und ging zur Kasse. Heute griff sie sehr ungeniert auf das Tablett mit den Süßigkeiten.

Bella ging schon zur Tür, als ihr die Verkäuferin hinterher rief: "He, gnädige Frau! Das ist aber nur zum Probieren gedacht."

"Ich probiere doch!", entgegnete Bella.

"Aber nicht in solchen Massen."

"Oh...!"

Bella versuchte zu klingen, als ob es ihr peinlich wäre.

"Soll ich es wieder hinlegen!", fragte dann Bella.

"Also, nee!", antwortete die Verkäuferin.

Bella machte sich schnell vom Acker. Auf dem Marktplatz setzte sie sich auf eine Bank und wickelte das Papierchen vom Lutscher. Sie blieb noch eine Weile sitzen und genoss den süßen Geschmack von Zuckerwatte und Kirsche. Doch dann kam ein kräftiger Stoß von hinten.

"Hi Bella!"

An der Stimme konnte sie erkennen, dass es Thomas war. Bella konnte nichts sagen. Sie drehte sich vorwurfsvoll um. In diesem Moment sah auch Thomas, was mit ihr los war. Bella blutete aus dem Mund.

"Oh Gott, Bella! Das wollte ich nicht. Wirklich nicht! Ist mit dir alles in Ordnung?"

"Seh ich etwa so aus, als ob es mir gut ginge?"

"Natürlich nicht. Ich ....Ich bringe dich ins Krankenhaus. Sorry, ich wollte dich nicht verletzten."

Bella hatte sich mit dem Lolli in den Mund so sehr gestochen, dass es nicht nur sehr schlimm blutete, sondern auch noch einer der vorderer Schneidezahn auf der Fahrt abbrach.

"Warum hast du mich eigentlich angequatscht? Ich fand das heute morgen eine deutliche Abfuhr."

"Lass uns später darüber reden. Ok?", antwortete Thomas, welcher durch ganz Marburg sauste.

"Nein, ich will aber jetzt reden. Also, warum hast du mich so angeschrieen?"

Bella blickte auf ein weißes Taschentuch, welches Thomas ihr gegeben hatte. Das Blut war nun in jeder einzelnen Faser und Bella hatte das Gefühl, dass sie noch mehr Blut spuckte. Ihr wurde es schwindlig.

"Thomas?", fragte sie zaghaft. Sie sah ihn nicht mehr so klar.

"Bella!", hörte sie ihn noch sagen und die Reifen quietschen.

Bella wachte erst wieder auf, als sie auf einem Stuhl lag.

"Wo bin ich hier?", fragte Bella eine in weiß gekleidete Frau.

"Ihnen ist schwindlig geworden. Und dann sind sie..."

"Ohnmächtig geworden?", ergänzte Bella.

"Nein, Sie sind kurz eingeschlafen. Manche können sich nur nicht daran erinnern. Das ist alles. Oh.....nee nicht schon wieder. Da draußen ist ein Mann, der sie hierher gebracht hatte. Ist das ihr Freund?"

Bella nickte. Das erste Mal war sie froh, dass Thomas in ihrer Nähe war.

"Ich kann ihn also hereinholen?"

Wieder nickte Bella. Als die Zahnärztin die Tür öffnete, kam Thomas gleich herein gesprungen. Er ging sofort zu Bella.

"Jetzt nicht! Ich will ihr eine Spritze geben. Der Zahn ist auch soweit ganz in Ordnung. Ich werde das Eckchen auch noch schnell erneuern. Dann können sie gehen.... So junger Mann, sie müssen sie mir schon mal für ein paar Minuten überlassen."

Thomas wich zur Seite.

Die Ärztin flüsterte noch einmal, aber so, dass es Thomas hören konnte: "Ist das wirklich ihr Freund?"

Diesmal sagte Bella etwas: "Ja, das ist er und ich bin sehr stolz darauf."

Sie wollte noch die Reaktion von ihm abwarten, doch dann piekste schon die Spritze so schmerzhaft, dass sie nicht mehr daran dachte.

Nach einer halben Stunde war alles überstanden. Ihre Ecke vom Zahn war wieder da und es blutete nichts mehr.

"He Bella, es tut mir wirklich Leid. Ich wollte dich nicht verletzten."

"Ist ja schon gut! Ich hoffe für dich, dass du eine Haftpflichtversicherung hast. Die Rechnung könnte teuer werden. Also, warum hast du mich heute morgen so angeschrien?", wollte Bella wissen.

"Du hast mich halt in Rage gebracht."

"So einfach ist das bei dir? Das nächste Mal schlägst du zu. Oder was?"

"Nein, da hast du in den falschen Hals bekommen."

"Wieso bin ich es immer?", antwortete Bella.

"Das habe ich gar nicht so gemeint."

"Warum hast du dann so etwas gesagt?"

"Hab' ich doch gar nicht."

"Und warum fangen wir dann deiner Meinung nach wieder an zu streiten."

"Weil du eine Frau bist."

"Was hat das denn damit zu tun?", das Gespräch verwickelte sich immer weiter in eine Richtung, die die beiden nicht für gut heißen konnten.

"Viel!" Thomas war nun stehen geblieben.

Bella sagte gar nichts mehr und ging einfach weiter.

"Wo willst du denn schon wieder hin?", fragte Thomas und sah Bella, wie sie in die andere Richtung lief als das Auto stand.

"Na ja, ich muss irgendwie nach Hause kommen."

"Ich fahre dich doch zu Maria.", antwortete Thomas.

"Weißt du was?", begann Bella zu sagen.

Doch bevor sie weiter erzählen konnte, sprach Thomas noch etwas dazwischen: "Nee, weiß ich nicht, aber du wirst es mir gleich erzählen."

"Die Sache ist die, dass du mir Angst machst. Immer weißt du mehr über mich, als ich selber."

"Es stimmt aber doch, dass du zu ihr wolltest."

"Zu ihr sollte!",verbesserte sie ihn.

"Maria hat es mir gesagt."

"Ich muss mich beeilen.", sagte Bella. Sie begann fast zu weinen.

Normalerweise war sie es gewohnt, jemanden anzuschreien. Doch bei Thomas war das anders. Wenn er lachte, schmolz sie einfach dahin. Er lachte immer so niedlich. Und wenn er sprach, dann tat er das immer mit seinem süßen amerikanischen Akzent. Und dann waren da noch die vielen Kleinigkeiten. Alleine wie er sich bewegte, ließ Bella zur Säule erstarren.

Dieses Gefühl hatte Bella noch nie bei einem Mann erlebt. Sogar seine Augen waren so blau, irgendwie blauer als der Himmel und das Meer zusammen. Die Haare törnten sie auch an. Sie waren schwarz und es passte einfach alles zusammen.

"Bella?"

Bella stand da und hatte den Mund offen.

"Ist alles in Ordnung mit dir?"

Thomas wusste nicht, was er sagen sollte.

"Ich wäre ja schön blöd, wenn ich dich von der Bettkante schupsen würde!", sagte Bella.

"Was?", Thomas begriff überhaupt nichts mehr.

"Ich habe wohl laut gedacht!", erwiderte Bella. Ihre Augen bekamen ein Verlangen, welches sie sonst immer nur bei Schokolade hatte. Sie fühlte sich, als ob sie innerlich zerspringen würde, wenn sie nicht ihr Verlangen stillen würde.

"I've got a yen to neck you.", sagte Bella.

Thomas guckte versetzt und selbst Bella wusste nicht, warum sie auf einmal englisch redete.

Im selben Moment rannte sie auf Thomas zu und küsste ihn aus Leibeskräften.

Thomas sah aus, als ob er überfallen wurde, doch dann machte er mit. Er fasste sie am Po und zur gleichen Zeit bückte er sich hinunter. Bella war kleiner, auch wenn sie wie immer ihre Schuhe anhatte. Eigentlich war sie dreizehn Zentimeter kleiner als er. Er hatte einmal erzählt, dass er sechsundneunzig Inch groß sei. Das entspricht ungefähr einer Größe von einmetersechsundsiebzig und Bella selber war einmeterdreiundsechzig. Nicht groß, aber es reichte. Und mit den Schuhen war sie meistens fünf Zentimeter größer.

"Warte, nicht hier Bella!", sagte Thomas, während er wieder Luft holte.

"Wo denn dann?", fragte Bella.

"Wie wär's im Garten? Die Sonne geht auch gleich unter."

Bella war von dem Vorschlag begeistert. Schließlich war morgen schon Freitag und dann ging es los nach Berlin. Und bei Maria konnte sie auch noch heute Abend vorbei schauen.

"Ist das nicht ein bisschen zu kitschig?", fragte Bella.

"Nennen wir es lieber romantisch!" Nun konnte sie nichts mehr dagegensetzten. Vom Krankenhaus waren es nur noch wenige Meter bis in den Garten.

"Wo willst du denn lang?", fragte Bella, als Thomas dann in die andere Richtung ging.

"Wir müssen doch bezahlen. Na ja, eher du und jetzt kommen wir sicherlich nicht mehr rein." Bella wurde aus der Antwort nicht schlau. Die beiden gingen den Hintereingang hinein, von dem Bella nichts wusste.

"Ich bin doch Biologiestudent.", erläuterte er zusätzlich, als er einen kleinen Schlüssel aus seiner Hosentasche herauszog.

Nun kam es Bella wieder in den Sinn. Studenten des Fachbereichs Biologie konnten einfach so in den Botanischen Garten gehen.

'Es ist praktisch.', dachte Bella.

"Ähm Thomas, meinst du nicht, dass der Boden etwas zu hart ist?"

"Wenn du willst, bin ich unten.", antwortete Thomas.

Nun hatte Bella aber wieder Angst, mit Thomas zu schlafen. Sie wusste auch nicht warum, sie hatte schon einige Erfahrung. Aber die Sache mit Thomas, so hatte sie es im Gefühl, war irgendwie anders..

"Du Thomas...", begann Bella.

"Och nee, sag jetzt nicht, dass du es dir doch anders überlegt hast!"

Eigentlich wollte Bella genau das sagen, aber sie konnte ihm einfach nicht in die Augen schauen, denn dort konnte sie seine Seele sehen. Sie glaubte das jedenfalls, denn so hatte sie es im Studium gelernt.

"Ich wollte eigentlich sagen, dass dort hinten ein sehr schöner Platz ist.", sie lächelte und man konnte bemerken, das es gekünstelt war.

Thomas schien es aufzufallen. Eine Weile gingen sie im Garten spazieren. Sie kamen am Teich vorbei, wo sie sich das erste Mal geküsst hatten und auch an den wunderschönen Blumen.

"Thomas, was war eigentlich gestern Nacht mit mir los?"

"Willst du es wirklich wissen?" Bella nickte.

"Na gut. Ich erzähle es dir. Du warst betrunken.", ein Anflug von Heiterkeit huschte über sein Gesicht.

Bella mochte das gar nicht gerne hören. Doch nun war es zu spät und Thomas erzählte ihr die ganze Story.

Bella wollte einfach nur im Boden versinken. Leider hatte Gott kein Erbarmen mit ihr und sie musste wohl oder übel durch die peinliche Situation. Sie war es ja schon von früher gewohnt, dass nie in ihrem Leben etwas normal, geschweige denn ohne Peinlichkeiten, ablaufen würde. Sie setzten sich auf eine Wiese, die ganz in der Nähe war und beobachteten den Himmel. Nun konnten sie sehen, wie die Sonne unterging. Der Himmel hatte die verschiedensten Rot-, Gelb- und Orangetöne, die es überhaupt gab. Neben ihnen auf der Wiese stand ein Baum. Er war groß und kräftig. Die Blätter sahen schön aus, nicht wie Bellas Pflanzen auf dem Balkon. 'Wahrscheinlich gibt es Bewässerungsanlagen hier' dachte Bella. Thomas und sie küssten sich heftig. Niemals hätte Bella gedacht, dass sie so etwas je wieder erleben würde. Schließlich hatte die Trennung von Timo ihr doch mehr zugesetzt, als sie es ihren Freundinnen erzählt hatte. Von außen war sie stark, doch innerlich fühlte sie sich meistens schwach. So lange alle dachten, dass Bella eine starke Frau sei, so lange war die Welt in Ordnung. Auf einmal hörte Thomas auf sie zu küssen.

"Was ist denn los?", fragte Bella genervt.

Sie hoffte, dass er nicht bemerkt hatte, wie sie über einen anderen Mann nachgedacht hatte. Thomas war inzwischen aufgestanden.

"Bella...Bella?", faselte er vor sich hin.

"Habe ich irgendetwas am Gesicht kleben?", sagte sie ironisch gemeint.

Thomas nickte. Bella kramte in ihrer Tasche von Amy Vermont und fand in der vorderen linken Tasche einen kleinen roten Kosmetikspiegel. Bella nutzte die Gelegenheit und zog gleich ihren Lippenstift mit heraus.

"Ahhhhhhhhhhhh!"; schrie Bella und warf den Spiegel in Thomas' Richtung, welcher sich gerade noch ducken konnte.

Bellas Augen waren angeschwollen. Ihre Nase hatte die doppelte Größe als sonst und ihr

Gesicht war von kleinen Pickelchen überseht.

"Ich glaube, du bist gegen den Baum hier allergisch.", sagte Thomas und konnte sich das Lachen nicht verkneifen.

"Lachst du etwa über mich?", fragte Bella.

"Ha, Ha. Nein ich lache nicht über dich, aber du siehst nur so komisch aus."

Und Thomas lachte aus Herzenslust.

Bella fand die Sache gar nicht witzig. So konnte sie doch nicht nach Berlin fahren. "Komm, wir fahren in die Stadt und suchen eine Apotheke.", schlug Thomas vor. Diesmal fand sie den Vorschlag richtig gut. Thomas streckte ihr die Hand entgegen, um das Aufhelfen zu beschleunigen. Bella stand gerade und wischte mit der Hand die Grashalme weg, als sie plötzlich etwas kaltes an ihren Unterschenkeln fühlte. Sie drehte sich um, damit sie sehen konnte was es war. Doch dann, spritzte ihr eine Menge Wasser ins Gesicht und überall hin, wo Bella war. Die Bewässerungsanlage, zog ihre Kreise über das Feld. Hinter ihr konnte sie schon das Lachen von Thomas hören. Sie drehte sich wieder in seine Richtung und das Wasser tropfte nur so von ihrem Körper. Ihre Augen sahen aus, als würde sie gleich jemanden umbringen.

"Wenn Blicke töten könnten......Übrigens schicker BH, Bella.", Thomas fand die ganze Sache witzig. Bella fragte sich jedoch, wie er nur sehen konnte, dass sie einen BH trug. Doch dann fiel ihr es wie Schuppen von den Augen. Sie hatte doch ihr weißes Top mit dem eleganten Ausschnitt an. Und jedes Kind weiß, wenn man etwas weißes trägt und es nass wird, dann kann die ganze Welt sehen, welche Farbe der BH hat.

Bella schämte sich, und ihr fielen wieder die schrecklichen Tage an der Schule ein.

Sie hatte sich eine neue voll angesagte weiße Hose gekauft. Nur leider hatte sie nicht beachtet, was sie darunter anziehen sollte. Jedenfalls keinen Tanga in pink. Sie stand mit halb geöffnetem Mund da, und Thomas hörte langsam auf zu lachen.

"Na, komm schon, wenigstens ist jetzt deine Schwellung ein bisschen zurückgegangen."

Bella schnappte ihre Tasche und nahm den Spiegel, den Thomas ihr reichte. Sie schlichen sich wieder durch den Hintereingang hinaus und gingen zum Auto. Am Freundschaftsbrunnen in der Stadt, fanden die beiden eine Apotheke, welche noch nicht geschlossen hatte. Bella holte sich ihre Antiallergika und schwor sich, jetzt regelmäßig ihre Tabletten zu nehmen.

"He, komm' ich lade dich zum Eis ein und dann gehen wir gemeinsam zu Maria. Da vorne gleich ist eine klasse Eisdiele.", Thomas sah Bella an und wusste gleich, was Sache war.

Bella wollte nicht in eine beliebige Eisdiele, sondern in ihre Lieblingseisdiele. Thomas fuhr mit ihr zurück, um eine Kugel zu holen.

"Du möchtest sicherlich Waldmeistereis, ge?", fragte Thomas und Bella nickte zufrieden.

"Eine Kugel Vanilleeis und eine Kugel Waldmeistereis.", sagte er zum Kellner, welcher schon die Waffeln bereithielt.

"Chr.. Chr.", machte Bella. "Ähm, ich hätte gerne eine Kugel Vanille und zwei Kugeln Waldmeistereis.", nun war Bella zufrieden.

Sie freute sich wie ein kleines Kind über das Eis.

"Du verstehst doch, wenn ich mein Auto nicht mit Eis versauen will. Oder?"

"Keine Angst. Ich werde nicht kleckern.", versprach Bella hoch und heilig.

Gerade sie kleckerte nicht. Nur gut, dass Thomas nicht wusste, dass sie allein beim Safteinschänken ihre Probleme hatte nichts zu verschütten. Doch dann fiel Bella wieder ein, was in ihrer Kindheit passiert war. Im Internat gab es eine Lehrerin, die immer ihre Worte mit der Körpersprache unterstrich. Nun musste sie damals zum Kieferorthopäden, wegen ihrer Spange. Ja, Bella trug als Kind eine Zahnspange. Und sie freute sich umso mehr, als sie endlich nach einem Jahr, acht Monaten und fünf Tagen rauskam. Leider hatte sie Pech und der Oberkiefer war noch nicht so, wie er sein sollte. Jedenfalls kam die Spange nur unten heraus. Oben wurde sie wieder fester gestellt. Und wieder einmal tat ihr alles weh. Jedenfalls konnte sie die ersten Tage nur Babybrei essen. Das schlimmste war aber, dass Bella aus Versehen in einer Doppelstunde Ethik den Brei über ihren Pullover geschüttet hatte. Damals wollte sie unbedingt in den Boden versinken. Bella glaubte nämlich, dass die Lehrerin sie nicht leiden konnte. Keine Ahnung warum, es war halt so.

"Wir gehen doch lieber ein Stück zu Fuß mit dem Eis.", sagte Bella.

Mittlerweile war es schon dunkel. Die Straßenlampen gaben ein schwaches Licht ab. Bei manchen Laternen war schon ein Stückchen Glas herausgebrochen, so als ob die Stadt verlassen wäre. Bella konnte sich noch gut an ihre Zeit in London erinnern. Die Straßenlampen waren dort besonders schön. Sie hatten so einen Grünstich und überall Verzierungen. Man könnte meinen, dass es ein bisschen kitschig wirkte, aber bei der großen Stadt, fiel das nicht mehr auf.

Thomas und Bella kamen an einem Brunnen vorbei, welcher in der Stadtmitte stand. Na ja, eigentlich war das ein anderer Brunnen. Da Bella aber so schlecht die Entfernungen einschätzen konnte, war für sie hier die Mitte der Stadt. Hier gab es auch den Kopierladen, den Bella so mochte. Einmal hatte hier jemand Schaumbad in den Brunnen geschüttet. Danach flogen überall kleine Schaumwölkchen umher. Bella fand das lustig. Doch die Rentner, die bei ihr standen, regten sich künstlich darüber auf.

"Meinst du nicht, dass das ein bisschen kalt ist?", fragte Thomas, als sich Bella auf die schmale Kante des Springbrunnen setzte.

"Nö!", antwortete Bella.

Doch nach einigem Überlegen kam es ihr doch etwas frisch vor. Trotzdem wollte sie nicht, dass Thomas Recht bekam. Es kam ihr überhaupt so vor, als wäre sie ein kleines Kind, dem man sagen musste, was es zu tun oder zu lassen hatte. 'Aber wenn Thomas der Vater wäre, würde ich auch gerne ein Kind sein', dachte Bella. Dann fiel ihr aber selbst ein, dass sie noch ein Kind war. Jedenfalls, wenn sie 'mal wieder durch die Stadt hüpfte und fröhlich was vor sich her sang. Maria gab ihr schon den Rat, dies zu unterlassen, weil Bella keinen richtigen Ton heraus bekam.

"Willst du dann noch zu Maria?"

"Ja, ich muss doch nach den Abflugzeiten fragen. Ich würde dann zwar noch gerne den Abend mit dir verbringen, habe aber auch noch nicht meinen Koffer gepackt."

Ein wenig enttäuscht, aber verständnisvoll, sagte Thomas: "Ok!"

Sie unterhielten sich noch eine Weile und Bella fand Thomas immer süßer. Sie dachte schon wieder an sein umwerfendes Lächeln. Wenn sich Bella wohlfühlte, dann unterstrich sie ihre Wörter mit der Körpersprache. Sie wusste zwar nicht, was das helfen sollte, aber schließlich tat es ihre ehemalige Lehrerin auch. Bella erzählte, wie sie sich auf morgen freute und machte eine große Armbewegung nach hinten. Ihr ganzes Körpergewicht verlagerte sie dabei nach hinten und mit einem heftigen Platsch, landete sie im Wasser des Springbrunnens. Bella zappelte mit den Beinen, doch das half nichts.

Es sah nur all zu komisch aus.

"Oh Bella! Bella!"

Thomas stand da und versuchte, sich das Lachen wieder einmal zu verkneifen, doch es gelang ihm nur schwer. Bellas Augen verengten sich und sie wollte einfach nur heulen.

"He, komm! Das ist doch halb so schlimm!", wollte Thomas Bella trösten.

Bella kletterte aus dem Becken heraus. Sie hatte Mühe, es zu schaffen, da sie einen engen Rock trug. Und sie nahm sich in Acht, dass man nicht wieder ihren BH sah. In der Ferne ertönte weiteres Gelächter von Leuten, welche oben auf der Brücke standen. Bella war in einer miesen Stimmung, denn so viele Peinlichkeiten waren ihr noch nicht an einem Tag passiert. Insgeheim wusste sie, dass es aber schon schlimmere Tage gab. Thomas und Bella liefen weiter ins Südviertel.

"Was ist mit dem Auto?", fragte Bella.

Ihr war schon klar, dass Thomas sie nicht mit nassen Kleidern ins Auto einsteigen lassen würde.

"Keine Sorge ich hole es morgen ab. Willst du trockene Kleider haben?"

"Das wäre super."

Nachdem Bella frische Kleider trug, ging sie hoch zu Maria.

"He, ich dachte du kommst schon nicht mehr.", sagte Maria und wunderte sich, dass Bella Sachen von Thomas trug.

"Ich bin ein wenig nass geworden!", erklärte Bella.

Maria musste auch grinsen, als sie die Geschichte von Bella hörte.

"Oh, Bella! Bella!"

"Erzähl mir lieber, wann morgen Abflug ist."

"Also, wir holen dich morgen ab. Um zehn Uhr geht der Flieger. Und zwei Stunden vorher müssen wir da sein. Also um acht Uhr. Um sieben sind wir dann bei dir. Wir müssen ja auch noch irgendwie zum Flughafen. Also, um sieben stehst du unten. Ok?"

Bella nickte. Auf dem Bett lag schon Marias Koffer. Der Gedanke, dass Bella noch nicht gepackt hatte, nervte sie ein wenig.

"Na gut, dann bis morgen!"

Bella ging die Treppe wieder hinunter und blieb vor Thomas' Tür stehen. Einen Moment lang überlegte sie, ob sie ihm noch was sagen sollte. Sie hatte auch schon zum Klopfen eingesetzt, doch dann beschloss sie, lieber nach Hause zu gehen.

Nun war es richtig dunkel. Es war aber erst zweiundzwanzig Uhr. Bellas Tag hörte meistens nie so früh auf. Doch musste sie noch so viel erledigen. Koffer packen, Haare waschen und ihre Mutter Liane anrufen. Zuhause machte sie sich erst einmal einen Tee. Sie liebte schwarzen Tee vor allem mit Milch. Dann packte sie einen riesigen Koffer. Das Kleid legte sie oben drauf. Dann ging sie zu ihrem Handy und klingelte Zuhause an. Zu ihrem Leidwesen war ihre kleine Schwester Anna am Telefon.

"He Anna. Ist Mama da, oder vielleicht Hilmar?......Na gut, und wie geht es dir?......Mir geht es ganz gut........Ich fliege morgen nach Berlin!.........Pech für dich. Komm erst in mein Alter, dann kannst du auch machen was du willst.........So eine Frage stellt man keiner Dame........Doch ich bin eine.........Na ja,....Sagen wir mal so, es ist jemand in Aussicht..........Also, sage allen einen schönen Gruß und dann bis bald, ge?", Bella war froh, als sie das Telefonat mit Anna beenden konnte.

Die ewige Fragerei, wann sie heiraten würde, hatte sie satt. Bella ging nun schnell ins Bad und wusch sich die Haare.

Am nächsten Morgen stand Bella halb sieben auf. Mehr schlecht als recht. Folglich ging sie schnell in die Küche und machte sich eine Schüssel Müsli. Diese nahm sie ganz verträumt mit in ihr Zimmer und setzte sich auf den Balkon. Es war frisch draußen, dennoch zog sie nur ihren Morgenmantel über. Am liebsten würde sie sich wieder ins Bett legen. Doch dazu hatte Bella nun weiß Gott keine Zeit mehr. Sie schaffte es gerade noch, ihren Kaffee hinunterzuspülen und das Handy mit dem Akku in ihre Handtasche zu stopfen, bevor sie dann kurz vor sieben raus ging. Im Briefkasten lagen zwei Briefe für sie, irgendwelche Lohnabrechnungen vom letzten Monat und ein Brief von Christian. Christian war ein guter Kumpel von ihr und nicht schwul. Er arbeitete im KFZ. Das ist ein Club in Marburg, wo manchmal ganz brauchbare Partys laufen. Bella nahm die beiden Briefe mit und ging hinaus. Es war nicht viel wärmer, als vor einer halben Stunde. Dennoch stellte sie sich schon raus. Gegenüber befand sich das Altersheim und rechts von ihr war ein langer Parkplatz, der gleich an die Lahn grenzte. Bella hatte noch nicht einmal Zeit gehabt, um Make-up aufzutragen. Sie hatte sich schnell den Lippenstift drauf geschmiert und band die Haare zu einem einfachen Zopf. Heute hatte sie keine Absatzschuhe an, denn die zu ihrem Outfit gepasst hätten, waren alle im Koffer verstaut. Sie hatte einen Trolley, den konnte Bella nämlich gut ziehen.

Ihre grüne Uhr piepste und in diesem Augenblick, kam auch schon ein schwarzes Auto vorgefahren.

"Oh, nein!", sagte Bella.

Es war Thomas. Warum hätte sie es sich nicht denken können? Thomas würde sie zum Flughafen fahren. Wenn sie sich das mal vorher überlegt hätte, dann wäre sie doch früher aufgestanden und hätte sich ordentlich geschminkt. Das Auto hielt direkt vor Bella. Thomas sah heute wieder so perfekt aus. Er brauchte nicht viel machen und schon sah er so gut aus, dass...

Das Auto hupte und Bella hatte sich sehr erschrocken, es war ja auch noch so früh, da konnte man schon einmal fast wieder einschlafen. Maria und Phoebe saßen hinten. So müsste sie die ganze Fahrt vorne bei Thomas verbringen. Thomas stieg aus und gab ihr einen Kuss. Bella war es peinlich, da hinten zwei an der Scheibe klebten, als ob sie so etwas noch nie gesehen hätten. Bella zog ihren Trolley zum Kofferraum.

"Das mache ich schon.", sagte Thomas und lud das schwere Ding ein.

"Mensch, was hast du denn alles im Koffer?", wollte Thomas wissen, doch Bella war schon eingestiegen.

Sie begrüßte die Mädels und schnallte sich an.

Thomas stieg ein und Bella sagte: "Ich bring dir mal deine Sachen."

"Es ist ja kein Problem. Ich habe noch etwas zum Anziehen.",Thomas lächelte wieder.

Immer wenn er lächelte, dann ging die Sonne in Bellas Herz auf. Und nicht nur wenn er lächelte. Die Fahrt ging ohne große Probleme schnell vorbei. Bella konnte partout nicht die Augen von ihm lassen, auch Thomas guckte zu ihr rüber und wenn sich ihre Blicke trafen, dann mussten sie immer wie kleine Kinder lachen. Bei Bella hörte sich es mehr nach einer Ente an. Doch das interessierte sie nicht im geringsten. Bella fragte sich eher, ob sie Thomas gefiel. Schließlich hatte sie sich heute kaum geschminkt und durch die nicht vorhandenen Absatzschuhe fiel der Größenunterschied schon deutlicher auf.

Als Thomas seinen Schlitten auf dem Parkplatz abgestellt hatte, rief er: "Warte!", Bella guckte ganz verdutzt.

Aber sie blieb ruhig sitzen. Ihr wurde auch schnell klar, warum. Thomas öffnete die Tür und hob Bella liebevoll aus dem Sitz. Sie dagegen war verwundert. Doch sie konnte sich schnell fassen.

"Mich wundert's, dass du dir keinen Bruch bei meinem Gewicht gehoben hast.", sagte sie, als Bella wieder heil auf dem Boden stand.

Bevor er antworten konnte, küsste sie ihn. Aber nicht nur so schnell auf den Mund, sondern richtig. Konnte man überhaupt falsch küssen? Bella glaubte schon, dass Übung den Meister macht. Doch er hatte anscheinend viel Übung gehabt. Thomas öffnete auch Phoebe und Maria die Tür. Mehr aber nicht. Schließlich wischte Phoebe über seine Wange.

"Du hast da noch etwas gehabt."

Mit 'etwas' meinte Phoebe Bellas Lippenstift. Bella vergnügte sich gerade darüber, dass sie ihren Koffer herausholen wollte. Das stellte sich jedoch als schwierig heraus, weil sie nicht den Kofferraum öffnen konnte. Mit einer lässigen Bewegung gelang es aber Thomas mit einer Hand den Kofferraum aufzumachen. Und Bella hob die Koffer heraus, während Thomas einen Plausch mit Maria und Phoebe hielt.

"He, das ist meine Aufgabe!", sagte Thomas, als der Kofferraum durch einen lauten Knall zufiel.

"Sorry, aber wir leben im 21. Jahrhundert und die Frau hat sich schon ihre Rechte erkämpft. Wir sind gleichberechtigt, also können wir auch die Aufgaben der Männer übernehmen.", antwortete Bella.

"Ich erinnere dich daran, wenn wir das nächste Mal wieder essen gehen. Dann bezahlst du die Rechnung!"

Dieser Satz von Thomas gefiel ihr gar nicht.

Zwar hatten sich die Frauen wirklich ins Zeug gelegt, dennoch sollte man nach den Datingrules immer den Mann die Rechnung überlassen.

"Du kannst ja Packesel spielen und ich hole mir einen Kaffee."

Sie marschierte davon. Doch hörte sie noch, wie Thomas fragte, was Bella mit Packesel gemeint hatte. Sie brauchte erst einmal einen Kaffee. Das war ihr alles ein bisschen zu viel. Thomas hatte sie leidenschaftlich getragen und die ganze Fahrt angeschaut. Bella kramte in ihrer Tasche nach Kleingeld, doch sie fand da nur große Scheine. Die Scheine, die sie erst in Berlin ausgeben wollte.

"Kann ich dir aushelfen?", fragte eine herzlich warme Stimme.

Bella drehte sich um und erblickte Thomas hinter ihr. Ohne ein weiteres Wort bezahlte er ihr den Kaffee. Thomas nahm den Kaffee entgegen und reichte ihn weiter.

"Ich habe deinen Trolley hier. Wir haben noch etwas Zeit bis du zum Check in musst." Bella nickte und probierte vorsichtig ihren Kaffee, welcher noch zu heiß war. Sie hatte keine Ahnung, was sie Thomas erzählen sollte.

"Hast du deine Pille heute genommen?" Bella, die gerade an ihrem Kaffee genibbelt hatte, verschluckte sich.

"Ich brauch keine Antibabypille zu nehmen.", meinte Bella.

Sie erhielt von ihrer Frauenärztin alle drei Monate eine Spritze.

"Ich meinte das Antiallergikum."

"Ach so! Nee, ich habe es vergessen."

"Nimm sie lieber, wer weiß, was das nächste Mal passiert."

"Wenn es überhaupt ein nächstes Mal gibt."

Thomas saß in der Wartehalle neben Bella.

"Sag mal, kann es sein...", begann Thomas zu sagen, "dass du Komplexe hast?"

Bella saß nun regungslos da.

"Ich meine ja nur, einmal, da willst du es unbedingt und dann gehst du wieder auf Distanz. Das kann doch nicht so weitergehen. Ich meine nur du und ich.....ich dachte da wäre was zwischen uns."

Er blickte traurig.

'Er sieht so, wie der Hund meiner Familie.', dachte Bella.

Aber sie konnte doch nicht einfach sagen, warum sie Angst hatte mit ihm zu schlafen.

"Ich habe nur laut gedacht.", sagte sie schnell.

Sie hoffte, dass es nicht wie eine Ausrede klang.

"Warum sollte es denn deiner Meinung nach kein nächstes Mal geben?", erkundigte sich Thomas.

"Na ja, Man weiß ja nie! Vielleicht brenne ich mit Oliver Coot in Berlin durch!", antwortete Bella gelassen. Und schnappte sich ihren Kaffee. Ohne auch nur einmal zurückzublicken, lief sie zum Ausgang, wo Maria und Phoebe standen. "Und wie ist es gelaufen?", fragte Phoebe.

"Was soll wie gelaufen sein?", fragte Bella in einer Hektik und in einem launischen Ton.

"Ich glaube, du hast heute schon genug Kaffee gehabt.", erklärte Maria und versuchte ihr den Becher wegzunehmen.

Doch es gab ein Gerangel, bei dem der Kaffeebecher Bella aus der Hand fiel.

"Oh, na toll! Das war meine Lieblingssorte!"

Ein großer Klecks lag im Eingangsbereich verstreut.

Maria zerrte Bella weg und Phoebe folgte den beiden. Sie liefen alle drei zu Thomas. Als sie ankamen, sagte Bella in einem bestimmten Ton: "Ich nehme den Koffer!"

Sie schnappte den Trolley und zog ihn hinter sich her. Bella hörte hinter sich wie Maria zu Thomas sagte, dass sie dieses Feeling liebte. Bella ging als erstes zum Check in. Doch sie wartete auf Thomas. Maria und Phoebe gingen durch die Sicherheitskontrollen. Bella wollte noch mit Thomas reden.

"Sehen wir uns morgen Abend wieder hier?", wollte sie wissen.

"Wenn du nichts dagegen hast, dann ja."

"Was sollte ich dagegen haben? Ich habe wieder laut gedacht."

"Das kann ruhig öfters passieren."

"Glaub mir, es ist besser, wenn du nicht alles weißt!"

"Dann würde ich immer wissen, was ist, wenn du mich immer so anstarrst."

"Das kann ich dir auch so sagen. Ich denke dann immer, wie man nur so süß lächeln kann. Das macht mich richtig schwach.", gestand Bella.

In dem Moment lächelte er wieder so. "Hör auf! Sonst muss ich in Berlin immer an dich denken und ich weiß nicht, was ich dann machen soll!" Thomas zog Bella an sich heran und lächelte.

"Hör auf damit!", drohte sie ihm.

Und sie patschte mit ihren Händen auf seinen Oberkörper ein. Doch sie merkte, dass bei ihm alles fest war. "Gehst du trainieren?", fragte sie ihn. Aber er küsste sie nur. "Du musst gehen. Die beiden warten auf dich."

"Ich will aber nicht mehr!", sagte Bella.

"Wieder laut gedacht?"

"Jep!", antwortete Bella.

Und Thomas erzählte ihr, dass sie ja morgen wieder hier wäre. Bella küsste ihn noch ein paar Mal. Sie konnte einfach nicht von ihm loskommen. Es war auch schwer bei so einem Mann. Schweren Herzens ging Bella durch die Kontrolle, schaute noch einmal zu Thomas und hörte, wie ein Mann in der Ferne schimpfte. Er war offensichtlich im Eingangsbereich gestürzt. Bella wurde leicht rot im Gesicht, ging aber dann zielstrebig durch die Kontrolle. Doch bei ihr piepste etwas.

"Tragen sie Schmuck?", fragte der Mann von der Kontrolle. "Ja, seit meiner Geburt, habe ich die silberne Kette mit dem B und dem Herzen."

"Ich meinte eigentlich etwas weiter tiefer?"

Jetzt wurden Maria und Phoebe auf der anderen Seite ganz neugierig. Auch Thomas hörte zu, was sie wohl antworten würde.

"Oh. Ja ganz viel sogar."

"Gut, ich muss sie bitten, ins Zimmer zu gehen und zu warten, bis die Kollegin kommt."

Da wollte Bella einmal eine spritzige Antwort geben und dann passiert so etwas mit ihr. Hatte der Mann nicht gemerkt, dass Bella ihre Worte nur ironisch gemeint hatte? Anscheinend nicht. Sie machte sich jetzt Gedanken, was wohl Thomas denken wird. Schließlich hatte er es sicherlich gehört. Immer wieder sagte sie vor sich hin, dass sie doch zu dem stehen sollte, was sie war, doch es half nichts.

Es war ein kleiner Raum und Bella fühlte sich schon eingeengt. Sie litt von Zeit zu Zeit unter Platzangst. Eigentlich wurde das Wort so oft verwechselt. Schließlich heißt es Klaustrophobie, wenn man Angst vor engen Räumen hat. Platzangst ist die Angst vor leeren Plätzen. Ja, ja die deutsche Sprache! Sie war schon etwas ganz eigenartig. Aber lieber mochte Bella, wenn sie die Leute über den Unterschied zwischen das Gleiche und dasselbe aufklären konnte. Das dasselbe nicht das Gleiche war, sieht man eigentlich schon an der Schreibweise. Eigentlich. Auch wenn sie Psychologie studierte, interessierte sich Bella auch für die deutsche Sprache.

Nach zehn Minuten übernahm sie die Führung. Die Frau hatte festgestellt, dass Bella kein Intimschmuck trug. Und sie konnte endlich ins Flugzeug einsteigen. Bella warf Thomas noch schnell mit der Hand einen Kuss zu und verschwand in den Weiten des Flughafens. Etwas traurig war sie schon, aber sie freute sich auch auf Berlin. Ihre Plätze befanden sich in der Mitte des Flugzeuges. Es war ein tolles Gefühl, wieder zu fliegen. Bella war lange nicht mehr geflogen. Ihr Gepäck musste schon im Bauch des riesigen Schiffes sein. Sie überlegte, wie das Flugzeug überhaupt fliegen konnte. Bella hatte die Frage schon im Physikunterricht gehabt. Leider fiel ihr die Antwort nicht mehr ein. Es war ja schon so lange her. Bella war froh, dass sie überhaupt sich ihren Geburtstag merken konnte.

"Ich gehe mal schnell auf Toilette.", sagte Bella zu Maria.

Pampers

Bella drehte auf der Toilette den Wasserhahn zu, zog sich ihren Lippenstift nach und wollte aus der Toilette hinausgehen. Bei dem Versuch war es auch geblieben. Bella bekam die Tür nicht auf. Sie drehte und drehte, doch sie ließ sich nicht öffnen. Sie atmete einmal tief durch und dann probierte sie es noch einmal. Doch die Tür wollte nicht aufgehen. Bella brach leicht in Panik aus, da sie Angst in solchen Situationen bekam und unter Platzangst litt. Sie erinnerte sich an jene schrecklichen Tage, als sie mit einer Freundin aus der Schulzeit einkaufen ging. In der Pause ging Bella mit ihr in den Drogeriemarkt, doch es war ein sehr kleiner und die Gänge waren nicht größer als Bella breit. Dies lag aber auch schon Jahre lang zurück. Sie sah sich um und die Wände begannen zu schwanken.

Bella schaute panisch auf die Uhr, gleich würde das Flugzeug abheben. Und sie selbst würde immer noch in der Toilette festsitzen. Was für ein schrecklicher Gedanke! Bella hörte von draußen Schritte auf sich zukommen.

"Es ist besetzt!", rief Bella.

"Du bist schon seit zehn Minuten auf dem Klo. Was machst du so lange?"

"Maria? Bist du es?", fragte Bella zaghaft.

"Nee, der Weihnachtsmann.", antwortete sie.

"Ich war ganz artig! Na ja nicht immer, also was bekomme ich?", Bella versuchte so zu klingen, als ob alles in Ordnung wäre.

Doch dann sagte sie: "Ich habe mich eingesperrt und komme nicht mehr hinaus. Was soll ich nur machen?"

"Bleib erst einmal ganz ruhig. Ich lasse mir etwas einfallen."

"Aber bitte ganz schnell!"

"Ja...!", überlegte Maria.

Bella hörte, dass sich Marias Schritte wieder entfernten und sie wusste nicht, wie viel Zeit vergangen war, als sie viele Füße auf die Tür zukommen hörte.

"Ich habe Phoebe geholt. Das Flugzeug hebt gleich ab. Also müssen wir uns beeilen. Geh von der Tür weg.", sagte Maria.

"Was?"

"Du hast schon richtig verstanden. Geh von der Tür weg.", ergänzte Phoebe.

Bella tat wie geheißen. Sie hatte keine Ahnung, was ihre Freundinnen vorhatten. Doch es ruckelte an der Tür. Bella bekam eine leise Ahnung, was die beiden im Schilde führten. Sie wollten sicherlich die Tür eintreten. Doch es erwies sich als falsch. Ein paar Sekunden später war die Tür offen und Bella sah endlich Maria und Phoebe wieder. Auch wenn sie unter den verheulten Augen nichts sah. Phoebe hatte die Tür mit ihrer Haarklemme geöffnet. Das Bella nicht früher drauf kam. Ihr Lieblingscousin war in Dresden bei der Berufsfeuerwehr und hatte ihr doch einmal diesen Trick gezeigt. Bella war froh, dass sie aus der Toilette befreit wurde.

"Bella du hast in die falsche Richtung gedreht!", sagte Phoebe.

"Das Schloss war ganz Ok!"

Maria gab wie jedes Mal ihren Senf dazu.

"Oh, Bella! Bella!"

Als Bella wieder an ihrem Platz war, konnte die Reise los gehen. Das Flugzeug hob ohne weitere Schwierigkeiten ab und Bella duselte neben Phoebe und Maria.

"Ich glaube, sie schläft!", sagte Phoebe.

"Bella? Bella?", fragte Maria leise.

Bella war aus ihrem Halbschlaf erwacht, doch sie wollte wissen, worüber sich Phoebe und Maria unterhalten wollten.

"Sie schläft ganz fest.", begann Phoebe zu sagen, "Ich glaube nicht, dass sie weiß, was sie sich da mit Thomas eingehandelt hat.

Wenn Janina versucht, jemanden umzubringen, dann wird sie die erste sein."

Bella fragte sich, was sie da faselten.

"Oh, ich weiß nicht. Aber dieser unbekannte Tim ist mir auch nicht ganz geheuer."

"Ja. Schließlich machten die beiden damals gemeinsame Sache. Ich glaube auch nicht, dass sich Thomas so der Gefahr bewusst ist. Sie hasst Bella."

'Woher sollte Janina mich kennen?', dachte Bella angestrengt nach.

"Woher sollte denn Janina Bella kennen?", fragte Maria.

"Ich weiß nicht, aber sie kennt Bella. Das steht fest."

Phoebe hörte schlagartig auf zu reden, als eine Flugbegleiterin vorbeikam.

"Saft?", fragte die Stewardess höflich.

"Nein, danke! Aber wir hätten drei Piccolos bitte. Halbtrocken.", bestellte Maria.

"Falls Bella noch rechtzeitig aufwacht."

Bella tat noch eine Weile so, als ob sie schlafen würde und wachte allmählich auf. Sie wollte ihre Gesichter sehen, wie sie reagierten nach dieser komischen und merkwürdigen Unterhaltung. Nachdem Bella ihren Sekt ausgetrunken hatte, landete auch schon das Flugzeug mitten im Herzen Berlins.

"Mädels, das wird das schönste Wochenende unseres Lebens!", mit einem Glücksgefühl zog Bella ihren Trolley hinterher.

Als sie die Sicherheitskontrolle durchquerten, machte Bella große Augen, denn eine Limousine stand für sie bereit.

"Ich wusste ja gar nicht, was in meinem Geburtstagsgeschenk alles drin ist. Maria!", Bellas Mund stand weit offen.

"Ich auch nicht."

Der Chauffeur öffnete ihnen die Türen und machte eine schnelle Handbewegung, was so viel zu bedeuten hatte wie, beeilt euch. Die Mädels ließen ihr Gepäck im Kofferraum verstauen und machten es sich hinten im Auto bequem.

"Wo geht es eigentlich hin?", fragte Phoebe.

Der Chauffeur schien es zu wissen.

"Ins Hotel natürlich!"

Bella saß in der Mitte und schaute abwechselnd aus dem einen oder anderen Fenster. Die Stadt war einfach großartig. Überall die schönen und alten Häuser. Die Sehenswürdigkeiten und andere tolle Sachen. Sie kamen am "Rosinenbomber" vorbei und auch am Brandenburger Tor. Nachdem sie am Alexanderplatz vorbeigefahren waren, sahen sie auch schon bald ihr Hotel. Es sah einfach wunderbar aus, fand Bella. Es war ein 5-Sterne-Hotel im Zentrum von Berlin. Alles war einfach überwältigend. Bella hielt ihren Fotoapparat in die Höhe, um alles mögliche zu knipsen. Sie hatte auch schon das Shopperparadies schlechthin fotografiert. Überall waren Geschäfte, so weit das Auge reichte. Auf den Bürgersteigen drängten sich viele Menschen in die unterschiedlichsten Richtungen. Bellas Augen funkelten, als das Auto vor dem Hotel hielt. Das Gebäude hatte ungefähr zwanzig Etagen, soweit es Bella beurteilen konnte. Es konnten auch mehr sein. Aber weniger auf gar keinen Fall. Die Fassade war einfach traumhaft. Man kann es nicht beschreiben, man muss dieses Hotel einmal gesehen haben. Es hatte einen orientalischen Touch, und sah aus wie ein Schloss. Die Auffahrt war rund angelegt. Und in dieser Rundung befand sich ein Wasserbrunnen. Zum Eingang musste man erst viele Stufen hinaufsteigen. An den Hängen neben den Treppen hingen Weinpflanzen. Das Hotel hatte viele Eingänge, auch wenn dort nur das Personal reinging. Der Haupteingang war reich mit Veduten und anderen Schmuckelementen verziert. Es war eigentlich unmöglich, dass so etwas in Berlin existierte. Aber es existierte. Bella war fassungslos. In diesem Hotel würde sie übernachten. Und sich am Buffet kostenlos bedienen. Bella überlegte, wo sie schon mal das Hotel gesehen hatte. Dann fiel es ihr wie Schuppen von den Augen, es erinnerte sie an das Hotel Ritz in London. Sie war zwar nur vorbeigelaufen, konnte damals aber alles genau betrachten. Sie bezweifelte auch, dass sie im Alter von vierzehn Jahren reingekommen wäre. Sie war ja froh, dass sie mit ihrer besten Freundin überhaupt ins Harrod's gelangte.

Im Foyer sah alles vergoldet aus. Und überall waren nur fein angezogene Leute zu sehen. Bella kam sich so vor, als ob sie nicht hierher passen würden. Und tatsächlich schien es Phoebe und Maria nicht anders zu gehen. Nach dem Einchecken liefen die drei zum Fahrstuhl. Sie waren nicht wie gewöhnliche, sondern aus Glas. Bella suchte, aber nirgends sah sie auch nur einen Fingerabdruck. Das Glas war einfach gründlich geputzt. Im Fahrstuhl stand ein Mann, in einer schönen Tracht. Das war die Uniform, welche jeder Angestellte im Hotel trug. Ihr Zimmer lag in der achten Etage. Es waren ein Doppelzimmer und ein Einzelzimmer gebucht. Maria schnappte sich das Einzelzimmer und so blieb Phoebe und Bella nichts anderes übrig, als das Doppelzimmer zu nehmen. Bella öffnete das Zimmer mit ihrem Schlüssel und staunte. Es war einfach überwältigend. Im Zimmer befand sich ein gemütliches, großes Bett mit einer schönen Tagesdecke darüber. Am Kopfende lag ein kleines Geschenk für die beiden. Ein kleines Fläschchen mit Duschbad und ein Stückchen Schokolade. Eine Minibar, ein Telefon und ein Fernseher waren auch vorhanden. Das angrenzende Zimmer beinhaltete eine große Badewanne, die die Form eines Herzens hatte. Man konnte sogar den Whirlpool dazu anstellen. Es war überall ganz sauber.

"Ich würde sagen, wir ziehen uns um und machen die Stadt unsicher." ertönte eine Stimme vom Eingang.

Maria hatte schon ihre Sachen abgestellt und war zu Phoebe und Bella gekommen. Bella zog sich schnell etwas stadttaugliches an, also ein schönes elegantes Top, Rock und Absatzschuhe. Ihre blonden Haare trug sie offen.

Sie schnappte sich eine ihrer schönsten Handtaschen, die sie mitgenommen hatte, und schon ging es in die große Stadt hinaus. Als erstes gingen sie in die Lobby des Hotels. Hier standen auch viele schöne Pflanzen, von denen Bella noch nicht einmal den Namen kannte.

Klein Bella konnte immer alle heimischen Pflanzen auswendig. Doch eines Tages wusste sie keinen einzigen Namen mehr. Ihre Mutter griff zu einer drastischen, aber wirkungsvollen Maßnahme. Sie ging mit Bella durch die Gärten und hatte solange die Namen der Pflanzen wiederholt, bis es Bella aus dem Mund heraus kam.

Maria, die schon öfters in Berlin war, führte die beiden zur nächsten U-Bahn Haltestelle. Sie lag gleich um die Ecke. Bella kaufte eine Gruppenfahrkarte für alle und schon ging es los. Sie stiegen an einer Haltestelle mitten im Herzen Berlins aus. Sie schauten sich das Brandenburger Tor an. Bella konnte gar nicht glauben, dass man vor ein paar Jahren nicht in den Westen konnte. Bella war und wird immer ein Ossi bleiben. Sie ist nicht stolz darauf, aber sie findet es auch nicht gerade schlimm. Bella fotografierte wieder eifrig. Dann konnte Sie endlich Maria und Phoebe überreden ins KaDeWe zu gehen. Es hatte mindestens genau so viele Etagen, wie das Hotel. Auch wenn das etwas übertrieben war. Bella fühlte sich sofort wohl im Kaufhaus. Sie ging in eine Etage, wo es Kleider und andere Festmoden gab. Sie verliebte sich auch gleich in ein Kleid von Armani, welches sie aber nicht kaufen konnte, weil es zu teuer war. Es gab freilich teuere Kleider, aber Bella fand vierhundertundfünfzehn Euro für ein Kleid schon teuer. Die teueren Kleider hatten alles so komische Preise. Die Preisschilder zeigten meistens runde Beträge an. Sie schnappte sich das Kleid. Es hatte einen glänzenden Stoff. Der in verschiedensten Braun-und Goldtönen schimmerte.

Sie warf Maria ihre Handtasche zu, was so viel wie "besorg mir eine Umkleidekabine" bedeutete. Maria schien das sofort zu verstehen und ging weg. Bella betrachtete das Kleid von allen Seiten und Phoebe schien nicht abgeneigt zu sein, auch etwas anzuprobieren.

Bellas Kleid hatte oben einen Neckholderverschluss.

Sie ging in Richtung Kabine, die ausgeschrieben war.

Bella fragte: "Wo bist du Maria?"

"Hier!", ertönte es aus einer Kabine in der Mitte.

Bella ging zielstrebig auf sie zu und riß die Tür auf.

"Oh! Verzeihung!", Bella hatte die falsche Tür geöffnet.

In der Kabine befand sich ein engumschlungenes Paar. Wie es aussah, waren sie gerade dabei, die schönste Sache der Welt zu tun.

"Können sie die Tür wieder schließen?"

"Natürlich!", antwortete Bella und schloss die Tür wieder.

Sie schaute vorsichtig unter dem Spalt durch. Bella sah Marias Schuhe und ging hinein. Bella hing das Kleid auf einen der beiden Haken. Maria ging raus, weil sie von Phoebe gerufen wurde. Währenddessen zog Bella ihre Schuhe, ihren Rock und ihr Top aus. Sie stand da in String und BH, dachte daran, dass sie womöglich lieber jetzt mit Thomas zusammen wäre. Warum? Das wusste sie auch nicht. Vor ein paar Tagen hätte sie noch alles gegeben, um einmal in einer der angesagtesten Discotheken Berlins zu tanzen. Und jetzt sehnte sie sich nach einem gemütlichen Abend zu zweit im Kino oder vor dem Fernseher? Irgendetwas stimmte nicht mit ihr. Sie nahm das Kleid vom Bügel und betrachtete es eine Weile, bevor sie es anzog. Sie sah traumhaft darin aus.

"He, das sieht aber toll aus!", sagten Phoebe und Maria, als Bella aus der Umkleidekabine trat.

"Könnt ihr mal ein Foto machen? Dann kann ich es Thomas senden. Per Handy!", selbst Bella wunderte sich über ihre Idee. Warum sollte sie ausgerecht Thomas ein überteuertes Kleid als MMS schicken? Phoebe holte ihr Fotohandy aus der Tasche und zielte auf Bella.

"Ein bisschen weiter nach rechts drehen! Ja, noch ein kleines Stückchen. So ist es gut. Stehen bleiben!"

"He, das kann ich auf gar keinen Fall dulden.", hinter den drei war eine Verkäuferin aufgetaucht.

Augenblicklich ließ Phoebe das Handy sinken.

Mit einem Seufzer, der "schade" ausdrücken sollte, ging Bella wieder in die Umkleidekabine. Sie wunderte sich, dass Maria nicht hinterher kam und so versuchte sie selbst den Reißverschluss zu öffnen. Ein kleines Stückchen ging er auf. Doch dann blieb er stehen. Bella gab nicht so schnell auf und versuchte es noch einmal. Doch es ging nichts mehr. Sie hüpfte in der Kabine umher, als ob sie verrückt geworden wäre. Es sah danach aus, dass sie sich kratzen würde. Aber der Verschluss machte ihr das Leben schwer.

"Bella? Brauchst du Hilfe?", rief Phoebe, als sie das Rumpeln aus der Kabine hörte.

"Mhmmm!", antwortete ihr Bella.

Im gleichen Moment wurde sie aus dem Teufelskleid befreit.

Maria stand lässig an die Tür gelehnt und sagte: "Oh, Bella! Bella!"

Nach diesem nervenzerreißenden Auftritt gingen sie eine Etage weiter nach unten. Dort war Bella genau richtig. Es lagen überall Süßigkeiten aus. Was würde Bella nicht alles dafür geben, sich einmal richtig durchzufressen?! An der Kasse lagen Erdbeer-Sahne-Toffees. So stand es jedenfalls auf dem Schild neben dem Teller. Bella kaute bereits ein paar Bonbons, als Maria und Phoebe sich umschauten. Zwar machte der Verkäufer ein komisches Gesicht, war aber freundlich und hielt sich mit seinem Kommentar zurück.

Mit ganz vielen Brocken im Mund sagte Bella zu ihm: "Esch schmecht escht suber!" Der Mann lächelte nur.

Phoebe und Maria kauften sich jeweils ein paar Trüffel und Bella kaufte einen Bierkrug aus Schokolade.

"Thomas trinkt kaum Bier.", sagte Maria.

"Er soll ja daraus kein Bier trinken, sondern ihn aufessen."

"Warum bringst du ihm überhaupt was mit?", wollte Maria wissen.

"Weil ich ihn......vermi... Warum bringst du eigentlich nicht etwas für deinen Freund Derik mit?", entgegnetete Bella.

 Und so war das Thema gegessen. Eigentlich wollte sie sagen, das sie Thomas total vermisste und etwas als Geschenk mitbringen wollte. Die drei gingen zum Fernsehturm. Dort fuhren sie mit einem schnellen Fahrstuhl hoch ins Café. Dies ist ein ganz besonderer Ort, da sich das Café mitdreht und man so noch besser die schöne Aussicht auf die Stadt genießen kann. Die Mädels hatten Glück, denn am Fenster war noch Platz frei. Bella musste mit ihren Schuhen aufpassen, weil sie sonst wahrscheinlich umgeknickt wäre. Phoebe erklärte sich bereit, die Bestellung aufzugeben. "Ok und was möchtest du?", fragte sie schließlich Bella.

"Ein Latte Macchiato und ein Stück von dem Kirsch-Kokos-Kuchen. Danke!", sagte sie.

Phoebe ging weg und Maria fing an zu erzählen.

"So, nun können wir uns mal ungestört unterhalten. Was ist?", Bella hatte sie entsetzt angeschaut.

"Nein nichts schlimmes. Also, was ist eigentlich mit dir und Thomas?"

"Was soll mit uns sein?"

"He Bella ich kenne dich. Also, sonst erzählst du in jeder Einzelheit über deine Affären. Und nun kaufst du ihm so ein kitschiges Schokoladenglas."

"Woher willst du überhaupt wissen, dass wir eine Affäre haben?"

"Na ja, eine Affäre beginnt dann, wenn man mit einem Mann Sex hat. Also oder willst du dich etwa fest binden?", den letzten Satz zog Maria ins Lächerliche.

"Wenn du es genau wissen willst: Ich habe weder eine Beziehung noch eine Affäre mit ihm. Wir hatten noch nicht einmal Sex."

Bella war aufgestanden, ohne das sie es gemerkt hatte. Maria guckte sie mit großem Entsetzen an.

"Aber ich dachte, ihr hättet...", begann sie.

Und Bella beendete den Satz.

"Sex? Nur weil ich früher einmal fast jeden Tag daran gedacht habe, heißt das nicht, dass ich es auch immer so mache. Seit ich mit Timo Schluss gemacht habe, hatte ich zwar das eine oder das andere Abenteuer, aber ich hatte mit Thomas keinen Sex, noch nicht einmal, als ich es unbedingt wollte. Also, nun weißt du jede Einzelheit."

"Bella, beruhige dich! Und setz dich wieder hin!", befahl Maria, "Die Leute schauen schon."

"Es ist also wichtig, was die Leute von dir denken? Mir ist es egal, was die Leute denken, aber dir ist es wohl sehr wichtig."

Bella hatte sich wieder hingesetzt. Phoebe kam mit dem Tablett, wo sie alles drauf hatte, was sie mitbringen sollte. In dem Moment klingelte Bellas Handy.

"JA!", schrie sie in den Hörer hinein.

Und im gleichen Moment ließ sie das Handy fallen und rannte auf Toilette.

"Ich gucke nach ihr und du bekommst raus, wer das am Telefon war.", sagte Maria und ging Bella nach.

Sie hörte schon, dass sie sich auf dem Klo eingesperrt hatte und heulte.

"He, was ist denn mit dir los?"

"Ich weiß es auch nicht. Es kam so überraschend. Ich würde ja gerne mit ihm schlafen, aber ich kann nicht.", sagte Bella.

"Und warum nicht? He, nicht weinen!"

"Ich habe keine Ahnung. Wenn ich es wüsste, dann wärst du die erste, die es erfahren würde. Noch vor mir."

"War das am Telefon vorhin Thomas?", fragte Maria vorsichtig.

Sie nickte nur.

"I wonder where you are. I wonder what you're thinking of tonight.....He, was ist? I wonder maybe you're alone. ....He, komm schon vier kleine Wörtchen. Ich bin mir sicher, dass du das Lied kennst....", den einen Teil sang sie und dann stimmte Bella in ihr Lieblingslied mit ein.

"Na gut. Too serious too soon. I wanted you to love me.", Bella lachte schon wieder. "Und nun muss ich mich frischmachen.", sagte sie entschlossen.

"Je, das ist meine Bella!", antwortete Maria.

Auf der Toilette starrte jemand Bella an.

"He, noch nie wegen einem Mann geheult?!", sagte Bella.

"Doch....", sagte die Frau und rannte schnell in eine Kabine und heulte.

"Ja, das Leben ist fies. Doch ich bin fieser.", sagte sie zu Maria und sie reichte ihr die Schminke aus der Handtasche.

Nach einer Weile kamen sie zu dem Tisch, den sie verlassen hatten. Phoebe freute sich, dass die beiden wiederkamen.

"Dachte schon, ich müsste den Klempner bestellen, weil ihr beiden das Klo verstopft habt."

Zum Glück lachten beide. Bella war erst einmal wieder glücklich. Sie schlurfte genüsslich ihren Kaffee und aß ihr Kuchenstück. Dann machten sie sich auf und gingen noch durch die Stadt. Sie schlenderten durch die verschiedensten Geschäfte und Straßen. Plötzlich kamen sie an zwei Nilpferden vorbei. Beide waren kunterbunt in blau, rot, grün und orange angemalt.

"Oh...... Wie süß die sind.", schrie Bella.

Sie kletterte auf eines der beiden.

"He Bella. Hierher schauen.", Bella hörte nur noch das Geräusch von einer Digitalkamera. Bella saß wie ein kleines Mädchen auf dem Tier und versuchte, es anzuspornen loszulaufen. Doch das Tier wollte einfach nicht.

"Komm herunter Bella! Wir müssen uns noch umziehen.", sagte Maria.

Doch Bella wollte nicht.

Nachdem sich Maria und Phoebe auf eine Bank gesetzt hatten, da hüpfte Bella von dem Nilpferd herunter.

"Wie alt bist du?", fragte Phoebe.

"Siebenundzwanzig ähm noch nicht. Sechsundzwanzig. Aber ihr tut immer so erwachsen."

"Bella, Schatz! Wir sind es auch."

Bella hatte schon immer die Angewohnheit, irgendeinen Scheiß' zu machen. Als Kind hatte sie, als sie mit der Klasse im Bachhaus war, einen anderen Namen benutzt. Damals war sie Catherine Hedwig aus New York. Da gab es ein Gästebuch, in das man sich einschreiben konnte und sie schrieb statt Bella Berger Catherine Hedwig. Bella fand es lustig. Damals wollte ihr eine Lehrerin weißmachen, wo der Weg zur Burg lang ging. Am liebsten hätte sie ihr die Gurgel umgedreht. Das war auch die selbe Lehrerin, welche ihr in einer Klassenarbeit eine eins gegeben und danach gefragt hatte, was eine Bucht sei.

Bella wusste nicht, was eine Bucht war und so hatte die doofe Lehrerin gesagt: "Wenn ich das gewusst hätte, dann hättest du keine eins bekommen."

Damals war Bella noch schüchtern und nicht so selbstbewusst. Heute hätte sie gesagt: "Gut, dass sie es nicht gewusst hatten."

Aber das konnte sie unmöglich sagen. Sie erinnerte sich auch gerade an ihre Hose. Es war noch DDR und trug sie eine Hose, auf der ein ganz kleines Schild mit der Bezeichnung und der Flagge der USA stand. Das war zu DDR - Zeiten verboten und Bella bekam Ärger in der Schule. Sogar Bellas musste zum Direx gehen. Jedoch sagte sie dem Schuldirektor deutlich ihre Meinung.

Aber als Anna geboren wurde, waren sie dann schnell in den Westen gezogen. Bella war gerade elf Jahre alt. Fünf Jahre später, trennte sich Bella und Annas leiblicher Vater von ihnen und kurz darauf lernte Liane, ihre Mutter, Hilmar kennen. (Bella hätte wetten können, dass sie ihn schon früher gekannt haben musste!) Zwei Jahre später zogen sie in die Nähe von Frankfurt. Super! Bella war nun achtzehn und musste zum Studium! Noch heute war Bella neidisch, wenn sie das tolle Kinderzimmer von Anna sah. Schließlich würde sie auch liebend gerne in einem solchen Haus wohnen. Nur ohne ihre Familie.

Bella ging mit Phoebe und Maria zur U-Bahn. Sie dachte daran, wie es wohl gewesen wäre, wenn sie in der DDR einen Amerikaner geliebt hätte. Gott sei Dank waren diese Zeiten vorbei. Wenn sie sich vorstellte, sie könnte Thomas nicht lieben, das wäre einfach schrecklich. Das erste Mal, seit sie Thomas kannte, gestand sie sich ein, dass sie ihn womöglich liebte.

"Bella, wo bist du mit deinen Gedanken?", fragte Maria.

"Bei Thomas.", sagte sie ehrlich.

Sie gingen zurück ins Hotel. Dort trennten sich ihre Wege. Bellas Handy klingelte. "Oh nein, das wird Thomas sein.", sagte Bella.

"Soll ich für dich rangehen?" Sie nickte und formte, ohne das Wort zu sagen: "Bitte."

"He, Schatz.", fing Phoebe an, "Ja es ist alles in Ordnung.......Es ist einfach toll hier.....Ich habe auch schon ein Geschenk für dich ausgesucht....Das bleibt eine Überraschung......Nein....Ich bin es Bella....Erkennst du nicht einmal die Stimme deiner Liebsten?...Seit ich dich das erste Mal gesehen habe........Wo wir uns das erste mal geküsst haben?", Phoebe sah Bella an, um eine Antwort zu bekommen.

Sie formte wieder die Worte: "Botanischer Garten", doch Phoebe verstand was anderes.

"Im Kino natürlich.....Nein, sag mal, weißt du das nicht mehr?....."

Phoebe hielt mit der Hand das Handy zu.

"Was soll ich ihm sagen?", wollte sie wissen.

"Gib ihn mir einfach.", sagte Bella.

"Ok! Thomas ich gebe sie dir!"

"Hi! Thomas. Was gibt es?......ja, ich wollte vorhin nicht reden. Tut mir Leid........Ich ziehe mich jetzt für Oliver Coot um.......Wenn ich morgen wieder da bin, dann ziehe ich etwas an, was du magst. Tschüss....Warte, was magst du am liebsten?...Ok. Ja, bis morgen.....Noch nicht auflegen.....Ich wollte dir noch etwas sagen...Ähm.. Ich...Ich liebe dich. Ciao.", bevor Bella seine Antwort hören konnte, hatte sie schon aufgelegt.

"Was hat er gesagt?"

"Ich weiß es nicht.", sagte sie.

"Wie, du weißt es nicht?"

"Ich habe aufgelegt, bevor er geantwortet hatte."

"Oh, Bella! Bella!", antwortete Phoebe.

Bellas Handy klingelte wieder.

"Ich geh nicht ran. Wenn er es nicht so sieht?", sagte Bella.

Phoebe konnte es nicht mit ansehen und so ging sie wieder ans Telefon. Sie stellte das Handy auf Freisprechanlage.

"He Phoebe! Kannst du ihr ausrichten, dass sie auch liebe und zwar mehr als alles andere auf der Welt."

"Ehrlich gesagt, klingt das kitschig.", gab Phoebe zu sagen.

"Dann sag ihr, dass ich sie liebe. Ok?"

"Sag es ihr doch selber!", schlug Phoebe vor und überreichte das Handy an Bella.

"Ich fand es gar nicht kitschig. Kannst du es noch 'mal sagen?", fragte Bella.

"Natürlich! Ich würde es so oft wiederholen, wie du willst. Also: Ich liebe dich auch. Und zwar mehr, als alles andere auf der Welt."

"Sogar mehr als deinen BMW?", wollte Bella wissen.

"Sogar mehr als mein... Moment mal."

Bella stockte der Atmen. Hätte sie nur nicht diese Frage gestellt.

"Bella? Bist du noch dran?", fragte er, " He. Natürlich, liebe ich dich mehr als mein Auto."

"Ok!", antwortete Bella und legte auf.

Sie machte sich fertig für die große Party. Das war gar nicht so einfach, denn Phoebe und sie mussten sich ein Bad teilen. Schließlich saß Bella noch in der Badewanne, während Maria und Phoebe ungeduldig auf dem Bett hockten. Alle fünf Minuten, so kam es Bella vor, klopften sie abwechselnd gegen die Tür.

"JA, JA ICH KOMME GLEICH!", schrie sie dann immer.

Im Moment kämpfte sie verzweifelt mit der Strumpfhose. Das eine Bein hatte sie links rum an und hüpfte belustigend durch das Badezimmer, bis sie zu dem Entschluss kam, die Strumpfhose wegzulassen.

Doch dann merkte Bella, dass sie beim Enthaaren ihrer Beine ein paar Stellen vergessen hatte.

'Scheiße', sagte sie zu sich selbst.

Natürlich hatte Bella nichts dergleichen mitgenommen, was ihre Beine glatter gemacht hätte und so nahm sie schnell den Rasierer von Phoebe. 'Falls sie meckert, kaufe ich ihr einen Neuen', dachte Bella.

Es ging so lange gut, bis Bella den Rasierer falsch herum hielt und sich in das Bein schnitt.

"AUCH DAS NOCH!", schrie sie wütend.

Sie tauchte ihr Bein schnell ins Badewasser ein, doch sofort brannte ihre Schnittwunde. Irgendwo hatte sie doch einmal gelesen, dass man Wunden mit klarem sauberen Wasser abspülen sollte. Aber dies galt wohl nicht für Badewasser mit chemischen Zusätzen. Bella griff nach einem Handtuch. Glücklicherweise erwischte sie eins. Um genau zu sein, ein weißes vom Hotel. Sie tupfte die Stelle ab, klebte sich ein Heftpflaster drauf und war froh, dass ihr Kleid bis zum Boden ging. Schließlich machte sie sich an ihre Frisur. Sie entschied sich, ihre Haare hochzustecken.

Als sie endlich aus dem Bad herauskam, sagte sie: "Habt ihr eigentlich gewusst, dass die Sternchen sich erst umziehen und dann über den roten Teppich laufen? Ich meinte sie gehen dahin, ziehen sich bei Musikveranstaltungen um. Dann gehen sie raus und tun so, als ob sie gerade angekommen wären. Und wenn man genau hinsieht, dann kann man entdecken, dass der Teppich eher pink ist."

"Wo hast du den Scheiß aufgeschnappt?", wollte Maria wissen.

"Das ist keiner.", behauptete Bella.

"Und ob!", Maria schien von ihrer Meinung fest überzeugt zu sein.

"He, kein Streit! Bella hat Recht. Ich bin ja schließlich in Amerika aufgewachsen und der Teppich ist wirklich nicht ganz rot.", mischte sich jetzt Phoebe ein.

"Genau. Und außerdem stand das im Buch über Robbie Williams von einem Chris oder so. Das ist wirklich ein tolles Stück.", sagte Bella.

"Wer ist ein tolles Stück? Das Buch oder er?", wollte Maria wissen.

Eigentlich war ja die Frage richtig umsonst gewesen.

"Du!", rief sie zu Maria und schwank ihre Tasche, als ob sie gleich zuhauen wollte.

Alle lachten und die drei gingen los und warteten unten in der Lobby auf ihren Chauffeur. Bella konnte es immer noch nicht glauben, dass sie zum Friedrichstadt-Palast fahren würde.

Von außen sah der Friedrichstadt-Palast aus wie ein Bordell. Das größte Revuetheater Europas sah aus wie ein Bordell. Zwar wäre es sehr groß gewesen, aber immerhin. Über dem Eingang stand auf dem Dach in riesigen pinkfarbenen Buchstaben Friedrichstadt-Palast. Überall befanden, auch in Leuchtschrift, so eine Art Gingoblätter an der Wand. Unten waren an beiden Seiten des Eingangs, waren Werbeplakate in einem Schaukasten angebracht. Auch Oliver Coot wurde präsentiert. Das einzige Konzert, das letzte, bevor er aufhören wollte. Bella ging mit Maria und Phoebe die vielen Stufen zum Portal hinauf.

Dort war er und sie konnte ihn genau sehen: Coot. Er sah einfach wunderbar aus. Sie stand auf dem roten Teppich und neben ihr Maria und Phoebe. Bella lief in kleinen Schritten über diesen Teppich, der eigentlich nur Prominenten vorbehalten war. Sie hatte schon alles geübt. Da war sie noch fünfzehn, als sie übte, über einen roten Teppich zu laufen. Damals war das ein großes Ziel von ihr und nun hatte sie es endlich geschafft. Es war einfach purer Luxus. Sie lief richtig arrogant über den Teppich. Schließlich musste sie sich beeilen, um noch ein Autogramm zu ergattern.

Maria holte sie ein und sagte: "Beeil dich. Ich glaube nicht, dass er noch zur After-Party bleibt." Doch dann trat sie Bella aus versehen auf den Fuß.

"Ahhh!", schrie Bella, denn sie hatte nur dünne Schühchen an.

 Im Augenblick, blickte die ganze Presse auf sie. Doch als sie nicht wussten, wer Bella war, hörten die Kamerageräusche auf. Dies hatte wiederum zur Folge, dass Oliver Coot stehenblieb. Bella hoffte, dass Maria oder Phoebe Fotos machten.

"Hi! Is it possible to get an autograph from you?", fragte Bella auf Englisch.

Ohne eine Antwort abzuwarten, kramte sie einen Stift und einen Zettel aus ihrer Tasche heraus. Oliver lachte, aber er unterschrieb. Als er weiterging, schaute sie auf den Zettel und wusste, warum er gelacht hatte. Der Zettel war ein Werbegeschenk gewesen von Pampers, die die Windeln herstellten. Außerdem stand darauf: *"All the best, love Oliver Coot"*

Liane

Bella steckte schnell ihr Autogramm in die Tasche, damit es nicht Phoebe und Maria sehen konnten. Es war ihr schlichtweg peinlich, einen Zettel hingegeben zu haben, auf dem das Logo einer Windelfirma stand. Doch schon wie die anderen Peinlichkeiten würde Bella auch das überleben. Sie ging in die große Halle, wo das Konzert stattfinden sollte. Sie musste zwar ihre Einladung vorzeigen, aber das störte sie weniger. Bella war immerhin berühmt und berüchtigt, aber nur was ihre Peinlichkeiten anging.

Das Konzert war super und die Party verlief ganz gut. Es gab Schnittchen und feinen Sekt. Vielleicht war es auch Champagner, aber Bella schmeckte nicht den Unterschied und so wusste sie auch nicht, was es war. Sie war froh, als alle drei im Hotel ankamen. Sie schminkte sich ab und wollte gerade mit Phoebe ins Bett gehen, als ihr Handy klingelte. Es war Tim.

"Hi.", sagte sie nachts um vier Uhr.

"Weißt du nicht, wie spät es ist?.......Wer? Ja..", schon war das Telefonat beendet. "Das war aber ein komischer Anruf. Tim wollte wissen, ob du und Thomas bei mir seid. Aber ich wollte nur sagen du, nun hatte er da schon aufgelegt. Hätte ich nur nicht erzählt, dass ich einen Freund namens Thomas habe. Manche Leute sind vielleicht komisch.", erzählte Bella Phoebe.

Phoebe, die leicht angetrunken war, riss nun die Augen auf.

Bella hatte selbst ein paar Gläschen zu viel getrunken und fragte nicht weiter nach, als Phoebe sagte, dass sie noch einmal zu Maria hinübergehen wollte, sondern guckte im Fernsehen noch South Park. Irgendwann schlief sie auch ein.

Am nächsten Morgen wurde sie von Maria und Phoebe geweckt.

"Oh, das Flugzeug geht doch erst später!", sagte Bella halb verschlafen. "Hast du nicht gemerkt, dass dein Handy gepiept hatte?", wollte Maria wissen.

Als Bella den Kopf schüttelte, erzählte Maria ihr: "Bei Thomas wurde gestern, besser gesagt heute eingebrochen."

"Was?", nuschelte Bella, denn sie hatte gar nichts von dem kapiert, was Maria sagte.

"Einbruch-Thomas-heute- früh.", Maria wiederholte ganz langsam und deutlich die Worte.

Nun kamen diese Worte auch in Bellas Gehirn an.

"Ehrlich? Wer denn?", wollte Bella wissen.

"Keine Ahnung.", mischte sich Phoebe ins Thema ein.

"Gestern. Irgendwann kurz nach vier Uhr! Aber die Täter haben nichts gestohlen, sie waren wohl überrascht, dass jemand im Haus war. Na ja.", erklärte Maria.

"Ihm ist aber nichts passiert?"

Phoebe und Maria schüttelten gleichzeitig den Kopf und Bella war erleichtert.

Sie sprang aus dem Bett ging ins Bad und zehn Minuten später fuhren sie mit dem Fahrstuhl hinunter zum Frühstück. Bella lud sich ihren Teller voll und ging anschließend schon hoch, weil sie die Einzige war, die noch nicht den Koffer gepackt hatte. Sie packte ihre Sachen, so unordentlich es ging, in den Trolley.

Nach einer Weile machten sie sich auf zum Flughafen. Bella knipste noch die letzten Bilder von Berlin und dann saßen sie auch schon im Flugzeug. Sie hoffte, dass Thomas sie abholen würde, auch wenn er einen Einbruch miterlebt hatte. Sie würde ihn tröstend in die Arme nehmen und ihm das Geschenk überreichen. Bella schlief wieder im Flugzeug.

Um so aufgeregter war sie, als Phoebe sie mit den Worten weckte:

"Bella, du musst aufstehen. Dort draußen wartet jemand auf dich."

Schon als sie aus dem Flugzeug ausstieg, sah sie Thomas. Er sah wie immer umwerfend aus. Er trug seine Sonnenbrille und ein hellblaues T-Shirt. Dazu eine Jeans. Und Bella sah auch wie immer aus. Kurzer Rock, Top und Absatzschuhe. Obwohl Bella nicht in solchen Schuhen rennen konnte, gelang es ihr schnell zu Thomas zu gehen. Wahrscheinlich von der Liebe beflügelt. In der Schulzeit hatte ihre Freundin einen Spruch gesagt, welcher wohl stimmen musste: Die Liebe besiegt alles. Natürlich war der Spruch auf Latein und so konnte sie sich nicht mehr ganz an alles erinnern.

Einer von Bellas Lieblingssprüchen war damals: " Draco dormiens nunquam titillandus." Was so viel hieß wie: "Kitzle niemals einen schlafenden Drachen."

Sie sprang vor lauter Freude Thomas in die Arme. Natürlich küsste sie ihn. Anscheinend war Thomas nicht darauf vorbereitet und wich ein bisschen erschrocken zurück. Aber Bella stützte sich auf ihn und legte ihre Beine um seine Hüften. Es hatte einen Hauch vom Sportunterricht. Besonders Bockspringen.

Das hatte Thomas noch weniger erwartet, ließ Bella aber trotzdem nicht fallen.

'Die Szene kommt in jedem besseren Hollywoodstreifen vor. Und nun auch in meinem Leben.', dachte Bella.

Alle vier gingen zur Gepäckausgabe und holten die Koffer ab. Bellas Koffer war mal wieder der Größte.

"Ich habe dir auch etwas schönes aus Berlin mitgebracht.", sagte Bella und spielte auf ihren Bierkrug aus Schokolade an.

"Das kann nicht sein, du bist doch schon da.", antwortete er und küsste Bella.

Maria machte die typische Kotzbewegung. Finger an den Mund und dann so tun, als ob sie kotzen müsste.

Diesmal hieß das ganze nur: "Ich kann nicht noch mehr Schmalz ertragen." Deswegen setzte sie sich in den Wagen und zerrte Phoebe mit. Phoebe aber hätte gerne noch weiter zugesehen.

"Du schmeckst aber heute komisch!", stellte Bella fest.

"Na ja, das liegt daran, dass ich so viel Stress hatte. Wegen des Einbruchs und so. Und heute...", er zerrte aus seiner Hosentasche eine Packung Zigaretten heraus."....rauche ich viel mehr, als sonst."

"Du rauchst?"

"Ja wegen dem Stress.", antwortete Thomas und wollte Bella abfassen, als sie zurückwich.

"Du hast meine Frage nicht verstanden. Ich meinte mit ' Du rauchst?' Du rauchst und hast mir nichts erzählt. Außerdem heißt es wegen des Stresses."

Bella stand mit offenen Mund da.

"Ach, so meinst du das. Ja, ich rauche. Wusstest du das nicht?"

Wütend ging Bella um das Auto herum und stieg ein. Um ihre Wut zu demonstrieren, schlug sie so fest, wie sie im Augenblick nur konnte, die Tür zu.

Auf die Frage, was mit ihr los sei, antwortete sie: "Er raucht."

"Ich auch. Und?", antwortete Phoebe.

"Ich weiß!", antwortete Bella wütend.

Auf der ganzen Fahrt nach Hause sagte Bella kein Wort. Auch die Versuche von Thomas halfen nicht. Immer, wenn er mit der Hand über ihr Bein streichelte, blickte sie aus dem Fenster und versuchte, mit der linken Hand seine Rechte zu entfernen. Als Phoebe ausgestiegen war, wollte Thomas Bella heimfahren. Doch sie griff ins Lenkrad und sagte: "Nein!"

Sofort schlug er in Richtung Südviertel ein. Zwar wunderte sich Thomas darüber, aber später wurde es ihm klar. Beide verabschiedenten sich von Maria und Bella ging mit Thomas in seine Bude.

"Ich wollte dir noch dein Geschenk geben.", sagte sie ruhig und mit viel Liebe.

Bella ging zum Koffer und öffnete ihn.

"Keine Sorge. Er ist eingepackt.", sagte sie zu Thomas, als er in den Koffer schaute. Sie zog eine Tüte heraus. Doch irgendwie war der Inhalt ein bisschen flüssig.

"Kakao hättest du auch hier kaufen können."

"Das war kein Kakao, sondern ein Bierkrug aus Schokolade mit Berlin vorne drauf.", Bella klang ein wenig enttäuscht.

"Macht nichts. Ich habe eine Idee, was wir damit machen können!"

Obwohl sie alleine waren, flüsterte er ihr etwas ins Ohr. Bella musste wie ein kleines Mädchen lachen.

"Geniale Idee.", sagte sie anschließend.

Er ging in die Küche, welche sich nebenan befand. Es gab wahrscheinlich eine gemeinsame Küche und Bad. Bella legte sich schon einmal aufs Bett. (Eigentlich war es ja nur eine Matratze.) Und wartete. Thomas kam mit einem Topf heißer, flüssiger Schokolade wieder. Es gefiel ihr der Gedanke, Schokolade auf der nackten Haut zu haben. Eine Weile küssten sie sich. Und zogen sich langsam aus. Erst streifte er Bella das Top vom Körper und dann zog Bella ihm das T-Shirt aus. Anschließend öffnete sie ihm die Hose. Als beide völlig nackt und eng miteinander verschlugen waren, legte sich Bella auf den Rücken. Thomas nahm den Topf mit dem Löffel und tröpfelte Schokolade auf ihren Po. Er malte ein Großes Herz auf Bellas knackigen Hintern. Er stellte den Topf beiseite und begann, die heiße Schokolade aufzulecken.

Dabei war er bedacht, das ganze sinnlich und leidenschaftlich zu machen. Als er fertig war, war Bella dran. Sie leckte das süße Zeug von seinem Bauch. Dann begann sie zu knappern, lecken und zu saugen. Bella hatte ja schon viel Erfahrung und so wusste sie genau Bescheid, wie man so etwas machen musste. Bella hatte auch ein wenig Angst, denn gleich würde sie mit dem Mann, den sie so super, süß und sexy fand, schlafen. Bella sprach sich Mut zu und nach wenigen Minuten waren ihre Bedenken verschwunden und beide liebten sich ausdauernd.

Glücklich lag sie neben Thomas und auch er schien zufrieden. Zu Bellas Erstaunen kuschelte er noch ein bisschen mit ihr. Das hatte sie nur ganz selten erlebt. Bella hatte meistens

Bindungsangst. Immer, wenn sie mit einem Mann geschlafen hatte, war sie danach schnell weg. Nur einmal hatte sie es weitergehenlassen. Das war mit Timo. Und er hatte ihr am Ende das Herz gebrochen. Sie wollte das nicht wieder erleben. Aber noch konnte sie abhauen. Wollte sie das aber auch? Bella wusste es nicht. Es war Wochenende und sie hatte nichts besseres vor. Aber sie hatte im Blut wieder diese Aufbruchstimmung. Doch dann sagte Thomas einen Satz, der alles änderte.

"Bella, wäre es schlimm für dich, mich deinen Eltern vorzustellen? Vielleicht diesen Sonntag?"

Sie lächelte und sagte: "Ich stelle sie dir mal vor."

Und im Stillen dachte sie sich noch das Wörtchen "Irgendwann." dazu.

Bella streichelte seine schwarzen Haaren und zog ab und zu eine Strähne vor. Dann drehte sie die Haare ein. Sie würde bleiben. Wenigstens eine kurze Zeit.

"Hast du etwas dagegen, wenn ich jetzt heimgehe und meine Sachen ausräume?", fragte Bella, als sie die Stille nicht mehr aushalten konnte.

"Ja!", antwortete Thomas ehrlich.

"OK. Dann gehe ich mal lieber gleich.", sagte sie.

Eigentlich wollte sie noch etwas hinzufügen, aber ließ es dann doch. Langsam zog sich Bella an, damit Thomas noch ein paar schöne Anblicke hatte. Dann zog sie ihren riesigen Trolley aus dem kleinen Zimmer. Bella ging aber nicht auf direktem Weg nach Hause. Sie machte einen Umweg und näherte sich einem Café. Dort holte sie sich einen Kaffee. Danach wollte sie bei ihrem Stiefvater vorbeischauen. Bella schleppte überall ihren Koffer mit. Sie bog in die Straße ein, die zu dem Laden führte, wo Hilmar sein Schuhimperium hatte. Sie stolperte gerade rein, als wieder diese komische Mitarbeiterin anwesend war.

"Glauben Sie mir. Sie werden gefeuert!", sagte Bella grimmig, denn sie schaute schon kritisch. Ihr Stiefvater stand gleich um die Ecke und überprüfte irgendwelche Unterlagen. Als er aufschaute, fragte er sie: "He, Bella. Willst du verreisen?"

"Ich habe doch von Berlin erzählt."

"Nein, ich komme gerade aus Berlin wieder. Na ja nicht gerade in diesem Moment, aber na ja was soll's.", sagte sie.

Hilmar guckte beängstigend.

"Ich kann mich noch erinnern, dass es eine Zeit gab, in der du deine Familie informiert hattest.", sagte ihr Stiefvater griesgrämig.

"Ich habe doch gestern angerufen. Ihr ward aber nicht da. Nur Anna. Hatte sie nicht Bescheid gesagt? Wohl nicht. Außerdem habe ich es dir erzählt, als ich Schuhe gekauft habe."

Hilmar nickte.

"Na gut, ich wollte auch nur einmal kurz 'Hallo' sagen. Also: Hallo!"

"Wenn du einen Moment Zeit hast. Ich habe neue Schuhe bekommen. Bei mir ist es total stressig. Ich glaub, dass ich noch eine neue Mitarbeiterin einstellen muss."

"Nein, ich wollte eigentlich Thomas nicht so lange alleine lassen."

"Ist das dein neuer Freund?", wollte er wissen.

"Egal, was du in der Stadt gehört hast, es stimmt nicht.", sagte Bella.

Eigentlich stimmte es schon, denn hier im Schuhladen wurde viel gequatscht und dann erzählen alle von der bekanntesten Frau, die mit jedem Mann flirtet.

"OK. Dieses Mal ist es etwas anderes.", gab sie schließlich zu.

"Am Sonntag macht Liane ein Festessen, weil ich ein sehr wichtiges Geschäft abgeschlossen habe. Du bist da gerne mal wieder gesehen. Bring doch am besten Thomas mit.", schlug er Bella vor.

Es schien, als ob sich Thomas und Hilmar abgesprochen hätten.

"Morgen schon?! Und außerdem wird Thomas anders ausgesprochen. Mit ä! Also praktisch Thomäs. Und noch eins: Er ist Amerikaner.", bevor Hilmar noch etwas anderes sagen konnte, machte Bella auf dem Absatz kehrt.

"Was ist er?", aus diesem Satz merkte man, dass ihr Stiefvater nicht sehr gut auf Amerikaner zu sprechen war.

Eigentlich war es auch nur, weil die amerikanischen Firmen, die Firmen in Deutschland aufkauften.

An der Tür sagte sie: "Er ist ein ganz lieber!"

Bei diesem Spruch musste sie doch kontern. Oder?! Dann ging sie ohne Umwege nach Hause. Es war um zwölf, als Bella die Waschmaschine im Bad anstellte. Sie steckte ihr Kleid und das andere, welches sie in Berlin getragen hatte, in die Maschine und wollte die Buntwäsche auf sechzig Grad einstellen, bis ihr einfiel, dass sie gleich Thomas` Sachen mitwaschen könnte. Sie schütte etwas (zu viel) Waschpulver in das dafür vorgesehen Behältnis und drückte auf den Knopf. Nichts passierte. Bella drückte noch einmal und wartete. Aber es passierte nichts. Sie wollte gerade Hilfe von ihren WG-Bewohnern einholen, bis sie auf die Idee kam, den

Wasserhahn für die Waschmaschine aufzudrehen. Bei einem neuen Versuch gelang es ihr endlich, die Waschmaschine anzustellen. Jedenfalls dreht sich das Innere und so konnte nichts mehr schief gehen. Bella ging ins Zimmer und tippte auf ihrem Laptop für ihre Diplomarbeit. Als sie keine Lust mehr hatte, bereite sie das Referat vor. Sie wollte gerade den letzten Satz zu Ende schreiben, als es heftig an der Tür klopfte. Bella wollte erst so tun, als wäre sie nicht da. Leider hatte sie nicht abgeschlossen und so ging die Tür auf. Inken stürmte herein.

"Warst du zufällig im Bad?", wollte sie wissen.

"Nein.", antworte sie knapp und wollte eine E-Mail an Tim schreiben, um Bescheid zu sagen, dass sie fertig war und es nun richtig losgehen konnte.

"Lüg nicht! Ich habe dich gesehen.", Inken rastete fast aus.

"Du hast nur gefragt, ob ich zufällig im Bad war und das war ich nun mal nicht."

"Geh, und guck dir mal die Sauerei an."

"Kann ich erst noch schnell die Mail abschicken?"

"Nein!"

"Ok! Ich komm ja schon!"

Bella blieb auf ihrem Bett sitzen und schrieb gemütlich die E-Mail zu Ende.

Währenddessen stand Inken wie angewurzelt in der Tür stehen. Langsam bewegte sich Bella und folgte Inken ins Bad.

"Was soll ich mir denn anschauen?"

"Wart's nur ab."

Bella öffnete die Tür zum Badezimmer. Es war alles überschwemmt.

Das Wasser aus der Waschmaschine war ausgelaufen. Auch überschüssiges Pulver war ausgetreten. Und zu aller Katastrophe noch hinzu, war das Pulver so aufgeschäumt, dass das Bad einer Schaumparty ähnelte.

"Pass auf, ich rufe einen Klempner und du lässt ihn herein. Bezahl' für mich und ich gebe dir das Geld dann wieder. Ich muss die Wäsche, also besser gesagt die Sachen wegschaffen.", sagte Bella und sah niedergeschlagen aus, weil sie so ein Chaos verursachen konnte. Typisch Bella.

Einmal im Unterricht musste jeder drei Eigenschaften nennen. Eigentlich gab es seit eh und je nur eine Bezeichnung für sie. Chaotisch. Bella kramte in dem Haufen von Lumpen ihre Sachen heraus und rannte mit ihnen in ihr Zimmer. Sie legte die Sachen auf den Schreibtisch und schnappte ihr Handy, um die Nummer ihres Klempners zu wählen. Es war ihr ein bisschen peinlich, da sie mit einem aus der Firma mal eine Affäre gehabt hatte. Sie hatte ihn immer zu sich bestellt, obwohl sie keine Reparaturen hatte. Bella und er, Lukas, so glaubte Bella jedenfalls, dass er so hieß landeten oft im Bett. Na ja, bis Bella herausfand, dass er verheiratet war. Dann war es aus. Bella zerrte einen Plastikbeutel hervor und wollte schon den Wäschehaufen nach Thomas' Sachen durchforsten, als sie auf die Idee kam, dass sie sich etwas anderes anziehen müsste. Wegen Thomas. Bella zog ein helles rosafarbenes Kleid an, worauf Sonnenbrillen, Taschen und Schuhe abgebildet waren. Der Ausschnitt war wie immer großzügig. Dann suchte Bella noch passende Schuhe und als sie das auch erledigt hatte, ging sie zum Schreibtisch. Beim ersten Wühlen fand sie die Sachen nicht. Bis ihr dann auffiel, dass die Sachen eine andere Farbe hatten. Nämlich blau. Erschrocken stellte sie fest, dass ihr Kleid abgefärbt hatte. Egal. Sie warf die Sachen hinein und rannte aus dem Zimmer.

"Der Klempner kommt gleich. Bis später Inken.", sagte Bella und verschwand auch schon.

Sie ging zur Haltestelle und fuhr mit dem nächsten Bus ins Zentrum. In der Nähe der Mensa war ein schöner Waschsalon. Bella hatte vor, die Wäsche trocknen zu lassen. Sie nahm sich einen freien Trockner und setzte sich auf die Bank und wartete. Gott sei Dank war für die kurze Weile gesorgt. Während des Schleuderprogramms konnte man dort Kaffee und Zeitungen bekommen. Bella nahm beides. Sie las gerade einen Artikel in der Klatschzeitung, als sie daran dachte, was wohl Thomas dazu sagen würde, wenn er sah, dass seine Sachen blau waren? Zur Not musste sie ihm den Schaden ersetzen.

Das Windspiel gab immer einen Laut, wenn jemand die Tür öffnete. Als das nächste Geläut ertönte, lief jemand herein, den Bella nicht gehofft hatte zu treffen. Sie sah so aus, wie die Frau auf Thomas' Foto. Ganz klar: es war Janina. Janina hatte einen großen Sack dabei. Bella interessierte sich besonders für Dinge, die nicht alltäglich waren. Wer kam schon mit einem Sack in einen Waschsalon? Normalerweise nahm man heutzutage eine Reisetasche. Oder wie Bella einen Plastikbeutel. Janina sah sie nicht. Und so hatte Bella gute Chancen, nicht entdeckt zu werden. In der Mitte befand sich eine breite Bank, die das Zimmer in zwei Teile teilte. Meistens hängten die Leute ihre Jacken an die Haken, so konnte man von einer Seite nicht gesehen werden. Bella ließ ihren Trockner allein und schlich sich um die Bank herum. Sie wollte unbedingt wissen, was Janina hatte. Gerade befüllte sie die Waschmaschine und Bella konnte einen kurzen Blick auf ihre Sachen erhaschen. Sie stopfte etwas schwarzes aus Wolle hinein.

Genau konnte Bella nicht sehen, was es war, denn sie hatte ihre Brille nicht auf. Wann war dies ja auch schon mal der Fall? Es piepte und der Trockner war fertig. Bella hätte noch gerne beobachtet, aber sie hatte ja noch etwas vor. Als sie den Trockner öffnete, fand sie ihn leer. Sie hatte ihn nur kurz aus den Augen gelassen. Doch oben an der Innenseite der Trommel klebte das Hemd. Es wurde wahrscheinlich zu heiß getrocknet. Nun passte es einem kleinen Teddy. 'Thomas könnte ihn auch noch als Staublappen benutzen.', dachte Bella.

Sie packte ihren Beutel und verließ das Geschäft. Manchmal fragte sie sich, ob das anderen Menschen auch passierte. Einmal hatte sie in einem Fahrradgeschäft Handschuhe anprobiert und da hatte sie erst einmal die falsche Hand hingestreckt. Und das schlimmste war, dass sie mit zwei Fingern in ein Loch geschlüpft war. Das ganze wäre vielleicht nicht so schlimm gewesen, wenn sie nicht mit dem Verkäufer später hinter der Theke geflirtet hätte. So ging es ihr meistens. Sie ging zu Thomas und hoffte, dass er da war. Schließlich musste er ja auch zur Uni. Aber am Samstag?

Vielleicht war er ja mit Freunden unterwegs, wenn er welche hatte. Bella hatte sie jedenfalls noch nicht kennengelernt. Sie ging den schnellsten Weg zu Thomas, schaute aber dabei noch immer in die Geschäfte. Irgendwann kam sie im Südviertel an. Sie klingelte, doch keiner öffnete. Vielleicht war er wirklich weg. Sie konnte es ja auch nicht leiden, wenn jeder hinter ihr herlief und sie noch nicht einmal eine halbe Stunde allein sein konnte. Allein die Vorstellung, dass sie nur auf der Toilette ihre Ruhe haben könnte, ließ Bella einen eiskalten Schauer den Rücken hinunterlaufen. Sie hatte einmal gelesen, dass manche Frauen einen Anfall bekamen, wenn ihr Liebster einmal nicht da war. Bella bekam auch ihre Anfälle. Nur meist dann, wenn irgendetwas peinliches passiert war.

In der Schule musste sie ein Referat halten, und da hatte sie eine Hose, bei der immer der Reißverschluss aufging. Das war auch der entscheidende Auslöser, dass Bella meistens (eigentlich fast immer) Röcke trug. Bella wollte erst bei Maria klingeln, ließ es dann aber bleiben. Sie kramte in ihrer Tasche, bis sie einen Stift und einen Zettel gefunden hatte. Bella schrieb schnell eine Nachricht auf und stopfte den Zettel samt Beutel in den Briefkasten. Es war ein sehr kleiner brauner Kasten, der eher einem schlecht gebautenVogelhaus glich. Gerade wollte

Bella sich umdrehen, als der Zettel herausfiel. Genervt wand sie sich wieder dem Kasten zu und hob den Zettel aus dem Dreck auf. Diesmal wollte Bella sichergehen und stopfte ihn mit aller Kraft hinein. Mit der Hand und dem halben Arm versuchte sie ihn hineinzupressen. Um ihn tiefer hineinzudrücken, stellte sie sich auf die Zehenspitzen. Als sie endlich den Boden fühlte, stellte sie sich wieder normal hin.

"Autsch!", schrie sie. Ihr Arm tat weh. Bella stellte sich wieder auf die Spitzen. Im gleichen Moment versuchte sie, den Arm zu befreien. Doch irgendwie wollte das Handgelenk nicht so wie Bella wollte. Sie versuchte es noch ein paar Mal, doch irgendwie wollte es nicht so richtig klappen. Mit der linken Hand drückte sie alle möglichen Klingeln, doch es schien niemand da zu sein. Na ja, wenigstens habe ich noch das Handy, dachte Bella und griff in ihre Tasche. Es war äußerst schwierig, denn sie war nun einmal Rechtshänderin und machte gewöhnlich alle Sachen mit beiden Händen. Erstaunlicherweise gelang es ihr, das Handy aus der Tasche zu holen. Doch mit dem Aufklappen hatte Bella ihre Schwierigkeiten. Schließlich fiel es herunter. Bella überlegte, was sie tun sollte. Sie kam zu dem Entschluss, entweder zu schreien, bis einer ihr helfen würde oder sie musste warten, bis jemand ins Haus wollte. Bella entschied sich fürs Warten. Da sie ihre grüne Uhr wieder einmal Zuhause gelassen hatte, wusste sie auch nicht, wie spät es war. Sie benutzte normalerweise immer ihr Handy. Nur lag das in einer Pfütze. Langsam wurde es dunkel, und anscheinend wollte keiner nach Hause. Es war Samstagabend. Keiner würde da schon vor Einbruch der Dunkelheit nach Hause kommen. Selbst Bella nicht, obwohl sie es heute gerne getan hätte. In der Ferne hörte sie die Kirchuhr schlagen. Doch als sie anfangen wollte zu zählen, hörte sie auch schon wieder auf. Es wurde immer kälter und Bella musste sich zusammenreißen, dass sie nicht einschlief. Irgendwann lauschte sie in die Nacht hinein und hörte auf einmal Schritte hinter sich. Blitzschnell drehte sie um und sah eine Gestalt hinter sich. "Hi!", rief Bella, auch wenn sie nicht erkennen konnte, wer es war. "Bella?" Die Stimme kam ihr bekannt vor. Noch nicht einmal in Hollywoodfilmen würde so etwas passieren. Natürlich war es Thomas.

"Wolltest du etwa zu mir? Perfektes Timing. Hab' mich gerade mit einem Freund getroffen.", sagte er mit seinem amerikanischen Akzent und lächelte dabei.

"Ne, eigentlich wollte ich schon längst wieder fort sein."

"Willst du mit rein?", Thomas hatte keine Ahnung, was er überhaupt sagen sollte.

"Ja, wie denn?"

"Indem du deinen hübschen Hintern zur Tür hinein bewegst."

"Würde ich ja gerne."

"Und wo liegt das Problem?"

"An mir."

"Ist das so eine Art von Frauen, die man als Mann nicht versteht? Was machst du da eigentlich am Briefkasten?"

"Meine Hand hineinstecken."

"Deine Hand?" Thomas verstand nichts mehr.

"Ich habe etwas in den Briefkasten gesteckt und bin mit der Hand nicht mehr herausgekommen."

"Warum hast du mich nicht angerufen? Dann hätte ich das Ding aufgeschlossen."

"Handy liegt in der Pfütze -irgendwo da drüben -und da konnte ich dich nicht anrufen."

"Oh, Bella! Bella! Ich hab dich gleich draußen." Er zog aus seiner Hosentasche einen Schlüssel und schloss den Briefkasten auf.

"Danke! Danke Thomas."

Nun las er den Zettel, welchen Bella eingeworfen hatte.

"Tut mir Leid! Bella. Was soll das bedeuten?"

"Ähm, schau im Beutel nach."

Bella wollte sich davonschleichen, aber Thomas rief: "Bella? Was ist das?"

"Ein Hemd.", sagte sie, "Dein Hemd. Ich habe es nicht richtig gewaschen. Erst wurde es blau und dann ist es eingelaufen. Sorry.", sagte sie und ging ein Stück in Deckung, falls er gleich losschreien würde.

"Oh, den kann ich nun als Staublappen benutzen."

"Ja, das wäre ganz praktisch, wenn du mal wieder Staub in deiner Bude wischst." Bella fing einen bösen Blick von Thomas auf.

"Wenn du möchtest, dann kann ich das mal bei Gelegenheit machen.", in der Hoffnung das würde den vorherigen Satz etwas auflockern.

Nur wusste Thomas nicht, dass Bella keinen Staub wischen würde. "Und willst du mit hinein?", fragte Thomas vorsichtshalber.

"Na klar, ich muss sowieso noch etwas mit dir besprechen."

"Das hört sich ja wahnsinnig ernst an.", Thomas klang ironisch, so als ob es Bella nicht ernst meinen könnte.

Es stimmte ja auch. Bella nickte und folgte ihm zu Tür hinein.

Ihr Handy war nur ein bisschen dreckig, aber sonst schien nichts passiert zu sein.

In der Wohnung war diesmal alles aufgeräumt.

'Sie sieht anders aus, als heute morgen', dachte Bella.

"Kaffee?", wollte Thomas wissen. Abermals nickte Bella und ließ ihren Blick umherschweifen.

Thomas wartete, lässig an seinen Tisch gelehnt. Ein paar Minuten lang starrte er sie an. Und sie sah ihn an.

"Na!?"

"Ach so! Ich wollte dich etwas fragen. Ich habe heute meinen Stiefvater getroffen. Meine Ma gibt ein Festessen wegen eines Geschäftabschlusses. Sie würden sich freuen, wenn du morgen kommst. Zum Essen."

"Zu was sollte ich denn sonst kommen?"

Bella hielt ihren Mund und wurde leicht rot.

"Ja.", antwortete er.

"Ja?"

"Ja."

"Du weißt nicht, was du da tust. Sicherlich nicht. Also überlege es dir noch einmal."

"Ich komme natürlich. Warum nicht. Soll ich einen Anzug anziehen."

"Wenn du dich darin wohl fühlst. Dann ja."

"Tu ich aber nicht."

"Dann komm einfach so wie jetzt."

Thomas nickte und Bella war erleichtert. Sie war schon lange nicht mehr Zuhause beim Essen gewesen.

"Ich muss dich noch vorwarnen. Mein Stiefvater ist nicht gut auf Ausländer zu sprechen.", sagte Bella und wartete die Reaktion von Thomas ab.

"Wir können ja sagen, dass ich die deutsche Staatsbürgerschaft habe."

"Dass du Ami bist, habe ich ihm schon gesagt. Er findet halt nicht gut, dass durch amerikanische Firmen viele Leute in Europa ihren Arbeitsplatz verlieren."

"Aber er denkt, dass du nur ein Abenteuer suchst und dann nach Amerika zurückgehst",

"Irgendwie schon. Aber erzähl vom Rest der Familie."

"Meine Ma ist ok. Sie ist wirklich großartig. Und sie hat einen ganz schönen Namen. Liane.

Dann gibt es noch meine kleine Schwester. Sie nervt total. Nicht der Rede wert."

Sie machten sich eine Zeit aus, und Bella war froh, dass Thomas sich nicht allzu viele Gedanken machte. Jedenfalls sah es so aus. Bella ging nach Hause und versuchte, nicht an morgen zu denken, denn eins war sicher: Das wird ein riesengroßes Fiasko geben.

Auf dem Heimweg traf sie Tim.

"Hi Tim. Wie geht's?", fragte Bella.

"Hast du meine E-Mail bekommen?", setzte sie noch hintendran.

"Ja! Aber ich bin im Moment wirklich busy. Hätte dir natürlich noch geantwortet."

"Hast du soweit alles verstanden? Mit den Mördern und der Menschenphobie?"

"Na klar. Ich habe zwar Muskeln, aber auch Verstand.", sagte Tim etwas beleidigt.

"Gut. Sehen wir uns am Montag in der Uni?"

"Denk' schon. Bis bald Bella.", und mit diesem Satz ging er von dannen.

Der nächste Morgen begann genauso, wie es sich Bella vorgestellt hatte. Ihr Wecker klingelte pünktlich und auch so war sie ganz guter Dinge, was das Essen anbelangte.

Sie ging munter ins Bad, um sich zu duschen. Nach einer Weile klingelte es an der Tür. Bella dachte nur, dass ja schon irgend jemand die Tür öffnen würde. Das war auch der Fall. Nur gab es oben noch eine Zwischentür für die man auch ein Schlüssel brauchte. Keiner aus der WG schien sich besonders dafür zu interessieren, die Tür zu öffnen. Bella schleppte sich, mit einem Badetuch um den Körper gewickelt, zur Tür. Als sie öffnete, stellte sie fest, dass es Thomas war. Ihr fiel augenblicklich vor Schock das orangene Badetuch herunter. Auch das Mikrofasertuch auf ihrem Kopf hatte nicht mehr den ursprünglichen Platz.

"He, du bist ja noch nicht fertig.", stellte Thomas fest und bevor Bella antworten konnte, wurde sie vom Mund bis zum Hals abgeküsst.

"Nach meiner Uhr ist es eine halbe Stunde früher. Zeig mal her."

Bella sah erschrocken auf ihre Uhr.

"Ok. Du weißt ja, wo mein Zimmer ist."

Sie wies mit der einen Hand auf ihre kleine Bude. Bella versuchte, ins Badezimmer zu rennen und stolperte über ein Staubsaugerkabel. Es gab ein gewaltiges Geräusch und Thomas guckte aus der Tür heraus.

"Nichts passiert!", krisch Bella mit einer sehr hohen Stimme.

Im Bad holte sie noch schnell ihre Sachen und marschierte gleich wieder ins Zimmer. Sie war froh, als sie Thomas sah, der es sich lässig auf dem Bett sich mit einer Zeitung bequem gemacht hatte. Bellas Schrank stand sperrangelweit offen und gab die Unordnung preis.

"He, du hast doch einen Anzug angezogen. Ich dachte du magst das nicht."

"Na ja, ich stell' mich ja meinen Schwiegereltern vor und da muss man doch einen guten -ähm, wie sagt man das?- first impression."

"Ja, einen guten ersten Eindruck machen. Aber du hast schon Minuspunkte. Weil du ein Tellerwäscher bist.", sagte Bella und zwang sich in ihr Kleid.

Thomas war zwar in die Zeitung vertieft, dennoch konnte Bella sehen, wie er sie über die Zeitung ansah.

"Was ist bitte schön ein Tellerwäscher?", wollte Thomas wissen.

"Das ist jemand, der sich seinen Lebensunterhalt als Geschirrspüler verdient. Ähm! Warum hältst du eigentlich das Magazin falsch herum?"

"Oh!", machte er und drehte die Zeitschrift schnell herum.

Endlich war sie soweit.

"Wir können jetzt gehen.", sagte sie bestimmt.

Er lächelte nur und trat nach ihr aus der Tür. Unten stand der Wagen, den Bella mit funkelnden Augen betrachtete. Sie glaubte, dass er ihn extra geputzt hatte für den Besuch. Im Auto setzte Thomas seine Sonnenbrille auf, mit der er noch amerikanischer aussah. Am liebsten wäre Bella über ihn hergefallen.

Es dauerte eine ganze Weile, bis sie den Vorort von Frankfurt erreicht hatten.

Das Haus war von außen riesig und innen war es der reinste Irrgarten. Man konnte fünf Stockwerke sehen. Das Haus hatte vorne einen großen Garten und war weiß getüncht. Überall blickten Statuen die beiden an.

"Lass dich nicht beirren. In den Augen sind Kameras. Ach ja. Ich finde es schrecklich. Kannst du den künstlichen Rasen sehen?"

Dumme Frage. Der ganze Garten bestand aus einem künstlichen Rasen.

Thomas nickte nur.

"Ich wusste zwar, dass dein Vater Geld hat. Aber so viel?"

"Glaub mir, da steckt auch das Vermögen meiner Ma drin. Nur arbeitet sie nicht mehr.

Seinetwegen. Wart' einmal bis du das Haus von innen gesehen hast. Ich meine ja nur, es sieht schon toll aus. Nur...Wie soll ich sagen, ist es nicht mein Stil. Es ist meistens schrecklich."

Nach der kurzen Erklärung sah Thomas blass aus.

"Willkommen im Club!"

Bella war ganz sicher, das er damit sagen wollte, dass er das Haus genauso schrecklich fand und am liebsten wieder weggefahren wäre.

"Noch können wir wieder fahren.", schlug Bella vor.

"Zu spät!", sagte er nur.

An der Haustür standen schon Bellas Eltern. Mutig schritt Bella auf ihre Familie zu. Mit einem leichten Kuss auf die Wange begrüßte sie ihre Eltern.

"Hi! Alle zusammen. Darf ich vorstellen: Thomas Wight.", sagte sie und strahlte wie ein Honigkuchenpferd.

Denn sie war stolz, sich einen so tollen Mann geangelt zu haben. Bella stellte sich bei der Gelegenheit das einmal bildlich vor. Sie mit einer Angel und Thomas in einem See. Bei ihrem Talent würde sie Thomas nicht fangen, noch nicht einmal einen Fisch.

"Guten Tag Mrs. Berger und Mr. Berger.", er gab jeden freundlich die Hand.

"Erstens bin ich Herr. Und zweitens heiße ich mit Nachnamen Gerlach. Und drittens dachte ich, dass du kein Deutsch sprichst.", Bella wollte schon die Situation retten, als das Thomas machte.

"Wissen Sie eigentlich, dass Bella ganz nach Ihnen kommt Mrs. Berger?", fragte Thomas und richtete sich an Liane.

Nun wurde Ihr Stiefvater noch wütender.

"Was fällt Ihnen eigentlich ein! Kommen her und machen deutsche Frauen an."

"Nun ist es aber gut, Schatz! Du kennst ihn doch noch gar nicht.", mischte sich Bellas Mutter ein.

Hilmar sagte gar nichts mehr.

"Oh. Nun habe ich die Blumen vergessen. Hier Mrs. Berger.", Thomas überreicht ihr einen wunderschönen Blumenstrauß aus Lilien und Rosen.

Roten Rosen.

"Oh, danke Mr. Wight.", sagte Liane.

"Sie können mich ruhig Thomas nennen."

"Du kannst mich gerne Thomas nennen.", verbesserte ihn Liane.

"Ok. Liane.", antwortete er.

"Gut Thomas, dann kommt rein!"

Bella machte ein Zeichnen, dass er zuerst ins Haus gehen sollte. Und dies tat er auch. Bella sah ihn an, und beide wussten gleich, was Bella meinte. Nämlich, dass es doch ein guter Start in die Familie war. Jedenfalls eine gute Reaktion, die der Stiefvater losgelassen hatte. Bella wusste, es hätte schlimmer kommen können.

Die Eingangshalle war riesig und rund angelegt. In der Mitte lag ein roter kreisrunder Teppich. An der Seite gingen zwei Steintreppen hoch und ringsum an der Wand waren Türen und Wandgemälde, welche teuer aussahen. Auch hier war alles in weiß gehalten. Und auf den Kommoden war kein einziges Staubkörnchen zu sehen. Bellas Mutter Liane war ganz und gar anders. Sie war schlank. Aber so, dass es nicht hässlich aussah. Und sie war ein bisschen größer als Bella. Hatte aber dieselben Augen. Zudem besaß sie noch ihre Naturhaare. Bella fing mit sechzehn Jahren an, grauzu werden. Thomas wurde von Bella in das Esszimmer geführt. Das nicht weniger arm ausgeschmückt war. Dafür, dass es nur ein Esszimmer war, passte Bellas Wohnung bei weitem hinein. Auch die Zimmer von ihren WG-Bewohnern mitgerechnet. An der großen Tafel hatten gut zwanzig Personen Platz. Doch Liane ging durch eine weitere Tür und sie gelangten in die Stube. Der Tisch war kleiner und gemütlicher. Dieses Zimmer hatte auch einen richtig großen Kamin, an denen Haken hingen.

"Wofür sind diese Haken?", flüsterte Thomas Bella leise ins Ohr.

"Oh, meine kleine Schwester ist total vernarrt in ausländisches Zeug. Sie hat eine Vorliebe für englischen Tee und auch für Socken, die am Weihnachtstag am Kamin hängen.", erklärte sie ihm.

"Und wo ist sie?"

"Woher soll ich das wissen? Ich bin ehrlich nicht scharf darauf, das zu erfahren.", antwortete sie.

"Sie ist oben in ihrem Zimmer.", griff Liane ein.

"Ma weiß immer Bescheid. Das ist fürchterlich."

"Bella, kannst du sie holen?"

"Na, klar!", sagte sie in einem komischen Ton und verdrehte die Augen.

Widerstrebend ging sie aus dem Zimmer.

Thomas folgte ihr.

"Du bleibst hier!", schrie Bellas Stiefvater, der in einem Sessel am anderen Ende der Zimmers

Platz nahm.

Eine Weile stand er neben dem Kamin auf einem weißen Fell. Währenddessen stieg Bella die Treppen bis ganz nach oben. Alle Türen im Haus hatten eine weiße Farbe, doch nicht die Tür von Anna. Diese War schwarz und mit weißen Buchstaben stand drauf: SPIELEN, FRESSEN UND SAUFEN!! Gar nicht vorstellbar, dass das ein Zitat von Luther sein soll. Jedes Mal, wenn Bella hier vorbei kam, wollte sie am liebsten auf dem Absatz kehrt machen. Doch sie riss die Tür einfach auf. Mitten im Zimmer saß ihre kleine Schwester auf dem Boden. Sie hatte eine Jeans an, welche so aussah, als ob man sie über spitze Steine geschliffen hätte. Und ein Top, welches jeden Mann geil machen würde. Die Musik war bis zum Anschlag aufgedreht und überall roch es widerlich nach Qualm von Räucherstäbchen. Bella tat ein paar Würgegeräusche und schaute Anna an. In einer Ecke lag ein Geschenk, welches Bella Anna letztes Weihnachten geschenkt hatte. Ein pupsendes Nilpferd. Und es hatte schrecklich viel Geld gekostet.

"Eigentlich wäre es höflicher, wenn ich mich geräuspert hätte, aber Ma wartet mit dem Essen." Als Anna sie mitbekam, drehte sie die Musik leiser und rannte auf ihre Schwester zu. Zu Bellas Überraschung umarmte sie Bella sogar.

"Hi Schwesterherz. Wo ist denn dein toller Typ, den uns Hilmar versprochen hatte.", und sie funkelte mit den Augen.

"Unten!", mehr bekam Bella erst einmal nicht heraus. Sie war so über ihre Schwester erstaunt, denn sie sah viel älter aus. Bella beeilte sich, weil sie nicht wollte, das Thomas allzu lange mit ihrer Familie alleine war. Zu ihrem Entsetzen, saß Thomas in dem anderen Sessel, der bei Hilmar stand. Eine auf dem Tisch befindliche Flasche, sagte Bella, dass die beiden Männer wohl keinen Apfelsaft tranken. Auf Grund ihrer Fehlsichtigkeit (warum muss auch der Augapfel nur so lang sein?) konnte Bella das Getränk nicht genau entziffern. Angst machte sich in Bella breit, denn sie wollte nicht hier schlafen, und Thomas konnte wohl kein Auto mehr fahren. Sie ging einfach zu den beiden hin.

"Thomas, du musst noch fahren."

"Keine Sorge Schatz. In der Flasche ist selbstgemachter...ähm...." Bella starrte einfach nur auf die Flasche.

"Holundersaft. Meint dein Freund."

'Wenigstens versteht ihr euch ja jetzt ganz gut!', dachte Bella und marschierte an den Tisch zu ihrer Mutter und Schwester.

"Das ist also deine Affäre?", wollte Anna wissen.

"Fast Beziehung kommt eher hin."

Anna ging frohen Schrittes auf Thomas zu und begrüßte ihn. Als das Essen kam, setzten sich alle an den Tisch. Thomas saß gegenüber Bella und neben ihm saß Hilmar. Bella hätte es lieber gehabt, wenn er neben ihr säße. So hatte sie ihre kleine Schwester am Hals. Das Essen begann eigentlich schon chaotisch. Bella fing an, ihren Salat zu essen, als noch nicht einmal alle ihre Portion hatten und versuchte, peinliche Geschichten zu überhören. "Thomas, als Bella klein war, da hatte sie sich schon gerne im Dreck gewühlt. Da war doch so eine Schlammpfütze. Wo war die gleich noch?" Ihre Mutter merkte, dass es Bella unangenehm war und tat so, als ob sie sich nicht mehr erinnern könnte.

"Glaub' im Urlaub, als sie dreizehn war. Ist ja egal. Mensch war das ein Gestank und sie wollte sich dann noch nicht einmal waschen."

Bella fiel die Gabel aus der Hand. Sie hätte ja Thomas fragen können, ob er sie aufhob, statt dessen kroch sie unter den Tisch. Alle guckten verwundert, als Bella sich den Kopf stoß und den Teller mit den Klößen zum Schwanken brachte.

"Thomas mach' bitte mal die Beine auseinander. Sonst komme ich nicht an die Gabel heran."

"Alles in Ordnung, Bella?", fragte Thomas nach einer Zeit.

"Ja! Habe gleich das verfluchte Ding."

Mit verwuschelten Haaren kroch sie auf der anderen Seite des Tisches vor. Ihre Haare waren total durcheinander, doch dies bekam sie nicht mit. Bella lief um den Tisch herum und setzte sich wieder auf ihren Platz. Natürlich konnte sie nicht mit Messer und Gabel umgehen. Dementsprechend sah auch ihre Essweise aus, als würde man einem Schweinchen gegenüber sitzen. Hastig schlang sie das Essen hinunter. Zwischendurch nahm Bella einen kräftigen Schluck von ihrem Saft.

"Osch Maschma. Dasch esschen ischt echt klasche!", sprach sie und kaute mit offenem Mund.

"Weisch gar nuscht, wann ich dasch letschte mal so gescheschen habsch."

"Freut mich, dass es dir schmeckt Bella!", antwortete Liane und fragte sich gleichzeitig, wo Bella nur gelernt hatte, so zu essen.

Bella bemerkte gar nicht, wie alle sie beobachteten.

"Wasch isch?", fragte sie laut und ein Brocken Kloß rutschte ihr aus dem Mund.

"Nichts, Bella....Nichts!", sagte Anna und wandte sich wieder ihrem Essen zu. Nachdem sich alle den Magen vollgeschlagen hatten, rülpste Bella laut.

"Also Bella! Halte wenigstens die Hand vor den Mund!", sagte Hilmar empört.

"Verzeihung.", erwiderte Bella.

Während sie das sagte, wischte sie ihre Hände an der Tischdecke ab.

"Machst du das bei dir Zuhause auch?", fragte Liane, als ob ihre schöne Tischdecke in die ewigen Jagdgründe eingehen würde.

Als Bella bemerkte, was sie getan hatte, antwortete sie: "Ich habe keine Tischdecke, aber das Betttuch tut es notfalls auch."

Nach dem ganzen Fiasko, saß Bella bei Thomas auf dem Schoß und wartete, dass es endlich Nachtisch gab. Als die Köchin mit dem Eis hereinkam, sprang sie ruckartig auf und nahm sich gleich die Schüssel, in der das meiste Eis drin war.

Cock-Ring

Alle unterhielten sich ein wenig, bis es Kaffee und Kuchen gab.

Doch dann lief das Treffen auf einen weiteren Höhepunkt zu.

"Thomas, was können Sie meiner Stieftochter eigentlich bieten? Sie hat hohe Ansprüche.", fragte Hilmar.

Einen Moment lang schien Thomas ein wenig verwirrt, doch dann sagte er: "Also, bis gerade eben wusste ich nicht, dass Bella überhaupt einen Anspruch hatte."

Alle lachten, doch Bella fand es gar nicht witzig.

"Aber jetzt 'mal im Ernst. Kannst du sie denn versorgen?"

"Mit Lebensmitteln ja. Aber beim Sex weiß ich nicht, ob ich ihr reiche."

Wieder lachten alle. Keiner bemerkte, dass Bella sich nicht woh fühlte und dass man ihre Gefühle nicht beachtete. Das war wahrscheinlich das Bild, das alle von ihr hatten. Das blonde naive Ding, welches nur auf Sex aus war.

"Hauptsache, das Mädel kann kochen und die Lebensmittelbeschaffung regelt der Mann.", Hilmar lachte los und fast alle taten es ihm gleich.

"Genau. Bella bleibt Zuhause, versorgt die Kinder und füttert die Katze."

Das war zu viel für Bella.

Noch wollte sie keine Kinder und Katzen hatte sie noch nie so richtig gemocht. Sie stand auf, nahm ihre Tasse und schüttete den Kaffee über Thomas.

Sie sagte noch: "Ich mag keine Katzen!" und verschwand aus dem Zimmer.

Mit einem lauten Knall warf sie die Tür hinter sich zu. Das sollte eine Lehre für Thomas sein. Man legt sich nicht mit einer Berger an. Niemals! Nun fragte sie sich aber, wie sie nach Marburg zurück kommen konnte. Sie könnte mit dem Zug fahren. Bella lief im Garten herum und beschloss zu gehen. Thomas würde ihr eh nicht nachlaufen. Was hatte sie denn hier noch verloren? Es war ein großer Fehler, sich mit ihm einzulassen. Wie konnte sie nur zulassen, dass sie sich wieder verliebt? Auf all diese Fragen hatte sie keine Antwort. Sie beschloss, sich an Thomas zu rächen und ihr fiel auch schon ein wie. Sie ging zum Auto.

'Mist, ich habe meine Tasche im Haus vergessen.', dachte sie. Bella zog sich einen Schuh aus und setzte den Absatz auf die Motorhaube.

Sie machte einen gewaltigen Kratzer in den Lack.

"So, den kriegst du nicht mehr weg!"

"Was kriege ich nicht mehr weg?", Thomas stand hinter ihr.

"Du bist mir gefolgt?"

"Ich wollte dich aufhalten, mein Auto zu demolieren."

"Sorry, ist dir aber nicht gelungen. Schau!", Bella war richtig wütend.

"Toll!", sagte Thomas ganz lässig.

"Das ist alles, was du sagst? Kannst du dir vorstellen, wie mir zu Mute war? Ich habe Ansprüche. Und wie! Und mit dir will ich auf keinen Fall Kinder haben. Und ich werde mir auch einen Job suchen und du kannst dann deine Katze allein füttern."

"He, das war doch nur Spaß!", sagte Thomas kühl.

"Für euch ja. Aber glaubst du, ich bin so eine, der das nicht an die Nieren geht? Ich habe auch eine Seele, auch wenn manche denken, dass ich keine besitze."

"Ach, wenn das dir weh tut, dann habe ich schon was viel schlimmeres erlebt."

Beide waren aus dem Häuschen. Sie schrien sich wieder an und in Ferne schaute Bellas Familie zu.

"Was gibt es schlimmeres, als von dem eigenen Freund gedemütigt zu werden?"

"Wenn du von deiner Freundin, die du liebst so oft betrogen wirst. Und dich nicht von ihr lösen kannst."

Das Auto stand nicht weit vom Haus entfernt und so konnte Anna sie hören.

"Ich wette, die heiraten irgendwann."

"Das kannst du vergessen, Anna. Ich wette mit dir.", antwortete Hilmar.

"Wenn ich gewinne, dann darf ich mir ein Tattoo stechen lassen.", sagte Bellas Schwester entschieden.

"Na gut, und ich bekomme drei fünfzig Liter Fass Bier."

"Ok!", und Anna reichte ihrem Stiefvater die Hand.

Liane war schon wieder im Haus verschwunden.

"Wenn du meine Meinung wissen willst, ich würde dich auch betrügen!", sagte Bella.

"Sag das noch mal!"

Bella schaute ihm tief in die Augen.

"Ich würde dich auch betrügen.... Nie! Nie!"

Bella konnte nicht anders, sie sah seine Augen und dort spiegelte sich ihr Gesicht wieder.

Sie setzte sich auf die Motorhaube, denn sie konnte nicht mehr stehen. Sie flehte innerlich, dass er etwas sagen würde. Er tat es aber nicht.

"Thomas?", fragte sie vorsichtig.

Er umfasste ihren Körper und küsste sie.

'Ich könnte ihn ja immer einmal anschreien, dann küsst er immer so geil.', dachte Bella.

Beide gingen zusammen ins Haus, um Bellas Tasche zu holen.

"Ma, tut mir Leid mit dem Theater und so........Tschau Schwester!.....Bye Hilmar", Bella verabschiedete sich und Thomas tat es ihr gleich.

Fünf Minuten später saßen sie im Auto und fuhren zurück nach Marburg.

"Das war ein Fiasko!", Thomas drehte seinen Kopf zu Bella und stimmte ihr in allem zu.

"Das Beste", sagte er, "war aber immer noch, wie du mein Auto zerkratzt hast. Wie kommt es eigentlich, dass du noch nicht verheiratet bist? Hat dich noch keiner gefragt?"

"Doch schon, aber ich war der Meinung, dass Sebastian noch zu jung war. Und wir lieber erst den Kindergarten beenden sollten. Und bei dir?", nun hatte Bella einen wunden Punkt getroffen.

"Du weißt ja, dass du vorm Altar stand mit Janina. Aber den Rest kennst du sicherlich von Phoebe und Maria."

"Ja, ich weiß, du hast auf mich gewartet!", sagte sie in einem freundlichem Ton.

"Wenn ich gewusst hätte, dass ich dich kennen lernen würde, hätte ich Janina geheiratet."

"ÄH!", erwiderte Bella und knuffte ihn in die Rippen.

"Was machst du heute Abend?", fragte Bella.

"Mich um deinen siebenundzwanzigen Geburtstag kümmern."

"Ehrlich?"

"Nicht direkt, dachte, wir könnten heute noch ins Kino gehen."

"Klar. Ich will mich nur ein bisschen frischmachen."

"Weißt du, dass du ohne Schminke schöner aussiehst, als du es ohne hin schon tust?"

"Jetzt ja."

"Gut, dann fahren wir bei dir vorbei."

Sie fuhren in Marburg ein und dann zu Bella. Thomas wartete unten auf sie und versprach, dass er nicht wegfahren würde. Schnell verschwand sie in der Haustür, doch dann vergeudete sie Zeit.

Bella wollte testen, ob Thomas auch eine längere Zeit auf sie warten würde. Irgendwann in der zweiten Etage, hatte sie keine Lust mehr, das Spiel zu spielen und ging freudig die Treppe hoch zu laufen und zu singen an. Schon in der Schule fing sie immer ein paar Wochen vor Weihnachten an zu singen. Allerdings kannte sie nur zwei Weihnachtslieder auswendig und ihr Gesang war so schrecklich, dass ein Hund ausgerissen wäre, wenn sie einen gehabt hätte. Bella zog sich oben aus und klatschte ihre alten Sachen aufs Bett. Sie holte sogar frische Unterwäsche heraus. Dann ging sie zu ihrem Schrank hinüber und zog ihr schwarzes Cocktailkleid an. Schwarz macht schlank! Anschließend machte sie sich noch eine ordentliche Frisur, die bestand darin, noch einmal die Haare durchzukämen, kramte nach einer passenden Tasche und ging wieder froh gelaunt nach unten.

"Welchen Film wollen wir uns anschauen? Du bekommst ja Freikarten so oft du willst.", fragte Bella.

"Du hast dich ja umgezogen. Ich arbeite im Kino und sehe nicht die ganze Zeit mir die Filme an.", sagte Thomas.

Doch dann fiel ihr ein, dass sie ihre Brille im Zimmer vergessen hatte.

"Ich vertraue voll und ganz auf dein Urteil. Was meinst du eigentlich zu meiner Familie?", Bella hoffte, dass er nicht merken würde, wie Bella das Thema wechselte.

"Na ja, erst dachte ich, dein Stiefvater würde mich in Stücke zerreißen und als du dann Anna geholt hast, da war es ganz nett. Vom Rest ganz zu schweigen!", erzählte er ehrlich.

"Ja...Ich habe mir schon so etwas gedacht. Ich habe dich gewarnt, wir hätten noch umkehren können. Was ist mit deiner Familie? Du sagst so wenig über sie."

"Da gibt es nicht viel zu sagen. Meine Ma ist Deutschlehrerin und mein Vater Koch. Deswegen spreche ich auch so gut Deutsch. Mein Stiefvater ist Geschäftsführer eines riesigen Musikkonzerns."

Bella wollte noch viel mehr wissen, traute sich aber nicht zu fragen. Warum auch. Sie war glücklich. Na ja, es gab da noch die eine oder andere Sache, die besser laufen könnte, aber im allgemeinen war sie zufrieden und glücklich. Sie war froh, dass sie einen tollen (den besten, den man nur finden konnte) Freund, eine Wohnung und zwei tolle Jobs hatte. Sie gingen noch schnell zu Thomas und als er soweit war, kamen sie genau richtig für die Abendvorstellung.

Im Kino war eine Menge los. Am Sonntag kamen immer viele Besucher aus den Vororten. So überfüllt hatte Bella das Kino noch nie gesehen.

"Hast du schon einmal so viele Menschen auf einmal gesehen? Mensch, da könnten manche Leute Panik bekommen."

"Zu deinen Fragen: Ja. Wenn ich abends arbeiten musste und ich kann mir vorstellen, wie manche die Panik bekommen. Woher kommt das?", fragte nun Thomas.

"Woher soll ich das denn wissen?"

"Du bist doch die Fachmännerin."

"Fachfrau. So nennt man das im Deutschen. Stimmt, ich kann mich dunkel an eine Vorlesung erinnern, da ging es um so eine Phobie."

"Hast du eigentlich vor etwas Angst?", wollte Thomas nun wissen.

'Ja, davor, dass jemand entdecken könnte, dass ich eine Brille habe', dachte Bella.

"Nein!", sagte sie ein bisschen zu selbstbewusst.

"He, das gibt es nicht. Jeder Mensch hat vor etwas Angst. Also!?"

"Es gibt da nichts. Das Einzige, was ich je gefürchtet habe, ist die Furcht selber."

"Bist ja sehr poetisch heute."

"Immer doch."

Eine Schlange bildete sich vor dem Kassierer und Bella war froh, dass sie umsonst hinein kam.

"Nun, in welchen Saal müssen wir?", murmelte er vor sich hin.

Bella kniff die Augen zusammen und schaute auf die entfernte Tafel.

"Kino drei!", antwortete sie.

"Wir nehmen die Treppe, das geht schneller."

Und so beeilten sie sich, unter die Erde zu kommen, in den Keller besser gesagt. Als sie ankamen stand schon kein Einlasser mehr an der Tür und so gingen sie ganz einfach hinein.

Der Saal war recht leer.

"Ich dachte, der Film wäre erst angelaufen, da sind sie doch meistens voll.", bemerkte Bella.

"Ja, schon richtig, aber komm' lass uns setzen.", Bella nickte und begleitete Thomas durch die Reihen. Als eine Viertelstunde vergangen war, stellte Thomas fest, dass es der falsche Film war, in dem sie saßen.

"Bella!?", es lag etwas Ärger in der Luft.

"Ja?", antwortete diese.

"Kann es, dass du dich verguckt hast und wir im falschen Saal sind?"

"Nun ja,.........Ich ähm,...... wie soll ich es sagen....Ich habe mich nicht verlesen......Aber weißt du, dass die drei und sechs sich zum verwechseln ähnlich sehen?", Bella war eingeschüchtert.

"Kann es vielleicht sein, dass du eine Brille brauchst?"

"Nö?", sagte sie nun wieder gelassen. "Ich habe eine Zuhause, also brauch ich im Grunde genommen keine."

"Oh, Bella! Bella!", inzwischen war das wahrscheinlich Thomas Lieblingsspruch für Bellas Missgeschicke geworden.

Und so langsam begriff er, dass Bella eine Brille hatte.

"Du hast eine Brille!?", Bella sah auf dem Fußboden des Kinos und schämte sich dafür. Und ihre schlimmste Angst wurde nun war. Jetzt musste sie sich eine neue Angst aussuchen. Aber das wollte sie nicht. Bella hatte keine Ahnung, was sie tun sollte und so rannte sie einfach aus dem Saal hinaus. Unten befanden sich auch Toiletten und Bella flüchte in die Damentoilette. Sie hörte eine Tür klappen und dann einen Schrei.

"ÄHH! Was machst du denn hier?", Bella kannte die Stimme nicht, sie klang aber eiskalt und fies.

"Geht dich das etwas an?", sprach Thomas.

"Ja, denn du bist auf dem Mädchenklo."

"Weißt du, ich kann lesen und weiß wo ich mich befinde. Also, wenn ich jetzt das Vergnügen habe!"

"Hast du nicht! Was macht deine neue Flamme? Geht es ihr gut?" Bella hätte sich vor Angst in die Hose gemacht, wenn sie nicht gerade erst Wasser gelassen hätte.

"Woher kennst du Bella?", Thomas hörte sich entsetzt an.

"Weißt du, ich habe meine Beziehungen."

"Wie damals, als du mir das Kokain untergejubelt und mich dann aus dem Knast befreit hattest? Ich sehe ja alles ein, aber nicht, dass du mich aus dem Knast geholt hast. Warum?", wollte Thomas wissen.

"Ich habe meine Gründe, ich wusste, dass ich dich noch brauchen würde."

Langsam wurde Bella klar, mit wem er sprach. Es konnte nur Janina sein. Sie kauerte sich an der Schüssel fest.

"Was hast du vor?"

"Ich will dich vor mir am Boden liegen sehen und zu hören, wie du um dein Leben bettelst. Lass dir ja nicht einfallen, zur Polizei zu gehen. Dann ist deine Bella bald ihren narbenfreien Körper los."

Sie konnte Thomas so viel drohen, wie sie wollte, doch Bella würde mit Thomas zur Polizei gehen.

"Wehe, du tust ihr was, dann.....", weiter kam er nicht. Janina fiel ihm ins Wort.

"Dann was?", sagte sie und klang nach Mordlust. Bella hatte schon ihn ihrem Studium viel gelernt. So konnte sie die Stimmlagen richtig unterscheiden. Wieder hörte sie die Tür auf und zu gehen. Sie hoffte, dass Janina endlich fort war. Sie hatte Todesangst. Mehr um Thomas, als um ihr eigenes Leben.

"Bella? Bist du hier?", sie hörte Thomas' Stimme, als ob sie nicht mehr am Leben wäre.

"Thomas, ist sie weg?", fragte sie unsicher.

"Ja.", kam es von der anderen Seite der Kabine und es klang erleichtert.

Bella riss dir Tür auf und nahm Thomas in den Arm.

"Ich dachte, sie würde Hackfleisch aus dir machen. Oh Gott, wir müssen unbedingt zur Polizei....Aber du lebst, dass ist doch das Wichtigste."

"Bella, beruhige dich. Ich werde nicht zu den Bullen gehen. Das mache ich nicht."

Bella stand vor ihm. Unwillkürlich blickte sie ihn an.

"Was??"

"Ich werde nicht gehen. Nicht wenn sie dich umbringen will."

Wo hatte sie das schon mal gehört... *'Wenn Janina versucht jemanden umzubringen, dann wird sie die erste sein'*

"Wie kommst du denn darauf? Du musst zur Polizei gehen.", sagte Bella in einem ängstlichen Ton.

"Das geht nicht! Außerdem kann ich nichts beweisen. Glaubst du ernsthaft, dass ich nicht schon da war. Was glaubst du eigentlich, wer bei mir eingebrochen war?"

"Janina. Das macht doch keinen Sinn."

"Es gibt so vieles, was keinen Sinn macht. Also."

Bella hatte keine Lust, weiter mit Thomas zu diskutieren.

"Es ist deine Entscheidung.", sagte sie schließlich.

Sie hatte keinen Nerv mehr irgendetwas zu machen. Doch ließ sie sich überreden, noch mit Thomas Tretboot zu fahren.

"Hat der überhaupt noch offen?"

"Das soll uns nicht stören.", sagte er entschieden. Sie machten sich auf zum Tretbootverleih. Er lag nicht weit vom Kino entfernt. Es war noch nicht zu spät und dunkel war es auch nicht. Ein alter Mann stand da und kassierte. Das einzige Boot, welches noch frei war, hatte eine Acht an der Seite. "Das ist meine Lieblingszahl!", sagte Bella und lächelte. Vorsichtig versuchte sie, mit ihren Absatzschuhen ins Boot zu gelangen, was sich als sehr schwierig erwies. "Warum ziehst du keine normalen Schuhe an?", fragte Thomas, der ihr half, den linken Absatz aus der Wand des Bootes zu bekommen.

Sie warf ihm einem Blick zu, der ihn hätte töten können, wenn dies nur irgendwie ging. "Warum färbst du dir deine Haare?", fragte sie beleidigt zurück.

Die Antwort war einfach, denn genau wie Bella hatte Thomas wahrscheinlich schon graue Haare. Als sie endlich saßen, tratt Thomas in die Pedalen. Nach ein paar Minuten meckerte Bella, weil sie in die andere Richtung wollte.

"Dann tauschen wir eben." Und so saß Bella nun vorne und begann zu treten. Sie fuhr, wie sie wollte, in die andere Richtung. Ihr war es zu viel, als Thomas meinte, sie soll mehr nach rechts fahren.

"Ruhe dahinten auf den billigen Plätzen!", schrie sie und drehte sich um.

"Oh, Bella! Bella!", sagte Thomas und schlug sich die Hände aufs Gesicht. Gerade wollte Bella schon fragen, als es einen sehr großen Ruck gab. Bella war gegen das Ufer gekracht.

"Ups! Warte, das haben wir gleich.", doch das dauerte mehr als einen Moment. Nach vier Anläufen ging es immer noch nicht weiter.

"Lass' mal einen Fachmann ran.", schlug Thomas vor.

"Ich bin nicht naturblond.", erwiderte Bella.

"Schatz, du bist nur innerlich blond."

"Sag ich doch!", Bella bezweifelte nur, dass er das so gemeint hatte, wie sie sagte.

Thomas sprang auf und verfrachtete Bella wieder nach hinten. Bella saß auf dem Rand des Bootes und genoss die herrliche Aussicht. Sie war direkt unter eine Weide gefahren. Die Sonne ging langsam unter und der Himmel färbte sich orange.

"Hast du es bald?", fragte sie etwas genervt.

"Na klar."

Doch statt rückwärts, fuhr Thomas vorwärts. Das Boot machte wieder einen Ruck und Bella fiel ins Wasser.

"Schon wieder!", sagte sie und sah Thomas lachen.

Er stand doch tatsächlich auf dem Boot blickte ins Wasser und lachte.

"Warte nur, wenn ich dich kriege.", rief Bella.

"Na, was ist dann?", wollte Thomas wissen, doch Bella verstand durch sein Lachen nicht alles.

"Ich finde es auch witzig. Ha, Ha, Ha! Nun bin ich feucht, hast du deinen Spaß gehabt?"

"Du bist feucht?", Thomas lachte noch mehr.

"Mensch du weißt doch, was ich meine, nass."

"Hört sich schon anders an."

Bella schwamm vom Boot weg und auf einmal schien Thomas das Lachen vergangen zu sein.

"Wo willst du denn hin?"

Bella scherte sich nicht um ihn. Langsam wurde er nervös und das wollte Bella auch. Ihre kleinen Kinderanfälle halfen nicht nur damals, sondern auch noch zehn Jahre später. Sie schwamm zum anderen Ufer und betrachtete Thomas, der immer noch im Boot stand.

"Bella! Tut mir Leid. Komm wieder zurück!", schrie nun Thomas.

"Du willst doch etwas von mir. Also komm du doch."

"Du bist aber einmal nass."

"Ich werde schnell wieder trocken."

"Jetzt hab' dich nicht so wie ein Kind, dass man den Lutscher weggenommen hat."

"Tu du nicht so erwachsen!"

"Komm! Wir gehen auch auf den Spielplatz."

Bella verstand nichts mehr. Woher wusste er, dass sie gerne schaukeln ging?

"Willst du dich wieder lustig machen?"

"Nein, ich schulde dir doch eh noch ein Kleid."

"Wie kommst du denn jetzt darauf?"

"Oh, Bella! Du bist ja wirklich schlimmer als ein Kind."

"Ich bin ja auch noch eins.", rief es vom anderen Ufer.

Nun ging sie etwas weiter weg. Und mit einem Satz rannte sie auf das Wasser zu. Sie machte einen Köpfer und schwamm wieder zum Boot. Als sie drüben war, fragte Thomas: "Was habe ich gesagt, dass deine Meinung geändert hat?"

"Du wolltest mit mir shoppen gehen. Das war es! Du kannst dich schon freuen. Nur macht einkaufen auch hungrig."

"Ist ja schon gut. Wir gehen dann auch in einen Imbiss. "

"Och, weißt du eigentlich, wie viele Kalorien eine Bratwurst hat?"

"Schon gut. Wir gehen ins Restaurant."

Bella stieg augenblicklich aus dem Wasser ins Boot.

"Na los, wir bringen das Boot zurück.", schlug Thomas vor.

Als sie wieder an Land waren, war Bellas Kleid fast trocken.

Bella verabschiedete sich von Thomas. Sie musste mal wieder Getränke mixen. Auf den Weg in die Oberstadt traf sie Christian.

"Hi!", sagte sie zu ihm. Christian war Bellas guter Freund.

Er war etwas größer als sie und hatte braune Haare. Er trug eine Brille und meistens ein Hawaiihemd. Seine Haut war etwas olivfarben mit braun gemischt. Christian lebte seit zweiundreizig Jahren in Marburg und hatte sogar hier Physik studiert. Nun war er der Inhaber des besten Clubs in Marburg.

"Wie geht's dir Bella? Lang nichts von dir gehört. Ich habe gestern einen Brief in der WG abgegeben."

"Ja, ich habe ihn bekommen. Mir geht es gut. Und ich würde gerne zu deiner Party am Mittwoch kommen."

"Wenn du noch Zeit hast, dann würde ich dich gerne auf einen Kaffee einladen."

"Das ist wirklich nett von dir, aber ich muss arbeiten."

"Kein Problem. Ich komm mit und bestell mir etwas bei dir."

"Gut, meine Chefin wird sich freuen."

Beide gingen weiter und unterhielten sich. Bella erzählte von Thomas und von den anderen Sachen, die sie in der letzten Zeit erlebt hatte, außer von Janina.

"Was meinst du? Liebt er mich?", fragte Bella, während sie ihm eine Sprite einschenkte.

"Ich bezweifele es nicht, aber ich frage mich, ob du ihn liebst."

"Wie würdest du es nennen, wenn du mit ihm schläfst, zusammen bist und was weiß' ich sonst noch."

"Ich würde", begann er, "sagen, dass ich schwul bin oder in deinem Fall würde ich es verdammtes Glück nennen."

"Unter Glück habe ich mir immer was anderes vorgestellt. In Ethik musste ich einmal einen

Aufsatz schreiben und ich habe eine 1 bekommen."

"War das nicht der, den deine Mutter geschrieben hatte?"

Bella verdrehte die Augen, was so viel hieß wie: Sei bloß still und übrigens es stimmt.

Gerade mixte sie Christian einen Batida Kirsch, als er fragte: "Wenn er dich fragen würde, ob du ihn heiraten würdest, was würdest du dann sagen?"

"Ich würde ihn wahrscheinlich auslachen und sagen: Weißt du, was eine achtstöckige Torte kostet?"

"Solange er Geld hat, ist das kein Problem. Er hat doch Geld?"

"Keine Ahnung. Er studiert, hat zwei Jobs und fährt einen teuren BMW von seinem Onkel. Und sonst ich weiß nichts, Er lädt mich meistens ein."

"Meistens?", fragte Christian nach.

"Komisch ist das schon. Ich meine, nun will er mit mir einkaufen gehen und dann schick essen. Ich weiß nicht? Vielleicht hat er geerbt oder so etwas?"

"Er gibt sein Erbe für dich aus?"

"Was soll das heißen? Bin ich das nicht wert?"

"Schon, das weißt du ja. Meine kleine Schwäche. Aber trotzdem ist das komisch."

"Ja, ja du hast Recht...fünf Euro und zehn Cent macht das dann...So, schönen Abend noch.- Man weiß."

Als es vierundzwanzig Uhr war, warf Bella die Schürze weg und ging mit Christian, der gewartet hatte, nach Hause.

"Was machst du jetzt noch, Bella?"

"Keine Ahnung, ich muss morgen früh raus. Zur Uni. Mal sehen. Warum?"

"Dachte, wir können noch Wein trinken oder so etwas."

"Lieber nicht."

"Ok. Mach es besser."

"Ja. Tschau Christian."

Und mit einer langen, aber leichten Umarmung verabschiedeten sie sich.

"Christian.", sagte Bella nach einer Zeit.

"Ist ja schon gut. Kennst mich ja und du bist die heißeste Frau der ganzen Stadt. Na ja, Bye Baby."

Auch wenn Christian, wie die meisten Männer auf Bella stand, wollte sie nur noch einen. Den zum Heiraten und Kinderkriegen. Na ja, wenigstens zum Heiraten.

Sie ging bei den Geschäften der Oberstadt vorbei und kam dann zu einem Platz, wo zwei Pferde aus Beton standen. Bella hatte Lust und zog sich die Schuhe aus.

Sie stellte sich neben ein Pferd und stieg auf das andere auf. 'Ich reite gerne', dachte Bella.

Das war eindeutig zweideutig. Sie liebte solche Sätze, die man so oder anders verstehen konnte. Wenn man es so richtig überlegte, dann konnte man merken, dass alle Sätze zweideutig waren. Na, vielleicht nicht alle, aber immerhin die meisten.

Nachdem sie genug hatte, stieg sie wieder ab und lief barfuß nach Hause.

Bella war froh, als sie in ihrem Schlafanzug auf dem Bett saß und ihren Laptop aufklappte. Sie wollte noch ein wenig in die Tasten für ihre Diplomarbeit hauen.

Sie saß schon seit zwei Jahren dran, doch immer kam etwas dazwischen. Dieses Mal auch, doch sie wollte sich nicht von Thomas ablenken lassen. Sie musste noch ein Kapitel schreiben und dann sollten es Christian und Sven Korrektur lesen. Das letzte Kapitel, wie sich das anhörte. Es war wie Musik in ihren Ohren.

Sie fing das Kapitel an. Es war schon mitten in der Nacht und Bella konnte ihre Augen kaum mehr aufhalten als sie das Schlusswort schrieb. Ihre Lippen formten die Wörter mit, dennoch gelang es ihr schon seit Stunden nicht mehr sie mitzusprechen:

'Es ist keine Seltenheit, dass Feuerwehrmänner selbst Brände legen, weil sie die Aufmerksamkeit bestimmter Menschen auf sich ziehen wollen. Manche jedoch wollen auf ein politisches oder gesellschaftliches Problem hinweisen, wie der Brand in der Klinik von Bürgeln, deutlich gezeigt hatte. Dabei ist es selbstverständlich, die Spuren am Tatort richtig auszuwerten und gleichermaßen die entsprechenden Schlüsse auf die Identität des Brandstifters zu schließen.'

Gerade konnte sie es noch speichern, als sie müde wurde und erschöpft zur Seite fiel.

Jedoch rappelte sie sich wieder auf und schaltete den Laptop ordentlich aus, bevor sie beschloss, noch eine Mütze Schlaf zu nehmen. In einer Woche, würden eh die Semesterferien anfangen.

Bella wurde von ihrem Handy geweckt, welches unaufhörlich piepte. In der Nacht musste es wohl eine SMS bekommen haben. Schlaftrunken watschelte sie hinüber zu ihrer Kuhmode. Ja Kuhmode. Die Kommode war weiß mit schwarzen Flecken.

Ihr Handy zeigte zwölf neue SMS an. Alle waren von Thomas und in jeder stand nur ein

Buchstabe.

"I-C-H-L-I-E-B-E-D-I-C-H- Was soll denn das heißen? Oh, Stimmt. Ich bin wirklich blond."

Anschließend ging sie in die Küche machte wie mechanisch den Kaffee, zog die Schüssel aus dem Schrank und schüttete ihre Mixtur Müsli und Milch hinein. Nachdem sie aus dem Bad kam, packte sie ihre Tasche und hatte noch viel Zeit. Deswegen ging sie ins Netz und schaute ihre E-mails nach. Tim hatte ihr geschrieben und ihre Schwester Anna. Erst las sie Tims Mail:

'Hi Bella,

wie geht es dir? Mir hat es sehr gut gefallen und bin überzeugt, dass wir auf unser Referat volle Punktzahl bekommen werden.

Hast du 'mal Lust was, außerhalb der Uni zu unternehmen? Würde mich freuen, wenn wir gemeinsam den neuen Biergarten austesten.

Bis bald Tim.'

"Nein, ich würde mich nicht freuen.", sagte sie entschlossen und klickte die Mail von Anna an.

'Hi Schwesterherz,

viele Grüße aus der Schule. Habe gerade erste Hofpause und dachte, ich maile dir 'mal, weil ich schon chronisch pleite auf dem Handy bin. Also, ich hoffe, du hast heute Spaß an der Uni. Oder triffst du dich mit Thomas?

Sag Bescheid, wenn ja. Er ist nämlich wirklich klasse und Hilmar scheint ihn auch zu mögen. Er sang gestern, dass was man auch bei der Hochzeit singt. Du weißt schon. Dieses dam dam da dam. Egal. Ich würde ihn gerne als Schwager haben.

Bye Anna'

Bella schaute auf die Uhr. Es war noch verhältnismäßig viel Zeit und sie schrieb zurück:

'Hi kleine Schwester!

Bin froh, dass du Thomas magst. Aber dir zuliebe werde ich ihn nicht heiraten. Nur damit du dein Tattoo bekommst. :-)

Aber das wird sich noch zeigen.

Ich habe keine Ahnung, was Thomas heute macht. Ich muss gleich zur Uni.

Ciao BELLA!'

Als sie fertig war, ging sie schon mal los. Sie hatte heute wieder eine Vorlesung.

Im Gegensatz zu sonst, kam sie heute pünktlich. Sie setzte sich möglichst weit nach vorne, um besser sehen zu können. Die meisten ihrer Freundinnen saßen hinten.

Nach einer Weile kam Phoebe.

"Ich wusste gar nicht, dass du auch in dieser Vorlesung bist.", sagte Bella.

"Doch, nur ist es dir sicherlich nicht aufgefallen. Wie läuft es?"

"Ich habe heute früh die letzte Seite meiner Diplomarbeit getippt."

"Das wollte ich nicht wissen. Ich meinte mit dir und Thomas?"

"Wie soll es laufen? Ich war gestern mit ihm bei meiner Familie. Es war ein einziges Fiasko. Ich habe eine Gabel hinunter fallen lassen, bin dann unter den Tisch geklettert und habe mich mit meinen Haaren fast bei ihm an der Hose verfangen...."

Bella erzählte die Geschichte weiter und Phoebe schien ganz interessiert. Als Tim kam, drehte sich Bella um und sagte: "Hi!"

Tim setzte sich neben Phoebe und dann begann auch schon die Vorlesung.

Der Professor erzählte und erzählte. Nach zehn Minuten schaltete sich Bellas Gehirn automatisch ab. Sie kritzelte auf ihren Block Thomas Wight, Bella Berger und probierte immer wieder, wie es klingen würde: Bella Wight. Irgendwann fragte der Professor Bella etwas, doch sie hatte keine Ahnung. Er beschwerte sich, dass jetzt vor den Semesterferien keiner mehr zuhören würde. Dann fuhr er mit dem Erzählen fort. Ab und zu schrieb er merkwürdige Begriffe an die Tafel und machte mit den Händen komische Zeichen. Bella bemerkte noch nicht einmal, dass Phoebe zu ihr auf den Block starrte und schaute, was sie da so malte. Meistens waren es Herzen mit Thomas' Namen drin. Bella konnte sich noch gut an ihre Schulzeit erinnern, als sie auch ihren Hefter vollgemalt hatte. Nur hatte sie damals Namen von irgendwelchen Leuten drauf geschrieben. Oder Wörter, die keinen Sinn ergaben.

"So! Ich bedanke mich für Ihre Aufmerksamkeit. Bis Donnerstag.", sagte der Professor und verschwand, bevor die Studenten klopfen konnten, durch den Hinterausgang. "Also bis Donnerstag." , sagte Tim und verschwand auch.

"Ich muss mit ihm noch das Referat halten. Habe keine Lust, egal. Was machst du jetzt Phoebe?"

"Oh, ich treffe mich mit Maria in der Mensa."

"Ich komme mit.", beschloss Bella.

So gingen sie in die Mensa. Bella knurrte schon der Magen, als sie ankamen.

"He, Bella! Lange nicht gesehen."

"Ist ja auch lange her."

"Was gibt es neues?", wollte sie wissen.

Und diesmal fing Bella gleich an, von Thomas zu erzählen. Sogar die Sache mit Janina.

"Ach, die ist ganz harmlos.", versuchte Maria, Bella zu beruhigen.

Doch beide wussten, dass es nicht stimmte.

"Und hattet ihr schon wieder eine Verabredung?"

"Nee, nicht das ich wüsste."

Irgendwie hatte Bella das Gefühl, dass sie stören würde und so ging sie von dannen.

Bella beschloss, zu Sven und zu Christian zu gehen, um die Diplomarbeit vorbeizubringen. Sven war nicht zu Hause und Christian war im KFZ.

Sie ließ ihm ein Exemplar da und als sie schon an der Tür war, fragte dieser noch: "Was machst du am Freitag. Sicherlich Big Party oder so."

"Ehrlich gesagt, ich habe noch gar nicht darüber nachgedacht: Vielleicht lasse ich meinen Geburtstag dieses Jahr ausfallen."

"Doch nicht deinen siebenundzwanzigsten Geburtstag? Das geht doch nicht! Also, Bella. Mal sehen. Ich lasse mir etwas einfallen:"

"Danke.", sagte Bella und gingweg.

Darüber hatte sie nicht nachgedacht. Sie wurde ja am Freitag siebenundzwanzig. Das bedeutete eine Partywoche. Sie wollte am Mittwoch ins KFZ und Donnerstag, entweder das bestandene Referat feiern oder mit Alkohol ihr schlechtes Ergebnis vergessen. Und schließlich Freitag ihre Geburtstagsfeier. Auch wollte Thomas noch mit ihr Essen gehen. Wie soll ich das nur alles schaffen, dachte Bella. Egal. Irgendwie, gab es eine. Dafür könnte sie die ersten Tage ausspannen. Sie spielte den mit dem Gedanken, zur Kosmetikerin zu gehen, und legte fest, dass das wohl das beste sei. Sie holte sich einen Termin.

"Frau Berger, was wollen sie machen lassen?"

"Also Maniküre, Pediküre, Gesichtsreinigung, ein Make-up für abends, aber erst am Freitag und nicht zu vergessen eine Massage."

"Und wann soll das andere sein?"

"Donnerstag Nachmittag."

"Na gut. Also, ich hätte um fünfzehn was frei und Freitag halb sechs Uhr?"

"Na das klingt gut. Und bei wem hätte ich?"

"Maniküre und Pediküre bei Frau Schmidt. Und wenn sie wollten, dann alles bei Frau Schmidt."

Bella nickte und nahm den Zettel mit den Terminen entgegen.

Als Bella wieder draußen war, klingelte ihr Handy.

"He! Was gibt es? Na klar, kann ich kommen. Jetzt sofort? Nun bis gleich."

Ihr Stiefvater Hilmar hatte angerufen, im Laden ging es drunter und drüber und er brauchte dringend eine Aushilfe. Sie stellte sich an die Bushaltestelle und fuhr zum Schuhladen.

"Hi, da bin ich.", sagte sie fröhlich.

"Das ging aber schnell!", und Hilmar meinte das gar nicht ironisch.

"Ich war gerade in der Nähe.", antwortete Bella knapp.

"Also, was hast du so gemacht?"

"Ich war heute früh an der Uni und habe mir das Gerede angehört. Anschließend war ich bei Christian, habe ihm die Diplomarbeit zum Korrekturlesen vorbeigebracht und na ja. Sonst nichts besonderes. Was kann ich tun?"

"Du müsstest sogar etwas tun. Eine Kundin war da und hatte sämtliche Schuhe anprobiert und du musst sie wieder ordentlich zum Verkauf herstellen und verkaufen. Und dann könntest du die leeren Kartons im Lager stapeln. Und was macht eigentlich Thomas?"

Bella hatte geahnt, dass die Frage kommen würde.

"Ganz gut.", sagte sie und machte sich über den Schuhhaufen her.

Es dauerte eine Weile und Bella war froh, als sie es geschafft hatte.

Nach ihrer Aushilfe bei ihrem Stiefvater beeilte sie sich, um in die Abendschicht des Cafés zu kommen. Es war zwar nicht viel los, doch kam Bella leicht aus der Puste.

Der Dienstag verlief ohne weitere Besonderheiten. Sie ging wieder in die Uni, hatte Seminar, eine Doppelschicht bei ihrem Vater und auch im Café. Thomas rief sie zwar 'mal an, aber sonst war an diesem Tag nicht viel los. Am Mittwoch musste Bella wieder zur Uni und ließ sich für

Tim eine Ausrede einfallen, weil sie ihm nicht zurückgemailt hatte. Das Seminar war für Bella so langweilig, dass sie mal wieder ihren Block mit irgendetwas voll malte. Heute war es ein Auto, welches vor einen Baum gefahren war. Ihre Physiklehrerin hatte auch immer so schöne Bildchen an die Tafel gemalt. Es war Bella ein wenig peinlich, als alle beim Seminar eine Übung ausführten und sie keinen Plan hatte, was sie überhaupt machen sollten. Phoebe war nicht da und Tim wollte sie nicht unbedingt fragen. Am Ende der langen Zeit, bekam Bella einen Schreck. Ihre Hausarbeit war schon korrigiert. Mit zitternden Hände nahm sie ihre entgegen und ihre Beine fühlte wie eine sich windende Schlange an. Sie hatte das Gefühl, nicht bestanden zu haben. Sie brauchte aber unbedingt den Schein, damit sie endlich ihre Diplomarbeit abgeben konnte. Bella kniff die Augen zu und schlug sie letzte Seite des Hefters auf. Wahrscheinlich hatte sie gehofft, die Punktzahl irgendwie zu erfühlen, doch das klappte überhaupt nicht.

"He, du hast ja zehn Punkte. Glückwunsch."

Das war Tim, sie blinzelte mit einem Auge und sah ihn verschwommen.

Mit ein wenig Mut, den sie aufbringen musste, schaute sie auf die Punktzahl. Und tatsächlich befand sich da eine zehn mit der Unterschrift des Professors. Bella konnte es nicht glauben. Sie hatte es geschafft. Die letzte Hürde zum Diplom war genommen. Na ja, sie musste noch die Arbeit abgeben und sich mündlich prüfen lassen. Doch das würde nicht so schlimm werden. Im Gegenteil. Bella klappte ihren Hefter zu und sprang Tim in die Arme.

"Ich habe es geschafft!! Ich habe es geschafft!", vor Begeisterung sprang sie auf und ab.

"Mein Gott! Ich habe es geschafft."

Bella schnappte sich schnell ihre Tasche und rannte fröhlich aus dem Raum hinaus. Stolperte über eine Stufe und landete weich auf ihrem Hintern. Die Nachfolgenden guckten schräg, Bella war aber schon daran gewöhnt und sagte nur: "Ha, Ha! Ich habe es geschafft."

Als Tim durch die Tür kam, erinnerte er Bella an eine unangenehme Sache.

"Denk an morgen. Tschau."

Bella saß immer noch auf dem Boden und streckte ihm, wie ein kleines Kind, die Zunge raus. Dann versuchte sie, mit ihrem engen Rock aufzustehen, rutschte aber auf dem Boden fast weg mit ihren Schuhen. Nachdem sie draußen war, rief sie erst im Schuhladen an. Ihr Stiefvater klang ziemlich genervt, wahrscheinlich hatte er gerade viel zu tun und konnte nicht noch einen Anruf gebrauchen. Doch als er merkte, dass es Bella war, da klang er freudig und als er den Grund für ihren Anruf erfuhr, sagte er nur, dass Bellas Schwester und Mutter auch im Laden wären und

Schuhe anprobierten.

"He? Hast du nicht noch Schule? Oh stimmt ja, du hast Ferien. Ja, danke...", das war gemein, Anna hatte schon Ferien und sie musste noch ein paar Tage durchhalten. Anschließend rief sie Maria an und dann Phoebe, Sven und Christian. Am Ende war nur noch einer übrig: Thomas. Aus irgendeinem Grund, den sie noch nicht kannte, wollte sie ihn nicht anrufen. Sie hatte im Moment keine Lust auf ihn. Was eigentlich schon sehr komisch war. Bella war ein Mensch, der Nähe und Distanz zur gleichen Zeit brauchte. Sie hatte keine Lust auf jemanden, der ihr hinterher wackelte. Bella war schon ein recht einzigartiger Mensch. Selbst Maria hatte zwei Monate gebraucht, um herauszufinden, wie sie tickt.

Damals hatte sie zu ihr gesagt: "Du kannst nicht wissen, wie ich ticke, denn ich weiß es selber nicht. Wie solltest du es dann wissen?"

Maria hatte nur sehr viel Lebenserfahrung, daher wusste sie über Bella besser Bescheid als sie über sich.

Bella lief durch die Stadt, ohne ein Ziel zu haben, strahlte über beide Ohren und sang ausgelassen vor sich hin: "Lacocaracha Lacocaracha laaaa la.."

Das ging die ganze Zeit. Sie ging in jedes Geschäft, was sie finden konnte und schaute sich um. Doch ein Blick in ihre Brieftasche sagte nichts gutes. Es waren höchstens noch ein Euro und achtzig Cent drin. Aber Bella hatte noch ihre Karte und so ging sie shoppen. Erst tummelte sie sich in einem Buchladen. Obwohl in Zeiten des Fernsehens sich die Bücher nicht mehr so verkauften, hatte Bella ihre Schwäche aus der Kindheit nie aufgegeben. In solchen Läden konnte man auch gut Gespräche lauschen.

So sagte eine alte Dame zu einem Herrn, welcher graue Haare hatte, sonst aber fit aus sah: "Neulich sagte der Nachbar zu mir: 'Ihre Blumen sind aber schön gewachsen. Wissen sie was der Pfarrer gesagt hat? 'Dieses Jahr werden die Blumen nicht sehr groß. Seine Frau meinte das Gegenteil. 'Man muss sie ja nur richtig pflegen.' Ich finde das auch, müssen sie wissen.' Man hört ja immer so etwas und die Pfarrersfrau hat ja so ein Gespür für die Blumen...."

Bella ging weiter und schaute sich um. Sie fand ein Buch über Psychologie. Das musste sie unbedingt haben. Doch konnte sie sich nicht entscheiden, weil daneben noch so viele waren. Insgesamt schnappte sie sich vier Bücher und entdeckte auf der anderen Seite des Geschäftes ein Fremdwörterbuch. Sie wollte schon immer eins haben. An der Uni wurden so viele Lehnwörter benutzt und Bella hatte keine Ahnung, was die meisten bedeuteten. Mit fünf Büchern unter dem

Arm und einer schweren Tasche um die Schulter, ging sie zur Kasse. An der Kasse saß ein junger Mann.

"Michael?", rief Bella überrascht.

"He Bella?"

"Ja! Was machst du den hier?"

"Ich sitze hier zum Spaß. Nein, ich arbeite nebenbei."

"Hätte nicht gedacht, dass du so einen Spießerjob hast."

"Wie man's nimmt. Und was machst du so, um über die Runde zu kommen?"

"Ich mixe Getränke und helfe im Schuhhaus aus."

"Hast du heute Abend schon 'was vor?", fragte Michael und tippte die Preise ein.

"Mein Freund, gibt heute eine Party, und ich bin eingeladen."

"Du hast einen Freund?"

"Ja, aber nicht so wie du jetzt denkst! Er ist ein Kumpel."

"Dann hat er sicher nichts dagegen, wenn ich dich begleite?"

"Nee, im Gegenteil. Die Party findet im KFZ statt. Also."

Hinter Bella bildete sich eine Schlange von Menschen, die sich langsam beschwerten.

"Oh, die hinter mir wollen auch bezahlen. Was macht es denn?"

"Ähm....dreiundfünfzig Euro und achtundzwanzig Cent."

"Ich zahl' mit Karte.", sagte Bella entschieden.

Sie steckte ihre Karte ins Gerät ein, tippte zweimal die Geheimzahl und dann musste sie auch noch unterschreiben. Ihre Mutter war nie mit ihrem Schriftbild zufrieden gewesen. Liane war ständig darauf bedacht, sie ordentlich zu erziehen und da gehörte eine saubere Schrift dazu. Regelmäßig musste sie sich Vorträge über ihre Schwester Anna anhören, was diese für eine tolle Schrift hatte.

"Also, dann bis heute Abend.", und Michael winkte ihr noch hinterher.

Draußen auf der Straße war einiges los. In der kleinen Straße liefen die Menschen wie aufgeregt hin und her. Sie schienen alle ein Ziel zu haben. Bis auf Bella. Ihre Gedanken schweiften mal wieder ab. Sie sah sich vor ihrem geistigen Auge, in einem hohen Alter, in einem Schaukelstuhl sitzend. Bella hatte sich schon oft gefragt, was in einigen Jahren sein würde.

'Wo lag eigentlich der Sinn des Lebens?', dachte Bella nach.

Sie kam zur Antwort, dass sie das noch früh genug erfahren wird. Mit mehr Optimismus stürzte sie sich in den aufregenden Trubel der Innenstadt von Marburg. Fröhlich vor sich hinsummend lief sie entspannt die Straßen entlang. In jedem Laden, der etwas tolles von außen preisgab, blieb sie stehen und sah auf die Preise. War die Sache zu teuer, dann versuchte sie, mit ihrem umwerfenden Aussehen, den Preis herunterzuhandeln. Die meisten Ladenbesitzer waren ärgerlich, weil Bella nicht bar bezahlte, sondern mit Karte, aber abgemacht war abgemacht. Nach zwei Stunden hatte sie zu den Büchern noch einen Badewannenstöpsel, welcher einen Grashalm hatte und so beim Baden dann rausschaute. Das Beste war nur, dass Bella nie badete, denn die Dusche bei ihr war schon dreckig genug. Also, traute sie sich nicht hineinzulegen. Dann war sie nun noch die stolze Besitzerin acht Paar neuer Ohrringe, einer kitschigen Vase, eines neuen Tops, eines Kleids, was sie wahrscheinlich zu ihrer Geburtstagsüberraschungsparty anziehen würde, wenn sie überhaupt eine bekam (sie hatte Christian zwischenzeitlich angerufen, doch der wollte nicht mit der Sprache herausrücken), eine Wärmflasche, in der Form eines Hasens, einen Stapel CD's, Steine, die, wie die Verkäuferin versicherte, Glück, Liebe, Erfolg, Schönheit und Tugend als Heilkräfte besaßen. Zudem hatte sie noch drei Kakteen gekauft, die sie eigentlich scheußlich fand. Dennoch dachte sie, dass sie gut in ihr Zimmer passen würden. Bella hatte außerdem noch bei ihrem Lieblingssüßigkeitenladen richtig zugeschlagen und Bonbons, Lutscher, Schokolade, Toffees, Trüffel und Pralinen gekauft. Gerade hatte sie eine erstklassige Politur gekauft, die sogar versprach die schlimmsten Kratzer zu entfernen, als sie das Größte in ihrem Leben entdeckte. Sie stand gerade vor einem Laden, der nur Markensachen verkaufte. Dort sah sie eine Prada-Tasche. Sie wusste schon immer schöne Sachen zu schätzen, doch das war das Größte für sie. Bella schien auch Thomas vergessen zu haben, als die Tasche zu sehen verlangte. Sie war wirklich schön und bestand aus einem glänzenden, schwarzen Stoff, welcher einen Hauch dunkelgrün zeigte, wenn man die Tasche gegen das Licht hielt. Wieder stand sie an der Kasse und steckte die Karte hinein. Doch der Verkäufer schüttelte nur den Kopf.

"Was?", schrie Bella ihn an. (Sie war richtig geil auf die Tasche.)

"Ihre Karte wird nicht akzeptiert."

"Das kann nicht sein! Ich war doch vorhin in dem Laden an der Ecke und da ging sie noch."

"Ich will sie ja nicht beunruhigen, aber meine Kundschaft dreht sich schon nach Ihnen um. Wenn sie so freundlich wären und ihre Karte nehmen und wieder gingen. Bitte kommen sie nicht mehr wieder. Die Kunden sind alle zahlungsfähig. Ihr Dispo ist womöglich überzogen."

Das darf nicht wahr sein, sie nahm schnell ihre Karte und huschte, so schnell wie möglich, aus dem Laden. Mit ihren Tüten, die mittlerweile schon in Bellas Arme einschnitten, wollte sie nichts mehr zu tun haben. Nun stand der Schock in ihren Augen, denn sie hatte zu viel gekauft. Ihre Karte war leer, da hatte Bella keine Zweifel. Was sollte sie nur mit dem Plunder anfangen? Sie saß auf dem Fenstersims eines Kaufhauses und betrachtete ihre Einkäufe.

"Steine, Kakteen, Ohrringe, Badewannenstöpsel.....Nein!!", Bella schrie auf, als ob sie einen Geist gesehen hatte.

Sie wollte schon zur Bank laufen, doch das dauerte immer, bis das Geld abgebucht wurde. Bella hatte wie in Trance eingekauft. Das nannte man Kaufrausch. Oder war sie schon kaufsüchtig? Musste sie zu einem dieser verrücken Seelenklempnern?

Bella sah sich um und fand sich in der Nähe des Schuhladens ihres Stiefvaters wieder.

Das war das letzte, was sie wollte. In der Hoffnung, Bellas Geld hatte sich vermehrt, guckte sie in ihre Geldbörse. Doch das war nicht der Fall. Es waren noch immer nur ein Euro und achtzig Cent drin.

'Wie konnte das nur passieren?', dachte Bella.

Was sollte sie nun mit dem ganzem Plunder machen? An wohltätige Vereine spenden? Jedoch ließ Bella ganz schnell davon ab, als ihr einfiel, was sie spenden wollte. Sie war der Auffassung, dass die Entwicklungsländer keine Badewannen hatten, um z.B. so einen komischen Stöpsel zu verwenden. Nein. Sie würde schon irgendwie wieder auf die Beine kommen. Zudem hatte sie noch die Steine, welche Glück, Liebe und Erfolg brachten. Schönheit brauchte Bella eigentlich nicht, doch die Verkäuferin hatte ihr diesen Stein auch aufgeschwatzt. Bella überlegte und war zu dem Entschluss gekommen, dass sie auch einen Liebestrank in ihrem Zustand gekauft hätte. Da Bella eh vor einem Kaufhaus war, dachte sie, dass sie ja mal schnell reingehen könnte, um eine Schachtel Tampons zu holen. Wenigstens eine von den billigen Produkten, schließlich würde ihr Geld ja eh nicht mehr reichen. Sie kam nur schwer mit ihren Beuteln klar. Gott sei Dank gab es in diesem Kaufhaus Rolltreppen. Sie fuhr runter, und kaufte wie gewohnt ihre Tampons. Bella versuchte, mit dem ganzen Geprassel das oberste Regal zu erreichen. Doch als sie gerade eine Schachtel in der Hand hielt, flutschten mehrere runter und öffneten sich. Überall lagen auf dem Boden Tampons verstreut. Feige, wie Bella nun einmal war, ließ sie alles liegen und suchte schleunigst das Weite. Sie hielt erst vor einem Fenster inne, das eine Riesenauswahl an Unterwäsche hat. Zu Bellas Erstaunen stand in der Ecke unten ein silberner Ring mit Strasssteinchen. Bella sagte zu jedem Stein, es sei ein Strassstein. Sie unterschied lediglich nur zwischen echt und unecht.

"Mensch!", sagte Bella, "Wer hat nur so einen großen Finger?"

Ihr war es sehr schleierhaft, wie jemand diesen Ring tragen sollte.

"Das ist kein Ring!", sagte jemand von hinten.

Bella wirbelte herum und erkannte, dass es Thomas war. Ihr war es ein bisschen peinlich, ihn hier zu sehen, da sie ihn nicht angerufen hatte. Vielleicht wusste er ja noch nichts von Bellas Glück.

"Er ist rund und sieht so aus als ob. Das muss doch ein Ring sein. Oder?"

"In gewisser Weise schon. Nur lies mal. was oben auf dem Schild steht.", er deutete mit seiner Hand auf ein Schild über ihr. Und an der Fensterscheibe stand: Sex Toys.

Backe, Backe Kuchen, der Arzt wird gerufen...

"Ähm, ja! Ich wusste doch, das das ein Ring ist. Nur für weiter unten."

"Was machst du denn eigentlich vor so einem Laden?"

"Ich wollte mir einen Vibrator kaufen.", log Bella.

"Bin ich dir nicht gut genug?"

"Du schaust dir doch auch Pornos an.", sie sagte das mit so einem Optimismus, als ob sie das genau wissen würde.

Thomas wurde rot und Bella hatte den Verdacht, dass sie gar nicht so falsch lag. Ein peinliches Schweigen trat ein und Bella versuchte dies zu überbrücken.

"Ich habe meine Hausarbeit bestanden und bin so gut wie zugelassen. Muss sie nur noch abgeben..."

"Gratuliere.", feixte er schwach, so als ob es ihm egal wäre.

"Was ist denn los?"

"Nichts?

"Gut ähm.. Ich habe da etwas für dich.", erwähnte Bella und schaute zu den vielen Tüten auf den Boden.

Sie waren nun so schwer geworden, dass sie sie abgestellt hatte.

Sie wühlte in der einen Papiertüte. Doch sie hatte keine Ahnung, in welchem Beutel die Politur steckte. Sie blickte sich um und merkte, dass Thomas gespannt auf sie starrte.

"Moment noch!", rief sie und kramte weiter.

"Da! Ich habe es gefunden."

Stolz überreichte sie ihm die schwarze Flasche. Er guckte ungläubig.

"Was? Gefällt es dir nicht?"

"Doch sehr.", er lächele matt.

Erst jetzt sah Bella, dass er etwas zerzaust wirkte.

"Ist wirklich alles in Ordnung?", fragte Bella noch einmal.

"Ja,..Ich bin nur etwas.....überarbeitet. Sonst geht es mir bestens."

Bella fand nicht gerade, dass es ihm gutging. Doch sie hatte keinen Nerv weiter zu fragen.

"Was machst du heute? Ich habe dir doch eine Einkaufstour versprochen."

"Hör bloß' mit dem Einkaufen auf! Ich habe meine Kreditkarte überzogen. Heute Abend gehe ich zu Christian, heute steigt eine Party im KFZ und er hat mich eingeladen. Christian ist nur ein guter Kumpel. Vielleicht sollte ich aber lieber noch einmal das Referat für morgen durchgehen."

"Wie wär's mit morgen Abend in einem Restaurant? An der Lahn ist es sehr romantisch."

"Weißt du eigentlich, dass das Wort romantisch von Romantik kommt, das war eine Stilepoche und heißt eigentlich romanhaft, unwillkürlich, empfindungsreich."

Das hatte ihre Kunstlehrerin einmal im Unterricht erwähnt.

"Na ja, das passt doch! Also Donnerstag im Restaurant, da an dem Laden auf der gegenüberliegenden Seite. Neunzehn Uhr dreizig. Tschau."

Auf einmal stand Bella ganz allein da, nicht richtig allein. Sie hatte noch ihre vielen Tüten. Stöhnend drehte sie sich um und schleifte das ganze Gepäck zur Bushaltestelle.

Nachdem sie vor ein Schild gerannt war, und eine Frau angerempelt hatte, die glaubte, Bella wollte ihre Handtasche stehlen, war sie froh, dass sie nur noch ein paar Treppen erklimmen musste. In ihrer kleinen Bude verstaute sie das ganze Zeug und ging in die Küche um sich etwas zu essen zu kochen. Kochen war vielleicht nicht der richtige Ausdruck, denn sie wollte eher irgendetwas in die Mikrowelle schieben. Doch sie fand nur eine Tomatensuppe, die man auf dem Ofen machen musste. Sorgfältig las Bella die Gebrauchsanweisung durch und nahm einen Messbecher, den sie mit der vorgeschriebenen Menge Wasser füllte und zum Köcheln brachte. Das war schon ein großer Fortschritt für sie. Anschließend rührte sie das Pulver unter. Nach zehn Minuten war alles überstanden. Glücklich über ihr Ergebnis saß sie in der Küche am Tisch und ließ sich die Suppe schmecken.

Als sie fertig war, guckte sie in den Topf und stellte fest, dass noch viel Suppe übrig war. Bella war heute sehr mutig und versuchte den Rest einzufrieren.

Alles klappte wunderbar. Sie nahm einen Gefrierbeutel und schöpfte die Tomatensuppe ab. Anschließend stellte sie stellte den Beutel auf den Tisch und suchte einen Faden zum Verschließen der Tüte.

Klatsch.

Bella wirbelte herum, und sah, dass das Ding vom Tisch geflogen war. Überall auf dem Küchenfußboden ergoss sich die rote Suppe.

Bella hechtete nebenan ins Bad und holte die Klopapierrolle, mit der sie die Suppe aufwischen wollte.

Klatsch.

Sie trat mitten in einen Fleck hinein, welchen sie übersehen hatte.

Verzweifelt gelang es ihr, das Chaos zu beseitigen, bevor Inken in die Küche kam.

Bella lächelte nur stur und verschwand in ihrem Zimmer.

Dort merkte sie, das es schon richtig spät war und eilte schleunigst ins Bad zum Duschen. Sie wollte die Party um jeden Preis nicht verpassen. Egal was auch noch geschehen sollte. Sie klappte schnell ihr Laptop auf und hatte tatsächlich Post. Zwar von Anna, aber immerhin. Bella dachte, dass Anna sie verkuppeln wollte. Schon einmal war das der Fall. Nur war es damals ein reicher Schnösel mit Bierbauch.

'Hi Bella,

Glückwunsch zum Schein. Ich genieße das Ende der Schule und liege gerade am Pool. Auch von den anderen soll ich liebe Grüße senden. Heute hatte so eine komische Frau angerufen. Denk doch mal, dass es eine Frau war. Als ich mich mit Berger gemeldet hatte, hat sie schnell aufgelegt. Sicherlich vor Schreck. Sonst geht meistens Hilmar 'ran. Geh weg! James leckt mich gerade.

Bye Anna'

Am letzten Satz merkte man, dass Anna und Bella verwandt waren. Sie mochte nämlich auch zweideutige Wörter. James war ihr Hund, den sie erst vor ein paar Wochen aufgenommen hatten. James war eine Mischung aus Schäferhund und Husky. Er war schätzungsweise zwei Jahre alt.

An diesem Abend passierte nicht viel. Sie ging zu Christians Party ins KFZ und traf wie verabredet Michael. Aus einer Ecke beobachtete Bella Christian und stellte fest, dass er den Ich-würde-liebend-gern-mit-ihm-tauschen Blick drauf hatte. Und so warf sich Bella ins Zeug, denn sie wollte ihn mal eifersüchtig machen. Doch spät in der Nacht ereignete sich etwas, was sich Bella nicht hätte träumen lassen. Christian drehte sich plötzlich um und deutete mit seinem Kopf auf die Tür.

"Warte mal kurz, gerade ist ein Freund von mir reingekommen."

Neugierig wie Bella war, und sie empfand das nicht als Sünde, schaute sie auch in die Richtung der Tür. Und was sie da sah, versetzte ihr einen Schlag. In der Tür stand Thomas. Es stand auch keiner daneben, der Michaels Freund hätte sein können.

Sie sah, wie Michael Thomas zeigte, wo Bella stand, wirbelte herum, in der Hoffnung, dass Thomas sie nicht erkannt hatte. Was würde er wohl denken? Immerhin galt sie als eine, die jede Gelegenheit nutzte, um mit einem Mann zu flirten.

Er würde sicherlich denken, dass sie etwas mit Michael hätte.

"He, Bella!", rief es von hinten.

"Darf ich euch vorstellen? Das ist mein bester Freund Thomas. Und das ist Bella. Sie saß auf meinem Schoß musst du wissen.", sagte Michael und strahlte Bella an. Wahrscheinlich war er stolz, mit so einer attraktiven Frau ausgehen zu dürfen. Bella hatte das Gefühl, dass sie jetzt etwas sagen müsste. Doch das übernahm schon Thomas für sie.

"Michael. Wir kennen uns schon.", Thomas klang ganz lässig und wollte Bella auch sicherlich küssen, doch das traute er sich dann anscheinend nicht.

"Ja!?", Michael krampfte sich zusammen.

"Sie ist.... na ja,...wie soll ich sagen?", nun schaute Thomas auf Bella und erwartete doch tatsächlich eine Antwort.

'Was sollte ich sagen?, dachte Bella.

Und schon sprudelten ihre Worte aus ihr heraus: "Liebhaber. Ähm... Liebster, meine ich. Lieblings..Er ist.. Ich bin.."

"Na, was bist du?", drängte Michael.

"Die Verlobte..Häm..Frau...Ehefrau...Ich bin eine Frau..seine Freundin.....Wir sind gut befreundet...Sehr gut befreundet....Und Mhmm Na ja, ... du weißt schon....", nun war Bella so durcheinander, wie schon lange nicht mehr.

"Also, sie ist die Frau, mit der ich mir vorstellen könnte, zu heiraten und Kinder zu kriegen."

Nun schaute Michael ganz verdutzt.

"Warum nur könnte.", nun war es Bella, die die Oberhand über das Gespräch gewann.

"Weil ich es mir vorstellen kann. In der Praxis sieht es anders aus."

"Wieso?", fragte Bella harmlos und Thomas stieg völlig ein.

"Weil du es wahrscheinlich nicht kannst."

"Was soll das heißen?"

"Wie ich es gesagt habe. Du bist doch unfähig, eine Beziehung zu führen."

"Und wie würdest du das, was wir machen nennen?"

"Da fragt ja genau die Richtige! Du flirtest doch mit jedem Mann sogar mit meinem besten Freund."

"Alter, mach' mal halblang! Wir haben doch nichts miteinander.", jetzt meldete sich Michael zu Wort.

Thomas stand ohne Grund wütend vor Bella. Bella dagegen schien schockiert. Wie konnte Thomas nur glauben, sie hätte etwas mit Michael? Eigentlich wollte sie mit Thomas glücklich werden. Doch nun sah es ganz anders aus.

So schnell wie sie nur konnte, machte sie sich aus dem Staub. Sie lief vor die Tür und setzte sich auf die Mauer. Irgendetwas machte sie in ihrem Leben immer wieder falsch. Erst stürzte sie sich von einer Affäre in die andere, um nicht verletzt zu werden, und wenn sie ihr Herz verschenkte, dann immer an die falschen. Bella sprang von der Mauer und begann, sich langsam zu bewegen. Sie hatte wenigstens gehofft, dass Thomas ihr nachlaufen würde, aber da hatte sie sich wohl sehr getäuscht.

'Und was wird nun aus Anna werden?', dachte Bella, denn sie war doch von Thomas so begeistert gewesen.

In der Aufregung bemerkte Bella gar nicht, dass sie mitten auf der Straße stand. Ihre Augen waren voll von Tränen und Bella war ganz elend zu Mute. Vielleicht hatte Michael sich Hoffnung gemacht. Jedenfalls wusste Bella nicht mehr, was sie wollte. Nur eins war ihr klar: Das was sie will war: Thomas!

"Bellaaaaaaaaaaaaaaaa!", jemand schrie und Bella wurde augenblicklich zu Boden gerissen. Ein Auto raste an ihr vorbei. Wenn sie noch eine Sekunde länger geblieben wäre, dann, und Bella war sich sicher, würde sie unter dem Auto kleben.

Ihr Knie war aufgescheuert und blutete ein wenig. Außer einem Schock fehlte ihr nichts weiter. Bella versuchte sich aufzurappeln, dies gelang ihr nur sperrig. Vor ihr stand Thomas schnell atmend und zitternd.

"Ist alles in Ordnung mit dir?", wollte er wissen und senkte seinen Blick auf Bella.

"Ich weiß nicht. Ich denke schon.", sie versuchte, nicht verwirrt zu klingen, jedoch schwankte ihre Stimme.

"Was machst du eigentlich auf der Straße?"

"Ich habe nachgedacht."

Thomas stand da und Bella lag wieder auf dem Boden vor Erschöpfung.

"Worüber denn?", er war geschockt und verängstigt zugleich.

"Über dich, über mich, über was ich für eine war. Und so halt. Aber mehr über dich."

Er blickte starr in die Dunkelheit hinein und sagte kein Wort.

"Ich habe nicht gemerkt, dass ich auf der Straße stand.", fügte Bella hinzu.

"Warum bist du mir nachgelaufen? Habe ich Anis in der Tasche?", Bella stand nun wieder.

"Warum denn nicht? Was hat die Sache jetzt mit Anis zu tun? ...Ok. Ich habe mich wie ein Idiot aufgeführt."

"Ja, das kannst du laut sagen. Du weißt doch, wie sehr ich dich mag und so."

"Du bist die Erste, die mich unwiderstehlich findet."

"Hoffentlich auch die Letzte! Deine blauen Augen ziehen mich magisch an und wenn du lächelst, dann schmilzt man einfach dahin."

"Wie kommst du denn darauf?"

"Nur so!"

"Wollen wir wieder reingehen, Bella?"

"Ich weiß nicht. Will nicht unbedingt mehr tanzen."

"Aber ich."

"Die Musik hörst du bis nach draußen."

Bella hatte Recht. Die Musik klang bis hinaus auf die Straße. Ihm war das nicht so bewusst gewesen, doch nun drang sie deutlich ans Ohr.

"Komm!", sagte Thomas und ergriff ihre Hand. Ihr Geist wollte sich wehren, ihr Fleisch war schwach.

"Kennst du das Lied?"

Bella lauschte in die Nacht hinein. Es kam ihr sehr bekannt vor.

"Na klar! Wild Boys!"

Bella konnte es nicht fassen. Zu diesem Lied hatte sie sich immer in den 80er Jahren bewegt. Na gut, als das Lied herauskam, war Bella noch sehr jung, aber ihre Mutter hatte immer erzählt, wie verrückt sie danach war. Sie tanzte mit einem tollen Mann auf dem Bürgersteig und sang dabei.

Die Zeit verging und Bella wollte ihren Vortrag in acht Stunden vergessen. Doch es gelang ihr nicht. Sie dachte mal wieder an eine Passage und trat hart auf einen Stein auf.

"Oh nein!" Ihr Absatz war abgebrochen.

"Die waren teuer. Und meine Lieblingsschuhe."

"He, das macht doch nichts! Kauf dir doch ein paar neue."

"Ich habe kein Geld, um mir neue Schuhe zu kaufen."

"Dann geh doch zu Hilmar und lass dir welche kaufen."

"Du denkst wohl, ich bekomme alles geschenkt?"

"Na ja, nicht alles. Aber fast alles."

"Merkst du eigentlich, dass du schon wieder anfängst.", Bella hatte nun aufgehört zu tanzen, es ging ja auch ohne Absatz schlecht.

"Ich denke nur, dass du dir in Punkto Schuhe keine Sorgen zu machen brauchst."

"Ich muss meine Schuhe auch bei Hilmar selbst bezahlen. Das geht nicht so einfach wie du denkst."

"Denke ich doch gar nicht."

"Denkst du wohl! Ich habe außerdem nicht so viele Schuhe."

"Immer wenn wir uns getroffen hatten, hattest du andere an!"

Bella überlegte schnell wie oft sie sich getroffen hatten. Als nächstes würde sich Thomas wohl auch noch über ihre Lippenstifte beschweren. Sie liebte nun einmal kräftige Farben. Anna hatte ja mal indirekt angedeutet, dass Bella mit solchen Farben einer Nutte ähnelte.

"Die sind ja auch sorgfältig über Jahre angesammelt worden. Außerdem, was kann ich dafür? Du sammelst doch sicherlich auch etwas."

"Ich sammle nichts."

"Tust du wohl: Ärger."

Und mit wütendem Blick humpelte sie von dannen. Doch kaum war sie an der Kreuzung, wurde Bella eingeholt.

"Warum streiten wir uns immer?", wollte Bella wissen.

"Tun wir doch gar nicht. Wir diskutieren nur über Sachen, über die andere Menschen gar nicht reden würden."

"Gute Antwort.", gab sie zu.

Auch wenn Bella es abscheulich fand, dass Thomas Recht hatte. In Gedanken wollte sich Bella schon bei ihm entschuldigen, bis ihr wieder einfiel, dass er ja behauptet hatte, dass sie mit seinem besten Freund fremdgehen würde. Die Ruhe der Nacht machte sich breit und die Sterne glitzerten am weiten schwarzen Himmel. In der Stadt war es viel zu hell, um die magische Macht der Sterne genießen zu können. Bella überkam ein merkwürdiges Gefühl. Den Gedanken hatte sie in letzter Zeit schon oft gehabt, wo sollte sie hingehen, wenn sie mit ihrem Studium fertig war? Marburg war ihr so ans Herz gewachsen, wie es überhaupt nur ging. Es gab auch Schwierigkeiten, die sie all die Jahre nie vergessen würde, aber irgendwie würde sie die Stadt vermissen, obwohl sie noch hier war. Bella erging es oft im Leben so. Sie dachte immer, dass sie etwas verpassen würde, wenn sie es nicht sofort und auf der Stelle erledigen würde. Vielleicht hatte sie auch Angst vor dem Tod, doch der Gedanke, dass es danach weitergehen würde, machte sie unverkrampft, ja fast besinnlich.

"Hast du das eigentlich vorhin ernst gemeint mit dem Heiraten?", beide standen immer noch an der Kreuzung, nur Bella hatte sich an einen Pfosten angelehnt und schaute hoch zu Thomas, als ob sie die Antwort nicht hören wollte.

"Ich sage immer, was ich meine."

Bella war sehr unzufrieden. Er sagte es gerade so, dass sie ja erst noch erwachsen werden sollte. Sie war erwachsen. Auf dem Papier. Innerlich wohl kaum. Warum auch? Bella kam einmal wieder auf eine Idee, die nur sie haben konnte. Sie und sechsjährige Mädchen.

"Hab dich!", schrie sie und tappte über die Straße. Bis Thomas kapiert hatte, was sie überhaupt wollte, war sie schon auf der anderen Seite. Natürlich konnte Bella Fangspiele nicht leiden, weil man da schnell sein musste. Und schnell ging bei Bella gar nichts. Thomas vergewisserte sich, dass kein Auto kam und lief zu Bella hinüber. Sie versuchte, ihm auszuweichen, doch das gelang nicht.

'Mist!', dachte sie.

Was sollte man auch von einem muskulösen Ami erwarten? Nichts Gutes, dachte Bella und versuchte, sich aus seinen starken Armen, die sie festhielten, zu befreien. Sie musste sich aber noch unter die Nase küssen lassen, bevor sie atemlos da stand.

"Hab' dich!", sagte Thomas betont und schaute ihr in die Augen.

"Hast du mal was von Nicole gehört?", wollte Thomas wissen.

"Du machst mir Angst. Woher weißt du so viel über mich?", doch die Frage konnte Bella beantworten.

"Maria! Sitzt ihr eigentlich oft oder viele Abende zusammen und redet über mich?"

"Ich wollte nur wissen, was du zum Geburtstag willst!", antwortete er.

"Du bist schon ein Geschenk."

Thomas reagierte nicht. Er lächelte nur. Insgeheim wollte Bella selbstverständlich ein Geschenk. Nicht nur eins. Sie fand es ja schön, wenn jemand gratulierte, aber Geschenke zählten eben mehr auf der Welt. Bella war ganz und gar nicht neugierig.

"Was hast du für mich?"

"Wenn es mehr wird, siehst du weniger!"

Bella gaffte ihn an.

"Was?"

"Wenn es mehr wird, siehst du...."

"Ich habe schon verstanden, nur was soll das mit meinem Präsent zu tun haben?"

"Viel!", antwortete Thomas gelassen und ging auf die nervenden Fragen von Bella nicht weiter ein.

Bella dachte nach. Diesen Spruch (oder so ähnlich) hatte sie schon einmal gehört. Bestimmt aus einem Film.

Glücklich vereint, schlenderten sie durch die Stadt. Bella wollte noch auf dem Heimweg spazieren gehen, wegen der frischen Luft. Jedoch war der Grund ein anderer. Jeder Schritt schmerzte, doch wollte sie so viel Zeit wie möglich mit ihm verbringen.

Als sie am gläsernen Fahrstuhl ankamen, meinte Bella plötzlich: "Schau' da haben wir uns kennen gelernt."

"Ich weiß, da habe ich deinen Namen erfahren, doch das erste Mal sahen wir uns im Kino, als du Mohnbrötchenkrümmel zwischen deinen Zähnen hattest."

Schnell nahm sie Thomas Arm und legte ihn auf ihre Schulter. Dieses Thema war nicht gerade angenehm. Eine gewisse Zeit regten sie sich nicht von der Stelle, bis der Aufzug kam. Nur schweren Herzens ließ Bella Thomas los, damit er in den Lift kam. Fünfzehn Stockwerke weiter oben würden sie aussteigen. Der Fahrstuhl ruckte an und Bella betrachte die Straßenlaternen und die Brauerei, als sie sagte: "Thomas!"

Nichts weiter.

"Was ist denn?", fragte er seelenruhig mit Blick auf Bella gerichtet.

"Hm? Ich habe nichts gesagt.", antwortete Bella.

Thomas wandt den Blick wieder ab und sah über halb Marburg.

"Thomas?", fing Bella wieder an.

"Was?", nun klang er etwas gereizt.

"Ich habe nichts gesagt. Meine Lippen sind versiegelt. Hast du vielleicht Wahnerscheinungen. Ich hatte da 'mal ein ganz gutes Seminar."

"Oh, Bella! Bella!"

"Ist doch war!"

"Schon gut. Ist ja schon gut.", mit diesen Worten küsste er sie auf die Stirn. Bella wollte sich beschweren wegen ihrer Frisur. Das tat sie auch. Innerlich. Bella hatte an jedem Tag ihre fünf Minuten. Manchmal auch mehr. Sie gingen beide durch die verlassene Oberstadt.

"Nett von dir, dass du mich nach Hause bringst.", sagte Bella, als ihre Wohnung näherrückte.

"Ich kann dich doch nicht alleine lassen."

"Das ist aber süß von dir!"

"Also bis morgen. Gegenüber dem Laden ist das Restaurant. Und, ähm, zieh dir etwas Hübsches an.", so ließ er sie unten vorm Bettenhaus stehen.

"Ich ziehe doch immer etwas Hübsches an!", schrie sie ihm hinterher.

Vielleicht meinte er leicht ausziehbar....

Als Bella die vielen Stufen hochgelaufen war, rief sie erst einmal Maria an.

"Was meint er mit hübsch anziehen?", sie stellte ihr Handy auf Freisprechanlage.

"Na ja, so wie ich ihn kenne....würde ich sagen schwarz.", ertönte Marias Stimme ein wenig verzerrt.

"Ja, etwas schwarzes? Hose, Rock, Anzug, Bikini oder doch Kleid?"

"No, da kommen wir der Sache schon näher. Also ein schwarzes Kleid, elegant aber nicht overdressed, sexy und leicht ausziehbar. Aber du kennst dich doch damit besser aus, was fragst du mich da?"

"Ich wollte ja nur deine Meinung wissen.", sagte Bella etwas beleidigt.

"Ich habe keine Ahnung, wann ich mich mit ihn überhaupt treffen soll."

"Moment! Ich frage ihn mal.", und Melanie ging vom Telefon weg.

"Er ist bei dir?", krisch sie ins Handy hinein.

"Ja. Bin ich.", das war eindeutig Thomas Stimme.

"Du verbringst mehr Zeit bei Maria, als bei mir."

"Tja, es gibt halt Dinge, die du nicht mitbekommen sollst."

"Maria ist meine Freundin."

"Ja, meine auch. Also, heute 19.30 Uhr. Und das Kleid, mit dem scharfen Ausschnitt. Ich habe es neulich in deinem offenen Schrank gesehen. Also bis denn. Ich liebe dich."

"Ich dich auch.", knapp aber wirkungsvoll. Bella vermutete schon, welches er meinte, da er wahrscheinlich in den Schrank geschaut hatte, als sie im Bad war, um sich für das Essen bei ihren Eltern fertig zu machen. Sofort nachdem Thomas aufgelegt hatte, machte sich Bella über ihren Schrank her. Nur ein Kleid fiel Bella in die Augen, dass auf seine Beschreibung passen könnte. Wie schon erwartet, war es ein schwarzes Abendkleid. Um den Ausschnitt herum, am Saum und an der Hüfte war es mit Schmuckperlen bestickt. Zudem war es sehr Figurbetont und ging ihr bis zu den Knien. Sie hatte es einmal geschenkt bekommen. Von einem reichen Millionär, der verheiratet war. Sie grübelte und grübelte, warum sie das Kleid anziehen sollte. Doch sie fand keinen Grund.

Am Morgen wachte sie auf. Wahrscheinlich hatte sie schon so eine Intuition. Ihr war kotzübel. Sogar ihren Kaffee bekam sie nicht hinunter. Sie musste ständig an ihr Referat denken. So gut wie alles hing davon ab. Langsam schlürfte sie zu ihrer Tasche und packte alles ein.

Bei der Uni stand schon Tim, er wirkte genauso nervös wie Bella. Jedoch nicht wegen des Referats.

"Heute werden wir zu dem hoch interessanten Thema die "Eigenschaften der Schriften und ihr Geheimnis" einen Vortrag hören, bevor wir jedoch damit anfangen, will ich sie noch einmal deutlich darauf hinweisen, dass Sie in jedem Fall den Aufforderungen des Aufsichtspersonals unaufgefordert Folge zu leisten haben.", der Professor schien heute gute Laune zu haben und auch sonst schien alles sich bestens zu entwickeln.

Der Beamer gab die Bilder in einer hohen Qualität wieder und sogar die anderen Studenten hörten aufmerksam zu. Am Ende klopften sie alle auf die Bänke. (Phoebe besonders laut.)

Phoebe wartete draußen, als Bella auf sie zu gesprungen kam.

"Ich habe es bestanden!", freudig warf sie die Arme um sie. Wenn man Bella so sah, dann konnte man, wer sie noch von der Schule kannte, sagen, dass sie sich nicht verändert hatte.

"Was machst du jetzt?", fragte Phoebe.

"Nüscht. Nada. Überhaupt nichts.", sagte Bella.

"Lust auf einen Spaziergang?"

"Na klar. Warum nicht?"

So flanierten sie durch die Stadt. Wie üblich hatte Bella wieder andere Schuhe an.

"Du weißt nicht, was Thomas mit mir heute vor hat?"

"Doch!", Phoebe klang nicht interessiert an dem Gespräch.

"Du willst es mir nur nicht sagen. Stimmt's?"

"Ich habe Janina getroffen."

Bella sah verdutzt drein.

"Warum erzählst du mir das?"

"Ich habe zufällig gehört, wie sie in einem Restaurant einen Tisch für zwanzig Uhr bestellt hat."

Sie kapierte alles.

"Meinst du, es ist das Gleiche Restaurant, in dem ich mit Thomas verabredet bin?"

Phoebe nickte nur.

"Ich.... ähmm...ich weiß nicht, aber....du solltest nur auf sie gefasst sein!"

Mit diesen Worten ließ Phoebe Bella stehen und stapfte eine Gasse weiter.

Für Bella ergab das alles keinen Sinn. Was wollte Thomas in einem Restaurant, in dem sich auch Janina aufhielt? Oder wusste er es etwa nicht?

Das Restaurant befand sich direkt gegenüber einem Laden, der "Laden" hieß - wie einfallsreich!

Bella zog sich nach der Kosmetikerin für ihre Verabredung um, und begab sich in einem leichten Abendkleid aus Seide an die Lahn. Kaum war sie dort angekommen, sah sie auch schon Thomas. Er sah total perfekt aus, obwohl er wie immer aussah.

"He! Schön, das du da bist.", sagte er zu Bella und küsste sie romantisch vor dem Eingang. Die Location war sehr beliebt und man konnte nicht einfach so hineingehen. Es sei denn, man stand auf der Gästeliste. Ein Schwarm wild feiernder Geburtstagsgäste stürmte hinein, ohne irgendeine Rücksicht auf Bella zu nehmen. Sie stolperte direkt in seine Arme und bemerkte wieder einmal wie stark er war. Für ihn wäre es sicher ein leichtes gewesen, Bella zu tragen. Im Restaurant war alles fabelhaft. Es war ein richtig nobles Teil.

"Wo sind hier denn die Tische?", fragte Bella Thomas.

"Bella, wir sind erst im Flur."

Und damit hatte er vollkommen Recht. Alleine der Flur war schon ein Traum. Die Wände waren gelb und überall standen auf antiken Tischen wunderschöne gelbe Tulpen. Bella war sich sicher, dass es um diese Jahreszeit keine geben könnte, doch die Tatsache, dass sie auch schon im Januar welche gesehen hatte, änderte natürlich alles. Am Ende des Flurs stand ein breiter und großer Mann. Er sollte wahrscheinlich so etwas wie ein Türsteher darstellen.

"Name?", raunte er Bella unfreundlich zu.

"Berger!", ihre Stimme klang sicher, noch nicht einmal Thomas konnte sie ablenken.

Der Türsteher schaute grimmig und bevor er auch nur den Mund aufmachen konnte, sagte Thomas: "Wight."

Nach einem Nicken durften sie eintreten. Innen sah es nicht viel anders aus. Um die Tische waren meistens vier Stühle gestellt und überall hingen Kronleuchter von der Decke. Wenn Bella nicht so aufgeregt gewesen wäre, was Thomas mit ihr vor hatte, dann hätte sie es sicherlich viel zu kitschig gefunden. Nun konnte sie auch verstehen, warum sie sich ein schönes Kleid anziehen sollte. Alle Gäste des Restaurants sahen so schick aus. Nur fand sie es nicht toll, dass Thomas in ihrem Kleiderschrank rumschnüffelte, während sie im Bad krampfhaft versuchte, sich umzuziehen. Ihr fiel dann wieder ein, dass die Tür offenstand, wodurch die ganze Unordnung preisgegeben wurde.

Bella und Thomas ließen sich von einem Kellner an den richtigen Tisch bringen. Bis dahin hatte sie noch nicht gewusst, dass es auch falsche Tische gab.

Zu trinken bestellte sich Thomas ein Glas Rotwein, Bella hätte auf Bier getippt.

Doch der Rotwein stand für seinen guten Geschmack. Bella bestellte sich einen Cocktail und dann kamen auch schon die Speisekarten.

"Haipun nun schi a so?", fragte Bella ungläubig.

"Gesundheit!", sagte Thomas.

Sie las noch weitere zehn Minuten in der Karte, bis sie sich ein Menü per Adlersuchsystem aussuchte.

Der Kellner wartete ungeduldig und Bella begann, jeden einzelnen Buchstaben zu lesen: " S-c-h-o-c-k-o-l-a-d-e-n-f-o-u-n-d-u' bitte."

"Schokoladenfoundu'", erwiderte dieser.

"Sag ich doch. Und einen Salat.", erst jetzt bemerkte Bella, dass sie auch Gerichte mit deutschen Bezeichnungen hatten.

Es dauerte nicht lang, da hatte sie schon ihren Salat und stocherte genüsslich darin herum. Sie sah aus wie eine Wilde und ab und zu kamen ein paar Wörter heraus, die sich für Thomas so anhörten: "Wasch isch denn nun?"

Ja, Ja! Bella konnte noch nie richtig essen. Thomas schaute verzweifelt weg, als Bella statt der Serviette ein Salatblatt zum Mundabwischen nahm. Beim Hauptgang war alles zu spät- Bella kleckerte mit der Schokolade herum und spritzte so sehr, dass an der Wand braune Schokoflecken klebten. Schließlich sprach Thomas beim Dessert endlich: "Bella, ich weiß, wir kennen uns noch nicht so lange, aber immerhin fand ich die Zeit mit dir sehr schön. Vielleicht ist es noch ein bisschen zu früh, aber willst du....", weiter kam er nicht.

Plötzlich stand vor ihrem Tisch Janina. Phoebe hatte also doch Recht gehabt. Janina stand einfach da und sah wie immer scheiße aus. Sie war immer gleich geschminkt, jedenfalls sah Janina wie auf dem Foto und im Kaufhaus aus.

"Ich will nicht stören.", sagte sie.

"Tust du aber! Er wollte mir gerade einen Heiratsantrag machen", antwortete Bella.

Thomas spuckte seinen ganzen Rotwein durch Mund und Nase über den Tisch. Und sogleich fing er einen wütenden Blick von Janina auf.

"Ich wollte nur zu dir sagen: Bella. Es steht nur den Mächtigen zu, zu herrschen."

"Also, nicht dir!", bemerkte Bella und Janina zog Leine.

"Komisch nicht? Gerade, als du mich etwas Wichtiges fragen wolltest. Na, was war denn so wichtig?"

"Willst du mit nach Amerika kommen?", sagte Thomas.

"Was?"

"Es wäre nicht für lange. Ich muss nur mal wieder heim. So für zwei Monate."

"Zwei Monate, dass sind doch die ganzen Semesterferien.", Bella klang überrascht. Das hätte sie überhaupt nicht gedacht.

"Ich müsste aber schon Sonntag fliegen."

"Diesen Sonntag?", Bella konnte es nicht fassen. Ausgerechnet diesen?

"Kommst du mit?"

Bella starrte ihn an. Wie konnte er nur verlangen, mit ihr zwei Monate woanders zu leben? Sie starrte immer noch und schlang ihren Nachtisch in sich hinein.

"Ist das der ganze Grund, warum du mich in ein Nobellokal wie dieses eingeladen hast?"

"Ja, ich weiß, nicht einfallsreich."

Bella nickte.

"Du weißt du,..ich .....glaube, ich fühle mich nicht in der Lage,.....ich will meine Diplomarbeit abgeben....und na ja, ...du weißt schon...ich würde ja gerne mit...aber für zwei Monate gleich?"

Bella sah die Enttäuschung in seinen Augen, er konnte auch auch nicht verlangen, dass sie so spontan mitkam.

"Ok. Aber den Ring kannst du trotzdem behalten."

"Welchen Ring?"

Janinas neue Arbeit

"Oh, Bella! Bella!", er brauchte eine Weile, bis er ihr erklärt hatte, dass der Ring im Kuchen versteckt war und sie ihn nun mit gegessen hatte.

"Was, ich habe jetzt einen Ring im Magen?"

"Wenn er nicht stecken geblieben ist, dann ja.", Thomas klang ganz gemächlich.

"Ich finde es nicht witzig."

"Ich auch nicht."

"Und nun?", Bella bemerkte gar nicht, dass sie aufgestanden war.

"Was soll ich tun?"

"Was weiß ich? Du hast doch diesen Einfall mit dem Ring gehabt. Und noch etwas. ICH KANN ES NICHT LEIDEN RINGE ZU TRAGEN.", die letzten Worte schrie sie ihm entgegen.

"Du hast keinen verschluckt?"

"Was?", Bella beruhigte sich wieder, aber wie konnte Thomas sie so veralbern?

"Du hast ihn nicht verschluckt. Du hast ihn gegessen. Das ist ein Unterschied."

"DUUU!", Bella griff nach Thomas und packte ihn am Schlafittchen.

Dabei riss sie die ganzen Teller und die Dekoration mit der Tischdecke hinunter. Es gab einen lauten Knall und die Gläser zerbrachen. Erst als der Kellner kam, ließ Bella von ihm ab. Wenn Thomas sich hätte wehren wollen, dann hätte er es getan, doch dann hätte er Bella wahrscheinlich etwas brechen müssen, so wie sie sich an ihn geklammert hatte.

Der Kellner verlangte auf der Stelle das Geld (Thomas musste für den Aufruhr bezahlen) und scheuchte sie aus dem Lokal hinaus. Nun standen die beiden auf dem Bürgersteig und Bella schaute mit dem Los-ich-will-das-Ding-aus-meinem-Körper-Blick.

"Wir fahren ins Krankenhaus." und ohne ein weiteres Wort marschierten sie zu Thomas' Wohnung, um das Auto zu holen.

Nur widerwillig stieg Bella ein. Sie konnte es einfach nicht fassen, dass sie mit nach Amerika kommen sollte und in der Aufregung einen Ring verschluckt hatte.

In der Uniklinik mussten sie erst einmal lange warten. Nach einiger Zeit kam der Arzt, welcher offenbar amüsierend fand, dass jemand 'mal einen Ring verschluckt hatte.

Er krümmte sich vor Lachen und sagte: "Wann haben sie Zeit für eine OP? Frau Berger."

Bella würde auch noch operiert werden und das alles nur wegen Thomas. Ihr war es so, als ob sie gleich die Fische füttern müsste. Und das reichlich. Der Arzt faselte noch und Bella stürmte auf die nächste Toilette. Tatsächlich erbrach sie einen goldenen Ring mit einem Steinchen aus ihren Eingeweiden. Beim Anblick der goldenen Farbe wurde es Bella wieder schlecht und sie spie noch einmal kräftig. Sie mochte keinen goldenen Schmuck! Noch nie! Sie trug entweder Silber oder nichts. Bella betätigte die Spülung, doch der Ring verschwand nicht. Auch bei vier weiteren Versuchen nicht. Infolgedessen fischte sie den Ring heraus und begab sich auf den Weg zurück ins Sprechzimmer. Draußen saß Thomas.

"Der Arzt meinte, es hätte funktioniert?"

"Der Abend ist ein bisschen aus den Fugen geraten.", sagte Bella und hoffte auf eine zustimmende Antwort.

"Das kannst du laut sagen!"

Bella nahm Thomas beim Wort.

"DER ABEND IST AUS DEN FUGEN GERATEN."

"Ok. So laut hättest du auch nicht schreien müssen."

"Beim nächsten Mal werde ich es mir merken."

"Also willst du nun mitkommen?"

"Was musst du so wichtiges erledigen?"

"Ein paar Formulare für meine Mutter ausfüllen. Und warten, bis sie genehmigt werden."

"Bist du mir sehr böse, wenn ich nicht mitfliegen würde?"

"Ändern kann ich es doch so wie so nicht, oder?"

"Richtig!", sagte Bella und gab ihm einen Kuss auf die Wange.

"Gehen wir noch ein bisschen auf den Lahnbergen spazieren?"

Bella nickte.

Mittlerweile war es kühl geworden und Bella spazierte in ihrem dünnen Kleidchen auf den Lahnbergen umher. Doch irgendetwas stimmte nicht.

Es war neblig und ziemlich dunkel. Der Tag war mal wieder heiß gewesen und nun kamen alle Tiere aus ihren Verstecken. Die Grillen zirpten ihre Lieder und die Bäume wiegten sich im Wind.

"Bist du oft hier oben?"

"Na ja, meistens bin ich oben, um zu forschen und meine Doktorarbeit zu schreiben. Wenn aber schönes Wetter ist, dann setzte ich mich auf die Wiese und genieße einfach nur die Sonnenstrahlen. Es ist wirklich entspannend. Und so. Manchmal zwar ein bisschen einsam, aber na ja. Oder ein paar Kumpels sitzen mit mir...da kommt aber nur Mist dabei raus. Du musst wissen, ich bin zwar ein Mensch der die Beziehung braucht, aber auch die Freiheit.", er machte eine große und lange Pause, sagte aber schließlich dann: "Was bedeutet für dich Freiheit?"

'Oh Gott, nicht diese Frage, schon schlimm genug, dass er unter Bindungsängsten leidet', dachte Bella.

Außerdem studierte sie Psychologie und nicht Philosophie. Vielleicht aber hätte sie auch Biologie studieren sollen. Schließlich war Bio ihr Lieblingsfach in der Schule gewesen. Aber nein, Mikroskope konnte sie noch nie leiden.

Sie überlegte, was für sie ein Symbol der Freiheit ist. Nur fielen ihr zwei Beispiele ein, die eher unpassend waren. Das eine war ein Bild, welches sie im Kunstunterricht durchgenommen hatten. "Die Freiheit führt das Volk an" von Delacroix. Auf diesem Bild war eine Frau zu sehen, die für die Freiheit stand. Und dann fiel ihr noch das Symbol für die Freiheit von ihrer Schulfreundin Nicole ein. Für sie war das Freiheitssymbol ein Adler.

"Also für mich ist Freiheit wie eine Frau mit nackten Füßen.", oh, das war das falsche Beispiel, Bella wollte doch das mit dem Adler nehmen.

Schnell fügte sie noch hinzu: "Wir Frauen werden ja quasi in diese Schuhe reingepresst und so kann man überhaupt nicht das Gras spüren."

"Du läufst doch gern in diesen Schuhen, oder?", Thomas blickte auf ihre Schuhe.

"Das ist ja wieder etwas ganz anderes.", sagte Bella und stiefelte weiter. Vom Thema ablenken, klappte bei ihr heute nicht so wirklich. Bella setzte sich auf eine Wiese und wartete auf Thomas, der ganz verdutzt auf der Stelle stehen geblieben war.

"Bringst du mich am Sonntag zum Flughafen?", wollte er auf einmal wissen. Er konnte ja so viel kaputtmachen.

"Nee, warum auch?"

"Am Sonntag kommen sicherlich auch Phoebe und Maria mit."

Bella sagte nichts weiter. Natürlich würde sie mit zum Flughafen kommen, auch wenn ihr bei dem Gedanken ganz anders wurde. Sie kannten sich noch nicht allzu lange für eine

Fernbeziehung von zwei Monaten und außerdem konnte sie nicht versprechen, dass sie in dieser Zeit auch keusch leben würde.

"Lust auf was Süßes?", fragte Thomas.

"Du sitzt doch schon neben mir."

"Ich meine Eis. Die Mensa hier oben hat noch geöffnet und wie wär's mit einem Eis? Waldmeister natürlich?"

"Was heißt eigentlich Waldmeister auf Englisch?"

"Woodruff. Warum?"

"Nur so. Also, dann auf."

Die beiden liefen zur Mensa und Bella nahm einen riesigen Eisbecher.

"Ich mag lange Löffel, die sind aber so schlimm teuer."

Thomas sah sie an, wie sie derb das Eis auslöffelte.

"Fertig?"

Bella nickte und schob das Glas beiseite.

"Gib' mir mal deine Serviette."

Ohne Bellas Reaktion abzuwarten, nahm er die Serviette und packte den langen Löffel ein.

"Das kannst du doch nicht machen!"

"Willst du dir teure Löffel kaufen? Und schrei' nicht so 'rum. Deine Stimme hört man ja überall. Manchmal ist sie richtig schrill und wenn du lachst, dann geht sie besonders hoch. Los: in deine Tasche!"

Thomas stopfte das Päckchen in die Tasche, sie stellten das Tablett weg und dann gingen sie.

Bella erinnerte sich genau an den Moment, als sie Tim von ihren Löffeln erzählt hatte.

Nur war er nicht so bereit gewesen, ihr einen zu stibitzen.

Thomas bot ihr an, bei ihm zu übernachten, das Bella nur zu gern annahm.

Doch sie hatte kaum Zeit zu schlafen. Kurz vor Mitternacht ging Thomas raus und blieb' lange weg. Schließlich piepte ihre Uhr und sie war soeben siebenundzwanzig Jahre alt geworden.

Einsam saß sie auf dem Bett und fragte sich, wann Thomas wiederkommen würde.

Sie sagte zu sich selber: "Happy Birthday, Bella."

Nach längerem Warten hörte sie draußen auf dem Flur Böller losgehen.

Bella zog sich schnell etwas über und ging nach draußen.

Auf dem Flur war es still, doch wollte sie wissen, woher der Lärm kam.

Direkt durch die Tür ging sie, als sie Thomas sah, der versuchte viele Wunderkerzen auf einmal zu halten. Dann waren da noch Maria, Phoebe, Sven und Christian, auch Michael stand da und sie hielten alle Wunderkerzen.

Maria zählte bis drei und dann sangen sie alle gemeinsam ein Geburtstagslied.

Außer Takt versuchte sie mitzuklatschen, was sich jedoch als sehr schwierig erwies.

Nach dem Lied wurde sie gedrückt und jeder einzelne wünschte Bella nur das Beste.

Thomas hielt einen Strauß Bartnelken bereit und Maria und Phoebe trugen eine große Torte.

"Wir gehen lieber hoch, um zu feiern.", schlug Maria vor und so liefen alle laut polternd die Treppe hoch.

Oben war alles geschmückt und Bella freute sich einfach noch mehr, als es losing. Ab und zu machten sie ein paar Bilder, wie Bella versuchte, mit einem großen Messer die Torte anzuschneiden, wie sie gerade Thomas einen großen Schmatzer gab und Maria versuchte, ihren Lieblingswitz zu erzählen.

"Die Bilder will ich aber sehen!", brüllte Bella, während sie versuchte, eine Flasche Sekt zu öffnen. Der Verschluss flog gegen die Decke und dann in die Torte. Ja, ja die Torte. Selbst die Torte war ein Meisterwerk. Sie zeigte Bella vor siebenundzwanzig Jahre.

Kurz vor acht Uhr in der Früh sagte sie: "Tolle Party, aber ich muss noch zur Uni."

"Du willst doch nicht im Ernst gehen?"

Doch! Bella zog sich aus, ging duschen und streifte sich ihr Kleid über und wurde von Thomas in ihre Wohnung gefahren und anschließend zur Uni.

"Bis denn.", sagte Thomas und ließ sie die Stufen hochgehen.

Tim kam auch sofort auf sie zu und gratulierte zu ihrem Geburtstag.

Weiter keiner.

Nicht einmal ihre Familie oder andere riefen an. Keiner schickte auch nur eine
E-Mail.

Ein bisschen enttäuscht, ging sie zur Kosmetikerin und ließ sich schminken.

Sie wusste, dass sie nachher im KFZ vorbeikommen sollte. Und dann stand sie eine ganze Weile vor ihrem Schrank. Sie hatte nichts anzuziehen. Zum Anziehen hatte Bella zwar viel, nur nicht das passende! Sie entschied sich wie üblich für ein Kleid. Wofür auch sonst! Es war ein Traum in rosé. Von oben bis unten war es mit Schmuckperlen in Diagonalreihen bestickt. Zudem hatte es feine rosa und silberne Blüten. Dazu trug sie einen Fransenschal und als Kette ihre Silberkette mit dem B und dem Herzen. Ihr war es zwar ein bisschen mulmig, als sie durch die Stadt lief und fuhr, aber das musste ihr Ego verkraften!

Das KFZ sah aus wie immer. Nur innerlich nicht.

Es war elegant geschmückt und überall waren große und kleine Tische aufgestellt, sie sahen wunderbar aus. Bella wusste zwar, dass hier auch Lesungen stattfanden, jedoch nicht, dass das so schön aussah. Dann kamen langsam die Gäste: Bellas Gäste!

Sie traute ihren Augen nicht, allen voran ihre Familie, alle möglichen Freunde, Leute die sie nicht kannte und wahrscheinlich zu Thomas gehörten.

Als die Überraschung nicht mehr größer werden konnte, entdeckte sie Nicole mit einem gut aussehenden Mann.

"Nicole!", rief Bella.

"He, Bella! Herzlichen Glückwunsch zu deinem Geburtstag und möge alles in Erfüllung gehen, was du dir sonst noch so wünschst!"

Nicole sah gut aus. Ihre braunen Haare hatte sie hochgesteckt und ihre braunen Augen strahlten die reinste Lebensfreude aus.

"Möchtest du mir nicht dein Mitbringsel vorstellen?"

"Oh, sorry! Hab' ich ja ganz vergessen. Also, das ist Daniel."

Daniel war ein großer Mann mit starken Oberarmen und fünf Jahre älter als Nicole, wie sich später herausstellte. Nicole und Bella gingen in dieselbe Klasse und hatte dann mit Behinderten gearbeitet. (Vorher hatte sie zwar studiert, doch der Studiengang war ihr entfallen.)

"Und dann wollte ich ein neues Fahrrad kaufen und habe ihn kennen gelernt. Er führt mit seinem Bruder ein Fahrradgeschäft und fährt selbst manchmal bei Rennen mit. Mein Bruder war bei ihm im Team und so hatte ich immer einen Grund hinzugehen."

"Ach ja und wir wollen bald heiraten. Hier in Marburg finde ich das Schloss so schön, muss ihn aber erst noch überreden. Erzähl' mal von Thomas, dem hast du eigentlich meinen Besuch zu verdanken."

Bella erzählte, was so die ganzen Jahren über passiert war und vergaß dabei die ganze Feier. Na ja, jedenfalls fast.

Von Thomas bekam sie ein Teleskop geschenkt, sie wusste nicht, was sie damit anfangen sollte. Von Nicole und Daniel bekam sie einen Wellness-Gutschein und von Phoebe ein Fotoalbum, in welchem viele Fotos, auch die von heute Morgen, klebten. Unter jedem Bild war ein Kommentar geschrieben. Das Bild mit Thomas und ihr war untertitelt mit: "Traumpaar"

Bella fand die Geste süß. Ihre Familie war auch da und die Geschenke konnte sie gar nicht alle mehr zählen. So einen Auftakt hatte sie noch nie erlebt.

Sie feierten schön und Christian legte die Platten auf. Auch wenn sich Bella in dem Kleid kaum bewegen konnte, tanzte sie doch zu vielen Songs mit. Thomas saß irgendwann schlapp auf dem Stuhl.

"Ich denke ihr Amis habt Ausdauer?!"

"Ja, aber nicht beim Tanzen."

"Was hältst du von dem Teleskop?"

Nun hatte Thomas einen empfindlichen Nerv getroffen. Sie fand es zwar schön, aber wann sollte sie in die Sterne gucken?

"Ähm..Ich kenne mich am Himmelszelt nicht so aus und weißt du...na ja.."

"Dafür hast du mich, ich werde dir die Sterne erklären."

"Oh, mein Astronomielehrer ist aber besonders scharf. Krieg ich auch eine sechs, wenn ich nicht artig bin?"

"Dann bekommst du meinen Stock zu spüren."

"Ich werde ganz unartig sein. Versprochen."

"Dann bin ich ja beruhigt.", antwortete er und setze seinen Teddybär-Blick auf.

Nachdem die Familie gegangen war, und nun richtig die Bude wackelte, fragte Thomas: "Wollen wir in die Sterne gucken?"

"Gerne.", sagte Bella und klang dabei charmant.

Thomas verfrachtete das Teleskop in den Kofferraum seines Autos und es fiel gar nicht auf, dass sich die beiden vom Acker machten. Bella zog einen Mantel über.

Sie wusste es ganz genau, wohin sie fuhren. Zum Schloss. Nachts war es sehr schön und nun konnte sie es auch richtig genießen.

"Ich hoffe nur, dass es Nicole schafft, Daniel zu überreden hier zu heiraten.", Bella hatte keine Ahnung, wieso sie das sagte.

"Ja, sie ist nett und hat das auch verdient hier oben zu heiraten. Wie willst du mal heiraten?"

"Ich habe schon alles geplant, nur nicht, wer das alles bezahlen soll."

"Lass das mal meine Sorge sein."

"Wer hat denn gesagt, dass ich dich heiraten will?"

"Ich weiß, ich muss erst einen Antrag machen."

"Nicht nur bei mir, sondern auch bei meiner Familie. Sie sind da sehr kleinlich."

"Ich glaube, die habe ich schneller überzeugt, als dich."

"Stimmt! Was ist das für ein Stern?", sie deutete mit ihrem Finger auf einen sehr hellen Stern.

Sehr gut vom Thema abgelenkt.

"Das ist der Sirius.", sagte er.

Er stellte das Teleskop auf und dann erklärte er komische Begriffe, Bella nickte nur.

"Verstanden!", sagte sie.

"Bella wie wär`s, wenn ich dir einen Stern vom Himmel hole?"

Sie guckte merkwürdig. Thomas holte aus seiner Jackentasche einen silbernen Stern.

Bella lächelte wie ein Honigkuchenpferdchen. So etwas passierte auch in jedem schlechten Liebesroman. Wie kitschig! Bella stellte sich ab und zu vor, wie jemand für sie etwas unter dem Fenster in einer lauen Vollmondnacht sang und sie dann eine Blume herunterwarf. Samt Blumentopf!

Im Stehen kuschelten Thomas und Bella eine Weile. Er umfasste von hinten ihre Hüften und legte seinen Kopf auf Bellas Schulter. Sie hoffte, dass dieser Moment nie aufhören würde, doch in wenigen Stunden würde er im Flugzeug sitzen und auf in das Land der unbegrenzten Möglichkeiten reisen. Sie hatte sich immer gefragt, warum man den amerikanischen Traum, den amerikanischen Traum nannte. Die Antwort war einfach.

Der amerikanische Traum passierte nur dann, wenn man schlief.

Phoebe und Maria hatten sich schon von Thomas verabschiedet. Nun war Bella an der Reihe, sie konnte es kaum ertragen, dass er gleich ins Check-in musste. Wie konnte er sie nur so lange alleine lassen. 'Es ist doch selber deine Schuld', dachte Bella.

Warum wollte sie nur nicht mitfliegen? Ach ja, sie musste ihre Diplomarbeit von Christian und Sven abholen. Und auch sonst musste sie arbeiten. Dann wollte sie noch ihre Familie Zuhause besuchen.

"Ciao!", sagte Bella und küsste ihn zum Abschied noch einmal ganz lange.

"Ciao, Bella! Pass gut auf dich auf."

"Das gilt auch für dich, Thomas Wight!", sagte sie.

Zum Glück kamen ihr nicht die Tränen. Eine Berger zeichnet sich dadurch aus, dass sie in jeder auch noch so schwierigen Lage etwas positives sieht.

Er ging einfach weg. Er drehte sich noch nicht einmal um. Bella wollte es auch nicht.

Sie glaubte, und davon war sie fest überzeugt, dass sie irgendwann einmal mit ihm ins Flugzeug steigen und einfach davonfliegen würde.

"Was machen wir nun Mädels?", fragte Bella so in die Runde.

"Lust auf einen Kaffee?", diese Frage fand die meiste Zustimmung.

Sie fuhren mit dem Zug wieder nach Marburg zurück und tranken dort Kaffee.

Thomas hatte sein Auto auf dem Flughafen abgestellt. Bella fühlte sich komisch. Sie vermisste ihn nicht, aber es war doch ein kleiner seelischer Schmerz vorhanden.

Die Semesterferien begannen und Bella langweilte sich. Sie wollte etwas mit ihren Freundinnen unternehmen, doch hatte, offenbar gesagt jede etwas anderes zu tun.

So schaute sie bei ihrem Stiefvater im Laden vorbei.

"He!", rief Bella gleich, als sie die Tür öffnente.

Ihr Stiefvater war mal wieder im Büro. Sie bahnte sich ihren Weg durch die verschiedenen Kunden und gelangte zu der Tür, welche zum Büro führte. Hinter dieser Tür spielten sich komische Geräusche ab. Bella ging, ohne zu klopfen hinein. 'Vielleicht hat er eine Affäre', dachte sie sich.

Jedoch verschlug es ihr den Atem. Auf der Couch saß Janina und stopfte sich einen Keks nach dem anderen hinein.

"Bella!", rief Hilmar wütend.

"Kannst du nicht anklopfen! Ich führe hier gerade ein sehr wichtiges Gespräch."

"Ja, dass sehe ich."

"Darf ich vorstellen?"

"Nicht nötig, wir kennen uns schon.", sagte Bella.

"Na ja, wie auch immer, dass ist Janina Berger, so ein Zufall. Oder!? Ich wusste ja, dass es den Namen Berger oft gibt, aber so oft? Sie ist hier das neue Mädchen für alles."

"Und wer war das alte Mädchen?", Bella konnte es nicht fassen. Janina hatte den selben Hinternamen wie sie. Das konnte doch gar nicht sein! Aber Hilmar hatte Recht, Berger gibt es wie Sand am Meer.

"Na du!", antwortete sie frech.

Hilmar schien der Ton nicht aufgefallen zu sein.

Bella drehte sich um und ging.

Zwei Monate später

Zwei Monate später freute sich Bella riesig. Sie würde Thomas wiedersehen und sie begann, eine Art Tanz aufzuführen, wann immer sie an ihn dachte. Bella hatte keinem von ihrem Treffen mit Janina erzählt. Man würde sie doch eh nur auslachen. Die Ex von deinem Freund hat dir die Arbeit weggenommen. Nein, sie würde sich anders wehren.

Seit ihrer Begegnung war Bella weder im Schuhladen, noch zu Hause gewesen, wie sie es eigentlich geplant hatte. Sie hatte auch nicht angerufen, nur mit Anna hatte sie Kontakt gehabt, und das nur per Computer. Sie hatte Anna geschrieben, dass es ihr nicht gut ging, und dass sie sobald, Thomas wieder sicher gelandet wäre, bei ihr vorbeischauen würde. Bald würde das neue Semester beginnen und Bella eine neue Arbeit finden. Zur Not müsste sie halt Thomas anpumpen. Aber auf keinen Fall würde sie ihre eigene Familie fragen. Noch immer machte ihr die Begegnung mit Janina schwer zu schaffen. Irgendetwas führte diese im Schilde. Aber was? "Mensch, streng' dein Gehirn an, Bella!"

Dies sagte sie immer zu sich selbst. Sie musste etwas herausfinden, und wenn jemand etwas wissen könnte, dann waren es Maria und Phoebe. Maria würde nicht so schnell mit der Sprache herausrücken, aber Phoebe. Sie musste nur bei ihr ein paar psychologische Tricks anwenden, dann müsste es eigentlich klappen. Bella lud sie zu einem Drink ein und fragte sie dann aus: "Möchtest du noch einen Drink?", fragte Bella Phoebe.

"Och ja gerne. Du kannst die wirklich super gut mixen.", antwortete Phoebe schon ein bisschen beschwipst.

"Nicht halb so gut, wie Thomas Kaffee kochen kann. Hast du mal wieder etwas von ihm gehört?"

"Oh ja,....der kommt doch bald wieder."

Nun war es der perfekte Zeitpunkt, um auf ihn und Janina zu sprechen zu kommen.

"Weißt du eigentlich viel über Janina?"

"Janina?", Phoebe horchte auf, doch gelang es ihr nicht, einen klaren Gedanken zu fassen.

Währenddessen mischte Bella immer mehr Cocktails für Phoebe, die sich jedesmal wunderte, dass das Glas nicht leerer wurde.

"Ja,....also,...wie ...du ....nicht weißt, ...haben wir eine heiße Spur."

"Wer ist wir?", wollte Bella wissen.

"Maiia und ick...also wir verfolgten die und dann ist herausgekommen, dass sie was plant."

"Dich....Tim und Janina."

"Welchen Tim meinst du?"

"Der Dim, der auch dein Seminar macht."

Phoebe konnte gar nicht mehr sprechen.

'Mist, jetzt weiß ich auch nicht mehr als vorher!', dachte Bella.

Aber sie musste sich jetzt vor Tim in Acht nehmen.

Geschwisterhass

'Heute wird endlich Thomas kommen', dachte Bella, während sie sich vor dem Spiegel ihre Haare frisierte.

Bella wollte einmal etwas anderes anziehen und so beschloss sie, eine beige Hose mit einem olivfarbenen Top, und dazu einen breiten Gürtel zu tragen. Sie schnappte sich eine Handtasche und ging hinaus, wo auch schon Phoebe und Maria warteten. Phoebe konnte auch Auto fahren, und so fuhr sie zum Flughafen.

"He, Bella! Ist es für dich ok, wenn wir noch einmal in die Stadt fahren? Wenn du willst, kannst du ja beim Flughafen warten."

"Na klar, für mich ist das kein Problem, da habe ich Thomas einen Augenblick für mich allein."

"Du siehst heute so anders aus.", meinte Maria.

"Ja, das liegt daran, dass ich eine Hose trage."

"Aber die Schuhe konntest du nicht umtauschen."

Sie guckte ein bisschen mürrisch drein, so nach dem Motto, es ist das letzte Mal, dass ihr mich in Hose zu Gesicht bekommt.

Bella stieg ein, und drehte das Radio laut, als ein guter Song kam.

Es dauerte nicht lange, als Bella am Flughafen abgesetzt wurde und die beiden Mädels noch in die Stadt fuhren. Sie drehte sich um, als sie noch lange gewunken hatte und dann stand da auch schon Tim.

"Was machst du denn hier?", fragte sie überrascht, doch dann wusste sie es. Der Plan, von dem Phoebe gesprochen hatte.

Sie wich automatisch ein Stück zurück, doch dann merkte sie, wie jemand ihren Arm verdrehte. Es tat weh. So einen Schmerz hatte Bella noch nie gefühlt.

Bevor sie sich umdrehte, erkannte sie die Stimme.

"Los, ab mit ihr in den Wagen."

Janina!!!

Bella versuchte, sich loszureißen, doch es gelang ihr nicht. Auf den Pfennigabsätzen, rutschte sie immer wieder weg. Das erste Mal in ihrem Leben bereute sie, dass sie keine normalen Schuhe trug.

"Wenn Maria und Phoebe wiederkommen, dann können sie eins und eins zusammen zählen, dass ihr mich habt!"

"Glaub mir, die werden mit etwas anderem beschäftigt sein. Und zwar mit der Bombe!"

Nein, in dem Auto konnte doch keine Bombe sein, oder?

Bella versuchte, sich zu wehren. Jedoch war alles vergebens.

"Was ist mit Thomas? Er wird nach mir suchen."

"Nein, wird er nicht. Er sitzt nämlich da, wo du auch bald sitzen wirst. Der Gute hatte Heimweh und ist einen Flug früher geflogen."

"Warum tust du das?", fragte Bella, während sie in einen großen, weißen Lieferwagen gezogen wurde.

"Das wirst du noch früh genug erfahren!"

Sie zog eine Pistole und hielt sie Bella vor den Kopf. Bella hatte Angst, sie wusste nicht, was zu tun ist. Hätte sie doch nur besser im Seminar aufgepasst oder einen Verteidigungskurs gemacht, wie Hilmar ihr geraten hatte. Das ganze Blut schoss in ihrem Inneren wie auf einer Achterbahn. Sie fühlte richtig, wie ihr Herz pochte.

Aber wie lange noch? Wenigstens hatte sie ihr Handy dabei.

"Moment, die Tasche Tim!"

Tim nahm die Tasche und schleuderte sie schnell auf die Bordsteinkante. Anschließend trat er noch so oft auf die Tasche, wie es nur möglich war. Bella konnte nicht anders. Auch unter Lebensgefahr musste sie rufen: "Die war teuer!"

Im Normalfall würde ihre Stimme wirken, doch dies hier war etwas ganz anderes.

Bella wurde an den Händen gefesselt und der Mund mit Klebestreifen zugehalten. In Tims Augen spiegelten sich die dunkelsten Gedanken wieder. Sie hatte ihm doch nichts angetan. Bei Janina hätte es vielleicht noch ein Motiv gegeben. Eifersucht. Was war es bei Tim? Als Zeichen der Demütigung wurde ihre Tasche Bella um den Hals gehängt und dann fuhren sie los. Bella hatte keine Ahnung, wie lange sie fuhren. Ihre Uhr hatte sie zu Hause vergessen und das Handy war kaputt, ihre letzte Möglichkeit war damit auch vorbei. An den Gedanke, dass Thomas irgendwo gefesselt in einer dunklen Ecke lag, wollte Bella nicht denken, ihr wurde übel und sie musste weinen. Sie merkte, wie ihre Tränen die heißen Wangen runter liefen. Ihre Schminke lief über das Klebeband und dann kam der Wagen ruckartig zum Stehen. Zugleich ging auch die Schiebetür auf und Bella wurde wie ein Tier kurz vorm Schlachten herausgezogen. Bella befand sich auf ländlichem Gelände wieder, es sah aus wie ein Bauernhof, nur das alles zerfallen wirkte. Bella wurde geradewegs in den Keller gedrängt. Eigentlich wollte sie sich das Haus merken, falls sie es später einmal beschreiben sollte, doch sie war zu schwach.

Im Keller war es stockdunkel. Nur ein flackerndes Licht erhellte den Raum.

Und auf einem Stuhl in der Ecke saß nicht Thomas, sondern ihre kleine Schwester Anna: auch gefesselt!

Sie stürzte zu ihr hin. Was sollte Anna hier? Tim war nicht mehr da. Janina stand in voller Größe vor ihr. Sie konnte ja so angsteinflößend sein.

Mit einen schmerzhaften Ruck, zog sie das Klebeband von ihrem Mund. Bella wollte aufschreien, doch sie wollte nicht, dass Janina sich daran erfreute.

"Was macht Anna hier?", wollte sie sofort wissen.

"Überraschung! Ich dachte, du würdest nach deinem Liebling Thomas zu erst fragen. Da habe ich mich wohl getäuscht."

"Was macht Anna hier?", fragte Bella noch einmal etwas schärfer nach.

"Sie ist deine Schwester, ich dachte wir leben in einem Zeitalter, in dem man zusammen mit der Lieblingsschwester stirbt."

"Wer hat denn gesagt, dass wir heute sterben?", entgegnete Anna frech.

'Das ist ein gutes Zeichen, wenn sie spricht!', dachte Bella.

"Ich habe so viele Jahre gewartet, da könnt ihr auch morgen sterben."

"Bevor du uns töten willst, kannst du uns ja auch noch den Grund sagen. Du hast doch Thomas verlassen. Also, was willst du dann von mir?"

"Überleg' mal, denkst du, es geht immer nur um deinen Thomas? So toll war er ja auch nicht. Aber du willst den Grund wissen? Hier ist er. Vor sechsundzwanzig Jahren wurde ich in einem Waisenhaus abgeben mit einem Schildchen um den Arm. Janina Berger. Ich dachte, du bist so schlau und wärest spätestens nachdem mich dein Stiefvater vorgestellt hatte, auf die Idee gekommen, aber nein! Anscheinend liegt die Intelligenz nicht in der Familie Berger."

"Wir sind schlau!", antworteten die beiden Geschwister.

"Dann hättet ihr auch auf die Idee kommen können, dass ich jemandem sehr ähnlich sehe. Dieselben Augen, die Haare und auch derselbe Mund, wie du. Fünfundzwanzig Jahre habe ich mich auf die Suche nach meiner Familie gemacht. Ich, Janina Berger, bin deine Stiefschwester."

Anna schrie auf. Bella fiel jener Moment ein, an dem sie das Foto auf Thomas' Tisch gesehen hatte.

"Ich wurde einfach weggegeben und dafür sollt ihr beide jetzt bezahlen. Mit eurem Leben!"

"Du willst einfach dein Leben wegwerfen und uns töten?"

"Glaubt mir, es wird niemand herausfinden, dass ich euch umgebracht habe!"

"So!", Janina richtete die Pistole auf Anna, doch dann nahm sie sie runter.

"Nein, ich werde euch noch ein bisschen quälen."

"Warum hast du Thomas das Kokain untergejubelt und ihn dann aus dem Knast herausgeholt?"

"Ja, ja unsere Phoebe. Sie ist einfach schlau. Sie konnte mich von Anfang an nicht ausstehen und hatte mich auf Schritt und Tritt verfolgt. Wie mir zu Ohren gekommen ist, wollte sie dich warnen. Ach ja, warum ich ihn wieder herausgeholt habe? Phoebe hatte mich in der Hand. Sie wusste ganz genau, nur konnte sie es nicht beweisen. Phoebe studiert doch auch Psychologie und da war es ein leichtes mich umzustimmen. Thomas wegen. Das du dann Thomas kennen gelernt hast, war Pech für mich. Also, lasse ich euch mal alleine. Reichen zwei Stunden?"

Janina ging hinaus.

"Warte, ich will noch wissen, ob du bei Thomas eingebrochen bist."

"Du bist doch nicht so dumm, wie ich gedacht habe. Sicherlich willst du wissen warum? Nun! Ich wollte ihn mal wieder daran erinnern, dass er dich in Ruhe lassen sollte. Wäre schwer geworden euch zu ermorden, wenn Thomas danebensteht. Rate mal, warum er deine Familie kennen lernen wollte. Damit du nicht an dem Tag in Marburg bist. Wie ich doch Phoebe hasse. Hat mir alles vermasselt, aber jetzt kann sie die Radieschen von unten ansehen."

Janina verschwand aus der Tür.

"Bella, was machen wir nun?", fragte Anna und weinte.

"Es gibt immer einen Ausweg! Also."

"Ich sehe hier keinen.", wimmerte Anna.

'Sie hat Recht', dachte Bella, hier gibt es keinen Ausweg.

"Es ist nichts verloren, solange man es nicht aufgibt.", sagte sie und schaute zu einem kleinen Schrank, bei dem die Türangeln schon auseinander fielen.

"Du weißt doch , jeder macht einmal Fehler."

"Aber nicht eine Berger. Janina ist doch eine.", sagte Anna.

"Ja, aber nur zur Hälfte und mich hat sie nicht an den Beinen gefesselt."

Bella lief zum Schrank, und versuchte, das Feuerzeug zu greifen. Ihr gelang es. Bella drehte es richtig rum und zündete es an.

"Bella!", rief Anna.

"Keine Sorge, tut nur ein bisschen weh, und könnte auch Narben geben, aber na ja.", Bellas Stimme klang ruhig.

Nach kurzer Zeit war das Seil durch geschmolzen. Schnell ging sie zu Anna hinüber und befreite auch sie. Glücklich fielen sie einander in die Arme.

"Hier, nimm' das Kleingeld und lauf zum nächsten Telefon und wenn es geht, dann beeil dich. Ich werde Janina und Tim in Schach halten."

"In diesen Schuhen? Und ohne Waffen?"

"Die ziehe ich aus und was die Waffe angeht. Gib mir deine Haarspange. Nicht die kleine, die große dicke aus Metall."

Anna gehorchte aufs Wort.

Dann nahm Bella aus ihrer Handtasche eine Nagelfeile heraus.

"Los, mach' das du weg kommst! Wenn du dann noch Geld übrig hast, dann rufe deine Patentante an und frag, ob mit ihnen alles in Ordnung ist."

Anna nickte.

"Keine Angst wir werden uns wiedersehen."

Und so schlich Anna durch die Tür, die nicht verschlossen war. Sie hoffte nur, dass sie einen Anruf tätigen konnte.

Bella ging kurz nach ihr hinaus. Sie hatte schon eine Ahnung, wo sich Janina aufhielt: In der Küche. Jede Berger liebte die Küche.

Dort war sie auch mit Tim.

"Ergreif sie!", schrie Janina gleich los und Tim rannte sofort zu Bella.

Bella hatte sich schon einen Plan überlegt. Sie stach mit der Haarspange direkt in den Bauch und Tim sank vor Schmerz zusammen. Nun griff auch Janina an. Bella konnte ein bisschen boxen, was sich als Vorteil erwies.

"Guck' mal, da ist Thomas.", sagte Janina und Bella drehte sich um.

Im selben Moment griff Janina ihr an den Hals und hielt ihr die Pistole an den Kopf.

Wenn sie nun die Nagelfeile benutzte, dann würde sie sicherlich schneller schießen, als dass sie ihre Nagelfeile einsetzen konnte. Janina wollte mit ihr rückwärts aus der Küche, doch da traf sie der Schlag.

Maria und Phoebe standen da und Phoebe hielt eine Mistgabel in der Hand.

"Was besseres konnten wir nicht auftreiben.", sagte Maria entschuldigend.

"Wo ist Tim?"

Ja, wo war er? Sicherlich weg.

"Wenigstens haben wir Janina. Und unterwegs haben wir auch deine Schwester aufgegabelt und die Polizei müsste auch gleich kommen."

Erst jetzt bemerkte sie, wie Maria und Phoebe aussahen: voller Rauch und Ruß.

"Also, war doch eine Bombe am Auto."

"Eine ziemlich schlechte. Wenn du mich fragst. Wir konnten noch gerade so entkommen und sind dann zum Flughafen mit der U-Bahn gefahren und haben das Auto von Thomas kurzgeschlossen. Ich glaube, der steht immer noch da."

Zwischenzeitlich kam Anna herein und drückte Bella gewaltig. Als die Polizei mit der Familie im Schlepptau (Thomas stand bei Hilmar) eintraf, wurde Bella bewusst, dass sie sich auf dem ehemaligen Gelände eines Kinderheims (wahrscheinlich, wo Janina aufgewachsen war) aufhielt.

Amerika ist wunderbar

Thomas ging mit Bella ins Kino, sie wollten Maria besuchen.

Aus dem Fahrstuhl traten die beiden heraus und Maria winkte ihnen zu. Phoebe saß bei Maria und schlürfte genüsslich einen Kaffee. Bella musste daran denken, wie sie hier Thomas das erste Mal gesehen hatte. Und ihm schien genau der selbe Gedanke durch den Kopf zu gehen.

Bella lief wieder auf Absatzschuhen. Kurz nachdem sie wieder zu Hause war, zog sie wieder welche an. Bella ging wie immer schön sexy, dabei flatterte der Saum ihres Kleids. Draußen war es nun Ende September, doch dieser September war sehr heiß.

Bella ballancierte geschickt auf Maria und Phoebe hinzu. Und plötzlich kam sie ins Rutschen. Bella befürchtete schon, dass sie hart fallen würde, doch Thomas griff ihr unter die Arme. Von der Theke her konnte sie hören : "Oh, Bella! Bella!"

"Na siehste!", sagte Maria.

Ihre Locken machten einen winzigen Sprung. Bella deutete mit ihren Lippen das Wort "was" an, sprach es aber nicht aus.

Ihr Traum war in Erfüllung gegangen. Sie würde nun mit Thomas nach Amerika fliegen. Thomas wartete ein wenig abseits am Check-in auf Bella, denn er wollte ihre Unterhaltung nicht stören. Lässig lehnte er sich gegen einen Pfosten. Bella drückte Maria zum Abschied noch einmal. Gleichzeitig wusste sie genau, dass es nicht für immer sein würde. Nur eben drei Monate. "Machs gut! Ich vermisse dich jetzt schon.", und mit diesen Worten brach Maria in Tränen aus. Auch Bella konnte sie nicht mehr zurückhalten. Sogar Thomas schien nah am Wasser gebaut zu sein.

Insgesamt dauerte der Abschied nicht mehr lange.

Thomas nahm Bella in den Arm und gemeinsam liefen sie zum Check-in.

Eine Stimme von hinten rief noch: "Nun hast du dein "Happy End".", Marias Stimme klang ein wenig zittrig.

Die beiden blieben stehen und mit einem Schwung drehte sich Bella um.

"Nein, Maria.", sie holte erst noch einmal tief Luft, bevor sie weitersprach: "Das hier ist erst der Anfang!"